O
HOMEM VISÍVEL

CHUCK KLOSTERMAN

O HOMEM VISÍVEL

Tradução
Rodrigo Chia

BERTRAND BRASIL

Rio de Janeiro | 2013

Título original: *The Visible Man*

Capa: Rafael Nobre
Foto de capa: Bernard Jaubert / Getty Images

Editoração: FA Studio

Texto revisado segundo o novo
Acordo Ortográfico da Língua Portuguesa

2013
Impresso no Brasil
Printed in Brazil

Cip-Brasil. Catalogação na fonte
Sindicato Nacional dos Editores de Livros, RJ

K74h Klosterman, Chuck, 1972-
O homem visível / Chuck Klosterman ; tradução Rodrigo Chia. – Rio de Janeiro : Bertrand Brasil, 2013.
294p. : 23 cm

Tradução de: The visible man
ISBN 978-85-286-1636-1

1. Romance americano. I. Chia, Rodrigo. II. Título.

12-6945
CDD: 81
CDU: 821.111(73)-3

EDITORA BERTRAND BRASIL LTDA.
Rua Argentina, 171 — 2º andar — São Cristóvão
20921-380 — Rio de Janeiro — RJ
Tel.: (0xx21) 2585-2070 — Fax: (0xx21) 2585-2087

Atendimento e venda direta ao leitor:
mdireto@record.com.br ou (0xx21) 2585-2002

Para Melissa

O
HOMEM VISÍVEL

DO CONSULTÓRIO DE VICTORIA VICK

1711 Lavaca St.
Suite 2
Austin, TX 78701
vvick@vick.com

5 de julho de 2012

Crosby Bumpus
Simon & Schuster
1230 Ave. of the Americas
11th Floor
Nova York, NY 10020-1586

Sr. Bumpus:

Bem, aqui está. Achei que nunca chegaria a digitar essa frase, mas consegui!

É uma sensação bem esquisita, Crosby. Não imagino como vai reagir ao que se segue, mas estou empolgada, assustada e mentalmente preparada para o que quer que esteja para acontecer agora. Me permita repetir (pela última vez) como me sinto lisonjeada pelo seu interesse inabalável por este projeto e como sou grata pela reserva inesgotável de apoio, apesar da preocupação da sua editora, dos seus colegas, do seu novo namorado (!) e de todas as outras pessoas sensatas que fazem parte da sua vida. Se isto realmente funcionar, será uma prova da sua visão e intuição.

Sei que já discutimos isso dezenas de vezes pelo telefone, mas preciso dizer de novo, só para tranquilizar minha consciência. Não sou escritora. Não tenho nenhuma ambição nessa área, e este é o único original que pretendo apresentar a uma editora. Também devo ressaltar (porque notei certa confusão sobre o assunto, pelo menos da parte do seu assistente e da mulher com quem conversei no departamento de publicidade) que não sou psiquiatra, embora saiba que certamente serei descrita dessa maneira se este original um dia chegar ao conhecimento do grande público. Nunca estive num curso de medicina e minha formação não me permite prescrever medicamentos. É importante que as coisas fiquem claras em relação a esse ponto porque não quero enganar ninguém. Concluí um mestrado em assistência social na Universidade do Texas depois de me formar em psicologia no Davidson College, na Carolina do Norte. Não tenho doutorado. Sou terapeuta registrada e analista há exatamente 21 anos, mas minha lista de pacientes é pequena (não passo de 12 pacientes por semana) e nunca incluiu pessoas públicas, à exceção do único indivíduo que descrevo no arquivo em anexo. Tenho certeza de que minha credibilidade profissional será destruída, mas, se isso tiver de acontecer, quero que seja destruída pelas razões devidas.

Será que este original está pronto para ser publicado? Acho que nós dois concordamos que não (e meu agente também). Não faço ideia de como funciona o processo de checagem dos fatos no seu ramo, mas não consigo imaginar um sistema capaz de aceitar a maior parte deste texto na forma em que se encontra. É como eu disse na nossa primeira conversa: não tenho como confirmar a história que estou tentando vender. Tudo que possuo são as fitas (que não provam nada) e uma fotografia de uma cadeira aparentemente vazia. Só posso imaginar um desastre de marketing. Sei que você é enfaticamente contrário a reclassificar a obra como ficção (e meu agente já me informou que uma alteração desse tipo exigiria a reformulação dos termos do contrato e uma redução significativa no valor do meu adiantamento), mas não vejo outra opção. Obviamente, você entende muito mais do mercado editorial que eu, e confio plenamente na sua avaliação. Talvez seja melhor voltarmos a essa discussão depois que você tiver acabado de ler esta versão.

Cinco observações sobre a estrutura deste original:

(A) Depois da minha segunda conversa com o advogado da Scribner, em junho, decidi usar o pseudônimo "Y____" no lugar do nome do paciente ou de suas iniciais verdadeiras. Finalmente entendi por que usar um nome inventado pode criar mais problemas em vez de resolvê-los. Inicialmente escolhi outras letras para representar o nome (primeiro "V", depois "K" e depois "M"), mas meu agente me explicou que essas letras específicas poderiam criar dilemas próprios. Estou aberto às suas sugestões em relação a isso, se você tiver alguma.

(B) Bem no início da minha relação com Y____ (especialmente nas primeiras semanas, quando interagíamos apenas pelo telefone), quase não fiz anotações. E por que faria? Na época, o caso não parecia atípico. As únicas coisas que escrevia sobre Y____ eram uma espécie de registro rudimentar, principalmente para que eu pudesse me referir ao que já tínhamos discutido, no início da sessão seguinte. Esses registros são na verdade pequenos e-mails que mandei para mim mesma, então, por favor, releve pedaços soltos e reflexões incompletas (tentei corrigir os erros de digitação e as abreviações, mas não mexi na linguagem ou na sintaxe). Naturalmente, não tinha como prever como a situação se tornaria incomum. Vendo as coisas com clareza agora, admito que devia ter feito perguntas mais diretas e expositivas sobre o que de fato estava acontecendo, mas peço que se lembre de que não se tratava de um interrogatório. Minha intenção era *ajudar* aquela pessoa e, por isso, permiti que ele ditasse o ritmo da conversa. Como devemos lidar com isso? A solução que encontrei (pelo menos até aqui) foi simplesmente imprimir e anexar os seis e-mails enviados a mim mesma para sua avaliação. As mensagens integram o que intitulei Parte I: O telefone. Devo tentar transformar esse conteúdo numa prosa informal? Ou devo excluí-lo de uma vez? Os e-mails são difíceis de entender, além de um pouco constrangedores, mas acho que certos detalhes são indispensáveis.

(C) Depois que me dei conta do cenário real, comecei a gravar tudo o que Y____ dizia durante nossas sessões numa fita de áudio (com sua permissão e incentivo). Grande parte deste original é uma transcrição dos diálogos originais com Y____, ampliados por minhas perguntas periódicas e minhas tentativas (quase sempre infrutíferas) de encaminhar a conversa a uma conclusão razoável. É desnecessário dizer que Y____ foi um dos pacientes mais inteligentes e articulados em toda a minha carreira. Sua capacidade de exprimir raciocínios completos e em falas perfeitamente recitadas era incrível, frequentemente a ponto de soar arrogante e quase a ponto de me incomodar. Sempre, sempre mesmo, vou me perguntar se Y____ não ensaiava e decorava longos trechos do que dizia durante nossas sessões. Suspeito que Y____ (conscientemente ou não) acreditava havia muito tempo que eu acabaria publicando os detalhes do nosso trabalho e sentia um desejo irresistível de ser tão divertido e descritivo quanto possível. Ele nunca aceitou a ideia da terapia voltada apenas para seu próprio benefício. Claro, esse incômodo ponto de vista tornou a compilação deste original extremamente fácil — na maior parte do tempo eu só tinha de digitar uma transcrição do que Y____ havia dito em sua forma original. Mas esse abismo entre a clareza das palavras de Y____ e sua extrema incapacidade de compreender seus próprios motivos inevitavelmente comprometeram todo progresso que parecíamos fazer. De uma perspectiva puramente terapêutica, só posso classificar meu trabalho em relação a Y____ como um fracasso. Será que precisamos deixar isso mais claro para os leitores?

(D) A única pessoa que leu este original é meu marido, John (que, aliás, está muito melhor e me pediu que lhe agradecesse por ter enviado o maravilhoso livro sobre Huey Long). Ele mencionou um possível problema: John acredita que o comportamento e a personalidade de Y____ são muito inconsistentes e que minha descrição dele produz uma "falácia antropomórfica" (como ele se refere, possivelmente de maneira equivocada). Acho que entendo o que ele quer dizer, embora na época eu não visse as coisas desse modo. Mas, se John nota uma dissonância, outros leitores também notarão. Então, como posso justificar essas contradições? Como lidar com o fato de que as pessoas de verdade invariavelmente se comportam de maneira mais inconstante que construções ficcionais? É importante ter em mente que — apesar de sua inteligência rara e seu charme ocasional — Y____ era/é um indivíduo profundamente problemático desprovido de qualquer consciência de si, com ausência quase absoluta de empatia e uma confusão paradoxal em relação aos aspectos mais básicos do comportamento humano. Não por acaso fazia terapia. Mais uma vez, me pergunto se dar um tratamento ficcional à história é a melhor solução. Talvez ele se tornasse mais verossímil se o tornássemos mais previsível.

(E) Supondo que este original vire um livro à venda por aí, algumas pessoas vão acabar se identificando no texto, por vezes em contextos embaraçosos. Me sinto péssima, mas não há maneira de evitar isso. Acredito na importância deste trabalho, e a importância cultural costuma vir acompanhada de prejuízos. Mas tem de ser feito. Também acredito que a inclusão desses casos em particular será indispensável para o sucesso comercial do livro. E isso (como expliquei num dos nossos primeiros e-mails) é algo que eu não necessariamente desejo, mas de que preciso desesperadamente. É humilhante admitir, mas você sabe da minha situação. Portanto, se não houver outro meio, vamos pelo menos tentar garantir a essas pessoas o respeito a que têm direito. Eu mereço a humilhação; elas, não.

Acho que isso é tudo. Me desculpe por esta carta de apresentação ter ficado tão longa, Crosby. Por favor, me ligue ou mande um e-mail quando receber o pacote. Tenho uma dúvida... o recebimento do original significa sua "aceitação" ou isso só acontece depois que você tiver acabado de ler e de editar o material? Pergunto apenas porque nosso contrato dispõe que 25 por cento do adiantamento combinado serão pagos no ato da "aceitação" e ao que parece meu agente não tem como (ou não quer) me dar uma data precisa para que isso aconteça. Como eu sei que essa não é sua área, odeio ficar voltando ao assunto, mas, como disse antes, você sabe da minha situação.

Cordialmente,

V.V.

Victoria Vick

PARTE 1

O TELEFONE

DE: thevickster@gmail.com
PARA: vvick@vick.com
ASSUNTO: Y____ / Sexta-feira
DATA: Quarta-feira, 5 de março de 2008, 19h34

Recebi hoje de manhã um recado de "Y____", homem local, interessado em marcar possível sessão o mais rápido possível. O recado não trazia detalhes da natureza do problema; a voz não sugeria urgência. Retornei a ligação no início da tarde. Inicialmente o paciente parecia calmo e fazia as perguntas normais sobre preço e disponibilidade. O tom da conversa mudou quando o paciente exigiu de modo agressivo que todas as sessões fossem realizadas por telefone (e disse que a exigência era inegociável). Depois de explicar a Y____ que aquilo não era problema, perguntei de maneira casual por que ele não podia participar de uma conversa convencional, cara a cara. Imediatamente o paciente ficou nervoso e disse (alguma coisa semelhante a isso): "Não é da sua conta." Quando expliquei que a informação poderia ser essencial para nossas futuras interações, ele se tornou sarcástico e depois, abruptamente, soou arrependido. Em seguida houve outra breve discussão sobre preços e cobertura pelo plano (Y____ não é segurado). Disse que ele teria de preencher alguns formulários básicos, mas ele respondeu: "Sem formulários. Não preencho formulários. Tenho dinheiro. Os formulários são desnecessários." É algo incomum, mas acontece. Falamos sobre nossa aversão mútua à papelada. Um novo contato telefônico ficou provisoriamente marcado para as 10 horas de sexta-feira. Encerramos a ligação em seguida. É difícil determinar se esse comportamento é uma manifestação de timidez, agorafobia ou dependência de drogas/álcool. Tenho dúvidas sobre se o paciente voltará a ligar, mas vou deixar o horário das 10 horas reservado assim mesmo.

Enviado do meu BlackBerry

DE: thevickster@gmail.com
PARA: vvick@vick.com
ASSUNTO: Y___ / Sexta-feira (1)
DATA: Sexta-feira, 7 de março de 2008, 22h11

Iniciei o trabalho com Y___ hoje de manhã. Recebi a ligação às 10 horas em ponto. O paciente parece ser inteligente, mas instável; oscila entre níveis desnecessários de agressividade e repetições de pedidos arrependidos de desculpa. Comecei a sessão com a pergunta padrão inicial [*nota do editor: trata-se normalmente de uma pergunta objetiva sobre por que o paciente entrou em contato com o terapeuta*]. Y___ recusou-se a responder. Sugeriu que eu não conseguiria entender suas razões neste momento. Concordei em lhe dar um espaço emocional temporariamente. Depois fiz as seguintes perguntas:

IDADE: 33

OCUPAÇÃO: não respondeu (desempregado?)

ENDEREÇO ATUAL: não respondeu

HISTÓRICO MÉDICO E FAMILIAR: não respondeu, mas se descreveu como uma pessoa "saudável"

A conversa durante a sessão foi cheia de rodeios, como previsto. Fui clara com Y___ ao dizer que a terapia seria ineficaz se ele se recusasse a explicar por que desejava se submeter ao processo — um aviso em relação ao qual ele demonstrou ao mesmo tempo concordância e resistência. Y___ respondeu a praticamente todas as perguntas fazendo perguntas semelhantes a mim. Ele estava preocupado em fazer piadas sugerindo que eu me pareça fisicamente com Lorraine Bracco, a atriz que interpretava uma psiquiatra na antiga série *Os Sopranos*, da HBO. Quando reagi ao seu humor na mesma moeda (informando que variações dessa piada eram feitas por quase todos os meus pacientes masculinos), ele pareceu extraordinariamente ofendido e não aceitou minhas desculpas imediatas. Depois de 35 minutos, passei a direcionar minhas perguntas ao seu estado mental cotidiano, questionando se ele em algum momento se sentia deprimido. Ele respondeu na mesma hora: "Muito." Mas relutou em dar mais detalhes sobre as razões, sempre afirmando e repetindo a ideia de que seus problemas eram mais "excepcionais" (palavra dele) do que eu poderia "antecipar" (palavra dele). Quando relatei que essa é uma sensação comum entre pacientes que nunca fizeram terapia, ele resolveu contar uma piada extremamente longa e sem graça sobre um palhaço. A história da piada é a seguinte: Um menino é humilhado no circo. Um palhaço tira sarro dele, e a plateia dá risada. Como consequência, o menino passa toda a sua vida adulta tentando inventar as respostas mais engraçadas e mais inteligentes para todo tipo de constrangimento social. O menino chega a viajar ao Tibete (?) para estudar a arte ancestral das provocações. Anos depois, o menino (já um homem) leva o próprio filho ao circo. Por um motivo qualquer, o mesmo palhaço está no picadeiro e tenta constranger o homem de novo, esguichando água mineral na sua cara. O homem passou anos se preparando para esse momento. Ele enxuga o rosto com uma toalha, olha o adversário nos olhos e diz: "Vá se foder, seu palhaço." (Aparentemente a graça da piada era essa.) Não ficou clara a relação entre essa piada e seu sentimento de inadequação. A sessão acabou logo depois da história do palhaço. Y____ concordou em ligar novamente na próxima sexta.

NOTAS:

Supondo que Y____ tenha um problema de vício, parece pouco provável que estivesse drogado durante nossa sessão. Seus padrões de fala e raciocínio pareceram normais (embora não se possa descartar um possível uso de cocaína, já que sua fala às vezes era apressada). Mais preocupante é sua obsessão paranoica com os detalhes mais insignificantes de sua vida, quase a ponto de se tornar caricata. Ele exagerou incrivelmente a importância de sua própria existência. Usa a todo momento frases como: "Comigo é diferente. Comigo tudo é diferente." Y____ tem um envolvimento emocional excessivo com um pensamento indefinido e inconfesso (relacionado à sua consciência de si mesmo) e esse envolvimento sobrepuja todos os outros componentes de sua psique. Um sentimento de grandeza ou um distúrbio somático são possíveis, mas é necessário obter mais informações antes de fazer um diagnóstico preciso. Isso vai levar tempo. Dito isso, meu nível de preocupação é moderado. O paciente não parece correr perigo.

Enviado do meu BlackBerry

DE: thevickster@gmail.com
PARA: vvick@vick.com
ASSUNTO: Y____ / Sexta-feira (2)
DATA: Sexta-feira, 14 de março de 2008, 14h02

Nenhum progresso com Y____. A conversa inicial foi agradável (ele mencionou que ouvir músicas do ex-beatle George Harrison o havia deixado num "ânimo efervescente"), mas o diálogo de verdade degringolou logo depois. Mais uma vez, tentei direcionar nossa conversa para uma explicação para sua busca por terapia. Rapidamente a coisa se transformou em trinta minutos de um "*cul-de-sac intelectual*" (palavras dele). Ele disse querer "ver o que outras pessoas veem", mas não explicou o que isso significava. Em resposta à sequência habitual que adoto ("O que você acha que as outras pessoas veem?"), ele riu e classificou minha técnica discursiva como "amadora", sugerindo que eu deveria me "esforçar mais". Nesse ponto, deixei claro que ele poderia buscar ajuda em outro lugar, caso fosse seu desejo. Então ele pediu desculpas, embora não parecessem sinceras. Disse que sentia muito que suas palavras tivessem me ofendido, mas não se desculpou propriamente pelo que havia dito. Percebendo que esse tipo de interação só estava deixando nossa relação mais tensa, voltei ao tema do álbum de George Harrison, que tinha sido mencionado no início da sessão, principalmente para que ele voltasse a conversar de um modo não beligerante. Ele demonstrou interesse por uma música específica, uma faixa identificada como "Be Here Now". Quando perguntei do que ele gostava na música, Y____ opinou que as letras representavam a culpa de Harrison por se tornar rico e a "hipocrisia envergonhada" do cantor por escolher promover princípios da espiritualidade oriental ao mesmo tempo que vivia como uma celebridade convencional. Ele se orgulhava dessa análise. "Se ele realmente acreditasse no que canta", explicou Y, "não precisaria nem ter composto e gravado a música. É tudo uma farsa. Ele compôs a música como uma maneira de admitir que não pode ser a pessoa que finge ser." Essa suposta contradição o divertia. Como eu não conhecia a música, não fiz comentários. A sessão acabou logo em seguida, encerrando-se com mais uma amigável (e provavelmente irrelevante) troca de elogios.

NOTAS:

Comprei a música "Be Here Now" na loja virtual iTunes, depois de confundi-la com outra de mesmo nome. Apesar de só ter ouvido a música duas vezes, a interpretação da letra feita por Y____ me soou estranhamente cínica. Ele parece entendê-la errado de propósito. Correndo o risco de dar ênfase excessiva a um aspecto divergente do nosso segundo encontro, agora tenho menos temor em relação a um vício e mais preocupação quanto a uma depressão clínica e/ou uma fuga específica da realidade... parece bem possível que Y____ seja um depressivo altamente operacional. Decidi assumir uma postura mais agressiva com Y____ na próxima semana.

Enviado do meu BlackBerry

DE: thevickster@gmail.com
PARA: vvick@vick.com
ASSUNTO: Y___ / Sexta-feira (3)
DATA: Sexta-feira, 21 de março de 2008, 10h44

A sessão desta manhã foi péssima. E a culpa é toda minha. Iniciei o diálogo dando um falso ultimato a Y___: afirmei que, se ele não estivesse disposto a discutir por que tinha buscado a terapia, então eu não estaria disposta a continuar me dedicando a ele. Minha intenção era desafiá-lo, com a expectativa de que ele demonstrasse respeito e reagisse positivamente. De início, o diálogo pareceu natural. Ele deu uma risadinha. Perguntou com que tipo de problemas eu costumava lidar, e eu contei que os problemas mais comuns entre os outros pacientes eram questões de ansiedade. Ele fez pouco da minha resposta: "Ansiedade não é um problema de verdade. É apenas um problema moderno." Tentei fazer com que explicasse por que pensava daquela forma, e ele começou a apresentar seus argumentos. Mas, de repente, parou no meio de uma frase e perguntou: "Como você é?" Perguntei que diferença aquilo fazia, especialmente considerando que ele havia exigido que nosso contato se desse pelo telefone. Y___: "Faz diferença para mim." Acusei-o de tentar mudar de assunto. Ele disse: "Não, *este* é o assunto [ênfase dele]. O assunto é sempre aquilo de que eu quiser falar." Eu disse que minha aparência física era irrelevante. Ele discordou. Perguntei por que era relevante. Ele disse: "Se não consegue entender agora, nunca vai entender. Por que devo explicar algo que você nunca vai entender? Por que não responde à minha pergunta? Eu, pelo menos, tenho a capacidade necessária para entender a resposta." Seu tom era seco. Perguntei se a pergunta tinha relação com sua referência anterior à personagem Bracco (dos

Sopranos). Ele respondeu: "Claro que não. Esqueça aquilo." Eu disse que me parecia com uma pessoa normal. Mencionei o fato de ter cabelo ruivo. Y____: "Viu? A primeira parte é relevante. É mesmo. Se você se parece com uma pessoa normal, isso é interessante. Mas não me interessa a cor do seu cabelo. *Isso* é irrelevante. A cor do seu cabelo é irrelevante. Você não entende o que é e o que não é importante." Perguntei se ele acreditava ter a aparência de uma pessoa normal. Ele disse: "Não, não mesmo." Perguntei como ele imaginava ser a aparência de uma pessoa normal. Nesse instante, ele encerrou a ligação sem dizer nada. Tempo total da conversa: menos de dez minutos.

NOTAS:

Desconfiança muito forte de que Y____ esteja confinado em sua casa devido a uma obesidade. Deformidades físicas também parecem possíveis — teria ele sofrido queimaduras? Grande falha da minha parte. Ignorei completamente essa circunstância (bastante óbvia), principalmente quando observada em conjunto com sua piada sobre o menino e o palhaço, da nossa sessão número1. Hoje me sinto uma péssima terapeuta. Estou realmente chateada com isso. Fui um fracasso. Preciso ficar mais esperta na próxima semana. VOU ficar mais esperta na próxima semana. Vou.

Enviado do meu BlackBerry

ADENDO[1]

[Na noite seguinte a esse episódio, recebi duas mensagens de voz de Y____ que ficaram gravados no HD do computador do meu escritório (por meio do serviço telefônico Vonage). Transcrevo o conteúdo dessas mensagens aqui. Acredito que Y____ estivesse lendo um texto escrito com antecedência. Na metade da segunda ligação, ele parece sair do roteiro — no entanto, agora suspeito que ele tenha incluído essa saída do roteiro para criar uma impressão de espontaneidade. A forma como se expressa nas mensagens é alternadamente calculada e descontraída. Pode-se ouvir ao fundo uma suave música de cítara. Duração total da primeira mensagem: 48 segundos. Duração total da segunda mensagem: 222 segundos.]

LIGAÇÃO 1

"Boa-noite, Vicky. Aqui é Y____. Gostaria de... gostaria de me desculpar pelo comportamento imaturo que tive hoje ao telefone. Entendo qual era sua intenção e não sei por que reagi da forma que eu... reagi. Não quero comprometer nosso relacionamento. Tenho gostado das sessões até aqui. Acho que estão indo muito bem. Tentei trabalhar com outros quatro terapeutas e nenhum deles chegou tão longe quanto desta vez. Gosto do seu método. Sinceramente. Gosto do seu método. Você não é controladora. Na verdade, não exerce nenhum tipo de controle. Não se importa em assumir um papel... menos que dominante ou semidominante. Gosto disso. É do que mais

---

[1] As ligações foram recebidas no sábado, às 2h55 e às 3h03 da manhã; ambas as mensagens foram transcritas no sábado, 22 de março, às 8h55.

gosto em você. É isso que eu (*inaudível*). Portanto, torço para que possamos simplesmente esquecer todo esse episódio. Voltarei a ligar na próxima sexta, e continuaremos de onde paramos. Tudo bem? Se não estiver interessada em prosseguir com nosso trabalho, podemos discutir nessa oportunidade. Suponho que (*trecho inaudível*). Mais uma vez, obrigado. Me despeço, Y____."

LIGAÇÃO 2

"Vicky. Y____ de novo. Então... lembrei que você disse — só lembrando, foi hoje de manhã, ao telefone — que precisava saber por que eu buscava terapia. E que não poderia me ajudar a não ser que eu explicasse meus motivos. Não concordo com isso. Não creio que seja indispensável sob qualquer ponto de vista. Mas, como *você* acredita nisso, estou disposto a fazer uma concessão. Se não puder prosseguir em qualquer outra circunstância, estou disposto a assumir esse compromisso. Como já disse, gosto do seu método. Mas preciso que aceite o fato de que nunca vai entender verdadeiramente minhas razões, não importa o que eu conte a meu respeito. Nunca vai entender inteiramente o que aconteceu. O que pode ser algo difícil para você, como profissional. Pode abalar sua confiança. É só que... aos vinte e poucos anos eu já estava na mais absoluta vanguarda da ciência. Sei que isso soa (*inaudível*), mas é o único modo de que disponho para explicar minha situação. Em termos mais simples, trabalhei com refração de luz (*inaudível*) biológica, embora isso não interesse a ninguém e certamente *não deva* interessar a você. Na verdade, eu sugeriria que você nem sequer pensasse nos aspectos técnicos da minha situação. O que deve interessar — a você — é que minha aptidão para a ciência permitiu que eu me envolvesse em coisas negativas e questionáveis... pensando bem, não. Deixe-me reformular. Preciso reformular o que disse. Minha aptidão para a ciência biológica permitiu que eu me envolvesse em coisas que *poderiam ser percebidas* como questionáveis. As coisas que fiz, vistas do ponto de vista intelectual, *não* são questionáveis. Não as considero negativas. Nem acho que qualquer pessoa inteligente as consideraria. Considero-as positivas. Mas sei que a "sociedade", ou qualquer termo que desejemos usar, pode discordar. Tenho consciência de que uma pessoa média consideraria minhas ações criminosas. E talvez eu esteja até sendo otimista. Agora, isso para mim é problema deles. O equívoco deles não tem relação com quem eu sou. Porém, como todos fomos criados na mesma sociedade e como involuntariamente absorvi várias das fraquezas típicas de outras pessoas, não consigo evitar o sentimento de culpa decorrente das minhas ações. Não a culpa propriamente dita, porque sei que as coisas que fiz eram boas. Mas o *sentimento* de culpa. Era isso que eu sentia. E isso pode ser igualmente prejudicial. E é sobre isso que preciso conversar com você. Quero encontrar uma forma de lidar com esse sentimento. Também preciso de alguém que analise minhas ações de maneira objetiva e ateste o que eu já sei: que não fiz nada de errado. Como disse antes, consigo entender tudo isso do ponto de vista intelectual. Só preciso entender do ponto de vista emocional também. Então é daí que vamos prosseguir. Boa-noite, Victoria. Mais uma vez, esta mensagem é do Y____."

DE: thevickster@gmail.com
PARA: vvick@vick.com
ASSUNTO: Y____ / Sexta-feira (4)
DATA: Sexta-feira, 28 de março de 2008, 14h00

Será uma página virada? Avanços significativos com Y____ nesta manhã!

Iniciei a sessão agradecendo a Y____ pelos recados deixados tarde da noite no meu telefone, na sexta passada, e comentando que as ligações — independentemente do conteúdo — indicam progresso. Y____ expressou uma satisfação dócil. Perguntei sobre o horário das ligações, já que tinham sido feitas bem tarde; perguntei se ele estava com problemas para dormir. Y____ disse que às vezes dormia à tarde, mas que se tratava de uma preferência (e não de um problema). "Meu trabalho exige que eu esteja bem desperto tarde da noite e nas primeiras horas da manhã", explicou, para depois, animado, se comparar a diversos animais de hábitos noturnos. Suas metáforas eram adequadas. Porém, também percebi certo grau de exibicionismo — ele parecia estar fazendo referências a animais exóticos como uma forma de auto enaltecimento, apenas para me mostrar que sabia muito de zoologia. No entanto, não o pressionei a respeito (para não arriscar perder o novo estágio de intimidade moderada entre nós).

Dez ou 15 minutos depois de iniciada a sessão, abordei os três pontos mais interessantes de sua segunda ligação:

[Nota ao leitor: De todas as conversas que tive com Y____, esta é a que mais gostaria de ter gravado. Sabendo tudo que sei agora, esta foi (quase seguramente) a conversa mais rica em detalhes que tivemos,

pelo menos em termos de conteúdo científico. Contudo, naquela época, parecia apenas que estávamos tirando detalhes impertinentes do nosso caminho. Devo admitir, constrangida, que no trecho mais crítico da conversa eu mal o escutava (em vez disso, me preparava mentalmente para a linha de abordagem que usaria em seguida). Assim, as citações de Y____ no trecho a seguir não são literais — se eu fosse uma repórter iniciante num jornal de grande circulação, não as usaria numa matéria de capa. Esta é apenas minha tentativa posterior de parafrasear as descrições repletas de jargões feitas por Y____ sobre como sua situação teve início, as quais ampliei um pouco desde então. Embora eu acredite que minha memória seja em geral aguçada, sei que perdi as minúcias mais importantes. É até hoje o maior arrependimento da minha carreira.]

1. "A mais absoluta vanguarda da ciência": Essa expressão me pareceu peculiar e pretensiosa. Perguntei por que ele havia escolhido especificamente aquelas palavras. Ele então fez um discurso incompreensível e improvisado sobre sua área de atuação, algo a que se referiu como "teoria da refração epidérmica". Y____ observou que esse trabalho era realizado com financiamento militar, mas que ele era um civil (originalmente contratado pela Universidade Chaminade, no Havaí). Ele preambulou sua explicação dizendo o seguinte: "Não há nenhuma chance de você conseguir entender isso um dia." E (mais uma vez) argumentou que os detalhes de seu trabalho de pesquisa não importavam. Pressionei-o para que tentasse. No fim das contas, ou ele estava certo ou tentou me confundir de propósito. Não faço ideia do que sua pesquisa queria solucionar ou inventar. Resumo da história:

Y____ estava envolvido em algo a que se referiu como um "projeto de ocultação". A certa altura, ele me perguntou se eu já tinha assistido a *Jornada nas estrelas*, o que nunca fiz. Ele usou a expressão "índice de refração negativa" diversas vezes. Sempre que eu pedia que usasse descrições mais simples, ele dizia coisas como: "Imagine que está olhando o colo de uma mulher, mas só consegue enxergar o que está atrás das suas costas." Fez menção a um "traje translúcido". Embora seja impossível definir se o que Y____ estava dizendo era (a) ao menos parcialmente verdade ou (b) algum tipo de vida imaginária, agora estou segura de que Y____ tem mesmo (e no mínimo) uma formação autêntica em ciência. É óbvio que essa formação não descarta sua pseudologia fantastica[2] (e pode até, paradoxalmente, servir para impulsioná-la). Eu me sentia, na maior parte do tempo, incapaz de acompanhar essa parte do diálogo. Quando confessei isso, ele me pediu educadamente que nunca mais lhe fizesse perguntas a respeito, já que se tratava de uma perda de tempo para ambos. Concordei com ressalvas. Ele precisava me ouvir dizer aquilo.

2. "Coisas questionáveis": Mencionei que sua ligação fazia referência a algum tipo de comportamento criminoso ou antissocial, mas ele imediatamente retirou o que dissera antes. Perguntei a que tipo de comportamento específico ele se referia. Ele respondeu: "Vigilância. Invasão de privacidade. Invasão de domicílio. Espionagem. Fiz um pouco de espionagem. Simulação. Uma espécie de roubo

[2] A expressão de uso mais frequente é mentiroso compulsivo.

de humanidade." Perguntei o que significava "roubo de humanidade". Y____ disse: "Eu destruía as vidas das pessoas sem seu consentimento." Insisti para que explicasse melhor. Ele disse (*algo semelhante ao que se segue*): "Alcancei um ponto na minha vida em que passei a me interessar exclusivamente pela realidade oculta do comportamento humano e não acreditava mais que fosse possível estudar tal comportamento se as pessoas soubessem que estavam sendo estudadas." Ele prosseguiu afirmando que a forma tradicional de tentar entender a psicologia humana era pedindo aos participantes que respondessem a perguntas sobre si, um processo que considerava improdutivo. "O ato de fazer uma pergunta a alguém destrói completamente o valor da resposta", explicou. Ele perguntou se eu conhecia o Princípio da Incerteza de Heisenberg.[3] Quando respondi que sim, disse: "Muito bem. Então você já sabe por que a psicologia fracassou."
Embora eu desejasse investigar esses pontos mais profundamente, percebi que o tempo da nossa sessão estava acabando e lembrei que eu precisava passar ao terceiro ponto.

3. "O sentimento de culpa": Suspeito que essa tenha sido a frase mais importante dita por Y____ nos recados (e a razão inicial de Y____ buscar ajuda). Perguntei no que a *culpa* se diferencia do *sentimento de culpa*, já que a culpa é ela própria uma

---

[3] Na mecânica quântica, o Princípio da Incerteza sugere que o ato de medir uma grandeza de uma partícula, seja massa, velocidade ou posição, faz com que outras grandezas se tornem imprecisas. Em outras palavras, o próprio ato de estudar alguma coisa modifica a essência do que essa coisa é.

> sensação (e toda sensação é um tipo de sentimento). Y____ discordou de modo veemente. "Um homem é culpado quando pensa subjetivamente sobre o que fez e conclui que suas ações foram objetivamente erradas. Um homem tem um *sentimento* de culpa quando pensa objetivamente sobre o que fez e conclui que suas ações foram subjetivamente erradas. Meu problema é que misturo essas duas perspectivas." Fiquei surpresa tanto com a eloquência quanto com a premeditação dessas palavras; era como se ele tivesse esperado o mês inteiro para fazer aquela declaração. Quando pedi que repetisse o raciocínio, ele o fez de imediato (e com a mesma organização sintática, o que aumentou minha suspeita de que era algo ensaiado). Perguntei por que estava tão preocupado com a ideia de ter um sentimento de culpa. Sua resposta: "Em parte porque não mereço sentir culpa, mas principalmente porque isso me atrapalha."

Nesse ponto me dei conta de que havíamos ultrapassado o tempo em mais de cinco minutos. Concluída a quarta sessão, passamos a discutir os honorários. Devido à sua duração reduzida (e porque a culpa tinha sido minha, apesar de eu não admitir), abri mão do pagamento relativo à terceira sessão. Y____ demonstrou que apreciava minha honestidade. Depois de lhe passar meu endereço, disse que a conta ficaria em US$ 450. Ele dispensou minha oferta de lhe enviar um recibo por e-mail.

Enviado do meu BlackBerry

DE: thevickster@gmail.com

PARA: vvick@vick.com

ASSUNTO: Y____ / Sexta-feira (SN)

DATA: Sexta-feira, 4 de abril de 2008, 23h04

Manhã estranha. Y____ não ligou. Considerando o progresso na nossa última sessão, eu tinha muita esperança em relação à nossa conversa de hoje. Estou perplexa. *Mas*... decidi não exagerar na reação. Uma ligação perdida pode ser consequência de uma variedade de coisas. Preciso manter uma postura realista nesse tipo de caso. Não quero viver novas situações como as de [*suprimido*] e [*suprimido*].[4] Ainda assim, é uma decepção. Estava começando a gostar sinceramente do meu diálogo com Y____ e continuo curiosa quanto à autenticidade da sua persona.

NOTAS:

Recebi o pagamento de US$ 450 na terça-feira, enviado por correio comum e, estranhamente, em dinheiro: 22 notas de vinte dólares (mais duas de cinco). A maior quantia que já recebi pelos correios! Um tanto perigoso, na minha opinião.

Enviado do meu BlackBerry

---

[4] Estes foram dois pacientes. Em ambos os casos, me envolvi demais com seus problemas (o primeiro tinha a ver com a morte de uma criança; o segundo envolvia um estupro ocorrido durante o encarceramento numa penitenciária). Em ambos os casos, fui obrigada a pedir que nosso tratamento fosse encerrado prematuramente.

ADENDO[5]

[Recebi mais duas mensagens de voz de Y____, desta vez explicando a sessão perdida. Diferentemente da mensagem anterior, ele parecia falar de maneira espontânea. Duração total da primeira mensagem: 299 segundos. Duração total da segunda mensagem: 19 segundos.]

LIGAÇÃO 1

"Boa-noite, Vicky. Aqui é o Y____. Antes de mais nada, quero me desculpar por não ter conseguido ligar hoje de manhã. Não me esqueci de ligar, se é isso que está pensando. Decidi não ligar. Mas isso só ocorreu porque pensei em parte do que você disse nas nossas conversas anteriores — pensei mesmo, *de verdade*, no que você disse — e concluí que talvez você estivesse mais certa do que eu havia pensado de início. Eu estava ouvindo uma pessoa — ouvindo uma pessoa na TV, num desses programas de variedades — e me ocorreu que pessoas que não falam a respeito de si estão restringindo seu potencial. Pensam que estão se protegendo de algum tipo de perigo abstrato quando na verdade estão deixando que outras pessoas decidam quem elas são e como elas são. Isso ocorreu com George Harrison. Ele era o beatle quieto. Lembra? Mas ele também era o beatle que as pessoas conseguiam transformar com mais facilidade em qualquer projeção imprecisa que quisessem e para qualquer finalidade que escolhessem de modo arbitrário. E eu (*inaudível*) cometer esse (*inaudível*). Não que eu esteja me comparando a um

[5] As ligações foram recebidas no sábado, às 3h00 e às 3h03 da manhã; ambas foram transcritas no sábado, 5 de abril, às 9h58.

beatle, claro que não, mas acho que você (*inaudível*). Provavelmente me pareço um pouco com um beatle, dentro da minha área. Bem, eis minha proposta: na próxima vez que eu ligar, nada de perguntas, pelo menos não de sua parte. Preciso conversar com você sobre o que aconteceu comigo e acredito que seja importante que você consiga ver um quadro completo da minha vida. E, como consequência, um quadro completo dos meus problemas. Se isso der certo, e acredito realmente que dará, creio que poderemos nos encontrar de verdade — cara a cara, por assim dizer — e começar a conversar mais objetivamente sobre essas questões. Então, é assim que faremos. Combinado? Vou ligar na semana que vem, e você só vai escutar. Eu vou falar; você não. Claro, isso não significa que não possa dizer "alô" ou fazer perguntas para esclarecer determinados pontos que não consiga entender. Não sou um fascista. No entanto, devo sugerir que não faça perguntas que não sejam absolutamente necessárias, ainda que me pareça que isso seja da sua personalidade. Parte do que vou lhe contar será simplesmente incompreensível, de forma que tentar compreender meu estado não será benéfico para o nosso progresso. Em segundo lugar, não quero estimular nenhum tipo de confiança vã de que você possa direcionar dissimuladamente nossa conversa com um monte de perguntas sutis, mas específicas. Não é isso que vamos fazer. Sei que toda pessoa inteligente acredita ser capaz de controlar uma conversa sem admitir isso uma única vez e sei que..."

LIGAÇÃO 2

"Sua caixa postal me cortou. Você devia programá-la para gravar recados mais longos. Mas o que eu estava dizendo, basicamente, era que sei o que uma pessoa inteligente faria ao ser colocada na posição em que eu a estou colocando. Entendo perfeitamente como isso deve soar para você. Apesar disso, torço que você resista à tentação de interferir. Você vai ter muitas coisas com que lidar quando este processo começar a acelerar. Não pense demais no que está acontecendo aqui, Vicky. Não sou um monstro do pântano, Vicky. Não sou um homem invisível. Não sou um vampiro e não sou Deus. Sou apenas uma pessoa incrivelmente interessante. Boa-noite, Vicky."

A primeira ligação importante

[Depois de consultar a dra. Jane Dolanagra, minha própria terapeuta e mentora acadêmica, concluí que as condições propostas por Y____ em sua mensagem não eram tão problemáticas quanto meus instintos haviam indicado de início. Quais seriam os riscos? Por que não permitir que Y____ diga livremente o que deseja que eu saiba? O propósito da terapia não é exatamente fazer o cliente se sentir à vontade? Pôr o cliente numa posição qualquer que o deixe mais propenso a se tornar emocionalmente vulnerável? Fazê-lo falar à sua maneira para que possa, no fim das contas, manter o mesmo tipo de diálogo dentro de sua própria cabeça? Foi isso que achei naquele momento. Claro que não me sinto tão confortável com a situação agora. Mas tanto eu quanto a dra. Dolanagra presumimos que, se Y____ realmente for tão inteligente quanto imagino, poderá gravitar sozinho na direção da mesma plataforma para a qual eu o teria conduzido.

Um pouco de contexto: Depois que iniciei nossa conversa de 11 de abril dizendo que "O palco é seu", Y____ discursou sem parar durante 43 minutos, momento em que resolvi avisá-lo de que restavam menos de dois minutos do nosso tempo de sessão. Este manuscrito não corresponde ao conteúdo integral da ligação (nem de qualquer uma das nossas interações subsequentes), já que essas transcrições se estendem por mais de 2.400 páginas em espaço simples. O que fiz (da melhor maneira possível) foi extrair as passagens mais críticas e esclarecedoras de cada conversa. Qualquer pessoa interessada em ler as transcrições completas pode visitar o subsolo da Biblioteca de Psiquiatria da Universidade do Texas, onde as páginas foram catalogadas pelo historiador social Daniel Arellano. Elas também foram copiadas em microfichas que podem ser consultadas por meio da Procuradoria-Geral, no edifício William P. Clements, 300 West 15th Street, Austin, Texas.]

[Nota para C. Bumpus: Para manter a simplicidade e o impacto, decidi apresentar a fala de Y____ no formato tradicional de prosa. Algumas escolhas — quando abrir um parágrafo, quando usar itálico ou empregar uma pontuação menos ortodoxa, quando resumir trechos particularmente difíceis — são resultado de minhas vontades. No entanto, todas essas escolhas foram motivadas exclusivamente pelo desejo de refletir os pensamentos de Y____ de uma maneira que captasse minha experiência de modo mais fiel. Se isso for um problema, podemos discuti-lo mais tarde.]

11 DE ABRIL (Y____ liga para o número do consultório, às 10h00):

Vamos começar. Sabe, não me incomodo em falar assim. Tenho certeza de que acha que sou uma daquelas pessoas que procuram um terapeuta e depois passam seis semanas repetindo como odeiam falar de si mesmas. Mas não sou esse tipo de pessoa. Nunca vou entender por que as pessoas se comportam desse jeito. Será que sentem algum tipo de pressão social para provar que não são egocêntricas, apesar de o fundamento de todo esse processo ser exatamente uma análise crítica do seu egocentrismo? Hoje em dia, ninguém é capaz de dizer que "fazer terapia é ridículo". Não é mesmo? Só um ignorante diria isso em alto e bom som. Nós todos fomos treinados para aceitar a importância desse processo. Só um completo idiota pensaria dessa forma. Não é mesmo? No entanto, quando se vê diante da experiência — quando alguém abre as portas internas que levam ao consciente e ao subconsciente, plenamente sabedor de que está pagando para falar de si numa relação de mão única —, logo sente a necessidade de dizer: "Não sei direito o que vim fazer aqui" ou "Não me sinto muito à vontade falando de mim" ou "Nem sei o que esperam que eu entenda". Sério, é um comportamento infantil. Hoje em dia, quem *não sabe* que tipo de conversa deve manter com um terapeuta? Você começa na terapia para enfrentar perguntas de quatro palavras: Por que estou aqui? Para onde estou indo? O que isso significa? Não é nenhum labirinto. Pois eu compreendo a expectativa. Quero falar a respeito dos meus sentimentos. É isso o que eu quero. Nunca vou entrar num conflito com você por causa disso. Não tenho esses preconceitos.

[Tento interrompê-lo para observar que não existe expectativa alguma. Y____ me corta na mesma hora.]

Pare. Pare, por favor. Você já está estragando tudo. O que foi que combinamos? Esse tipo de interrupção não é exatamente o oposto do que nós combinamos? Combinamos que isto aqui não seria uma farsa no estilo lá e cá. Não estamos num episódio da série *Em terapia*. Você não é uma psicóloga famosa da TV. Não preciso ser reconfortado. Imagino que alguns dos loucos que a ajudam a pagar o aluguel precisam de uma ladainha semanal para se sentir bem. Mas eu não. Será que não fui claro o bastante? Então vou tentar de novo: se surgir uma pergunta e você sentir necessidade de fazê-la, seja para tirar uma dúvida ou porque se perdeu, vá em frente. Nossa conversa vai se tornar inviável se não houver essa opção, e eu não quero deixá-la confusa. Mas concordamos que isto aqui não seria uma conversinha de filme da Nora Ephron, que fica de lá para cá, enquanto você permanece sentada, balançando a cabeça, do outro lado da linha. Não foi esse o nosso acordo. Combinamos algo diferente. Se entendi mal, peço que me diga agora. Porque esse é o único tipo de interação que estou disposto a manter. Eu decido como as coisas serão feitas. Eu decido.

Se puder aceitar, não diga nada. Se não puder, fale agora.

[Dez segundos de silêncio]

Muito bem, então. Obrigado, Vicky. Agradeço por sua colaboração, Vicky.

Por onde começo? Acho que vou começar dizendo que meu objetivo na vida, praticamente desde a infância, tem sido descobrir a verdade sobre a natureza humana. E, sim, eu disse desde a *infância*. Não se trata de arrogância e não me importo se soa presunçoso ou irreal. As coisas eram assim, e este é o meu jeito de ser. Todas as minhas lembranças mais antigas incluem ficar observando as pessoas e imaginando quem elas eram de verdade. Eu olhava para a minha mãe, por exemplo, e me perguntava quem ela era, o que sentia de verdade e como seu ponto de vista centrado na maternidade se comparava ao meu. Eu não sabia o significado de *ponto de vista*, mas ainda assim tinha um. Minha mãe era uma pessoa com meu irmão, outra com meu pai e outra completamente diferente falando ao telefone... por que eu seria a única exceção capaz de vê-la como era de verdade? Eu costumava brincar sozinho, no meu quarto, arrumando meus soldadinhos verdes no chão ou assoprando bolinhas de sabão pela janela, fazendo coisas infantis de um jeito infantil. Eu não era anormal. Mas, inevitavelmente, me pegava pensando em coisas complicadas. Eu pensava assim: "Sabe, este sou eu de verdade. Aqui e agora. *Este sou eu.* E esta é a *única* hora em que sou eu mesmo." Com meus pais, perto de outras crianças, sentado no banco da igreja ou na minha carteira na escola... em todas essas situações, eu era outra pessoa. Era uma *versão* de mim, e não o meu eu verdadeiro. Compreendi essa diferença antes de compreender qualquer outra coisa. Compreendi isso antes de dominar as palavras para poder explicar às outras pessoas ou mesmo à minha própria consciência. A pergunta estava sempre presente, toda vez que eu ia a um lugar público: *Quem são essas pessoas?* Eu sabia que isso era essencial para todo o resto. Sabia que estava vendo um mundo que não estava lá. Sabia que estava olhando para um simulacro de vida, apesar de nunca ter sido apresentado à palavra *simulacro* e de faltar mais de uma década para conseguir defini-la. Essa é a única coisa em que tenho pensado, pelo menos que consiga me lembrar. Tudo o que fiz, tudo o que alcancei... foi tudo por causa dessa pergunta. Por isso, começamos daqui. Começamos com o reconhecimento de que as coisas que fiz foram feitas para compreender a verdade a respeito das pessoas. Se fiz coisas ruins, ou se concordarmos que essas coisas podem ser *consideradas* ruins, ou se alguém se machucou indiretamente porque meus atos causaram um efeito dominó, sempre teremos de pesar essas consequências no contexto do que foi aprendido. Ou, em alguns casos, o que eu *esperava* que fosse aprendido, ainda que no fim o esforço tenha se mostrado infrutífero. Digo isso apenas porque quero que se sinta à vontade para me julgar, Vicky. A maioria das pessoas odeia ser julgada, mas não sou como a maioria. Pode me julgar o quanto quiser. No entanto, devo insistir que me julgue com *critério*. E, para fazer isso, precisa estar ciente de que nada do que fiz foi feito sem uma boa causa. Meus motivos sempre foram totalmente válidos. Sim, às vezes, um indivíduo pode ter motivos absolutamente puros e, mesmo assim, fazer coisas terríveis. Não ignoro isso. Mas lembre-se das minhas palavras. Será melhor para nós dois assim. Garanto que vou aceitar qualquer tipo de julgamento do meu caráter, da forma como for feito, desde que esse julgamento seja justo e equilibrado.

Voltando a mim: sempre fui singular. As crianças gostam de achar que são diferentes, mas eu era mesmo. Digo coisas que outras pessoas nem sequer pensam. Já na minha primeira semana no segundo ano, eles me passaram para o terceiro. Quando eu devia começar o nono ano, eles me adiantaram para o ensino médio. Me formei com 15 anos. Na maioria das vezes, isso é a pior coisa que se pode fazer a uma criança. Elas ficam inseguras. Ficam vulneráveis. Vi acontecer com outras crianças. Mas isso nunca me atrapalhou. Ou, se atrapalhou, nunca reparei. Não teve influência em nada. Eu não me importava em pular os anos. Me sentia anormal, mas de um jeito positivo. Além disso, eu também era muito alto. Tinha quase 1,80 metro aos 12 anos. Certamente isso ajudou. As pessoas altas são naturalmente confiantes. A história comprova isso: Alexandre, o Grande; Wilt Chamberlain; Gisele. A pessoa mais alta do lugar sempre comanda o espetáculo. E eu gosto de comandar o espetáculo. Quando tinha 14 anos, nas férias de verão, me candidatei a um emprego numa empresa de telemarketing. Na hora da entrevista, o rapazinho que cuidava do negócio perguntou por que deveria me contratar. Eu disse: "Bom, para começar, você deveria se livrar de uma parte do peso morto por aqui. Não vejo ninguém que pareça insubstituível." Fiquei com o emprego. Eu arrasei.

Mas quer saber de uma coisa? O que realmente me tornava diferente não era minha altura. Não era minha confiança ou o fato de ser capaz de ler muito rápido ou fazer de cabeça multiplicações com números de três dígitos. O que me tornava diferente era que eu não me interessava em socializar com as outras crianças — elas sempre pareciam um bando de adolescentes analfabetos fingindo ser outras pessoas, tentando impressionar umas às outras, fissuradas em música ruim e filmes de sexo explícito, conversando alto demais sobre onde tinham comprado uma calça jeans. Fora as aulas e alguns dos professores, a única coisa de que eu gostava no colégio era a fofoca. Eu realmente gostava de fofocar sobre os outros alunos. Sei que é uma confissão de pobreza de espírito, mas essa era sempre a melhor parte. As fofocas eram a única coisa que eu achava interessante entre os meus pares. Especulávamos sobre quem estava saindo com quem e conversávamos sobre quais garotas se achavam incríveis e quais outras tinham feito aborto — era tudo suposição e análise. Havia pessoas que analisávamos todos os dias. Eram celebridades para nós. Obviamente, também havia um monte de palhaços maçantes sobre os quais *nunca* falávamos, mas até essa distinção tinha seu próprio significado. Os fofoqueiros se definem tanto pelas pessoas com quem se importam quanto pelas pessoas que ignoram. Esses limites são estabelecidos naturalmente. Como devo dizer isso, Victoria? Sou um fofoqueiro. Não nego. Eu queria ser daquele jeito e foi o que aconteceu. Mas o que eu queria de verdade era *saber*. Queria que minhas fofocas fossem confirmadas ou refutadas. Quer dizer, como eu poderia me relacionar com aquelas pessoas se não soubesse como se comportavam ou quem eram de verdade? E eu não sabia essas coisas. Não sabia. Sabia como elas se mostravam, mas não é a mesma coisa. Então comecei a me perguntar: Como poderia descobrir as verdades que não eram visíveis? O que eu não estava vendo? O que *ninguém* estava vendo? Fiquei obcecado por essas perguntas e, por isso, passei a seguir as pessoas. Ia atrás delas até suas casas e me escondia atrás de arbustos. Sei que existem muitas piadas sobre pessoas que se escondem atrás de arbustos, mas foi exatamente o que fiz. Eu era o garoto atrás dos arbustos.

Tenho uma lembrança particularmente marcante. Havia uma pessoa que resolvi observar — um garoto de cabelo comprido e óculos. Fundo de garrafa e uma longa cabeleira. Não me lembro por que o escolhi. Acho que porque parecia ser fácil de seguir. Ele morava a oito quadras da minha casa. À noite, eu dizia aos meus pais que ia até a livraria da universidade pública, e em vez disso entrava escondido no quintal desse garoto. Como o quarto dele ficava no segundo andar, passei as primeiras noites observando seus pais na sala. Eles não faziam nada, só assistiam à TV, e o pai e a mãe ficavam sempre no mesmo lugar. Nunca estavam sozinhos, então não podiam ser autênticos. Só que meu alvo principal era o garoto. Então resolvi arriscar. Havia uma árvore imensa que se espalhava por trás da casa e decidi subir nela. Subi na árvore e me sentei num galho, como a história de Zaqueu na Bíblia, e olhei direto para dentro do quarto em que o garoto jogava Nintendo. Era incrível! Lembro perfeitamente dessa primeira vez — a primeira noite em que consegui ver uma pessoa além de mim. Ele não estava fazendo nada, mas não estava fazendo nada *de verdade*. Sem fingimento. Sem precauções. Eu o via como ele era de verdade. Sei que isso pode soar como voyeurismo, mas essa não é uma percepção acurada. Não tinha nada a ver com voyeurismo. Eu não estava sentindo um prazer vulgar por ver algo que não devia ver. Estava aprendendo. Era como na escola.

Esse garoto, esse adolescente — nem me lembro do primeiro nome dele, mas o sobrenome era Swanson —, ele só jogava video game. Jogos de corrida, tipo *Pole Position*. Esse era o *modus operandi* dele, totalmente ordinário. Às vezes, porém, ele fazia outras coisas. De vez em quando, e sem qualquer premeditação, ele pausava o Nintendo, ligava o som e interpretava qualquer música que estivesse tocando. Fazia uma performance, mas só para si mesmo. E não tocava *air guitar*, como sempre mostram nos filmes e nos videoclipes. Lembrava mais um musical da Broadway. Ele interpretava as letras das músicas, fingia cantar todas as palavras, pulava na cama e girava pela sala como uma mulher. Eram sempre as mesmas músicas, do mesmo CD, sempre no volume mais alto. Quando a janela estava entreaberta, eu podia ficar sentado na minha árvore, ouvindo baixinho a música que ele imitava. Rush. Ele ouvia Rush. *2112*. Um disco que ninguém na nossa escola conhecia. Um disco que, seguramente, esse garoto nunca havia mencionado para ninguém. É o seguinte: eu conhecia essa pessoa. Acho que era meu amigo, pelo menos da perspectiva dele. Eu o via todo dia — ou pelo menos via a versão dele que se arrastava até a escola. Ele sentava atrás de mim na aula de geometria e na minha diagonal na aula de francês. Fizemos educação física juntos, dois anos seguidos. Eu sabia as coisas que ele dizia e as coisas de que ele fingia gostar. E posso garantir: a versão do garoto que eu conhecia da escola não dava a mínima para o Rush. Nada. Em nenhum sentido. E no entanto... isso parece tão óbvio agora... claro que ele dava. Ele *gostava* do Rush. Ele *amava* o Rush. Devia ser mais importante do que todas as coisas que ele fingia adorar em público, porque era isso que tocava quando ele era ele mesmo. O *2112* já estava fora de moda e esquecido, mas era o que ele amava, simplesmente pelo que era. Por isso fiquei fascinado. Fiquei fascinado por esse pequeno detalhe que nem de longe era pequeno: sua relação secreta com o *2112*. Suas apresentações secretas no quarto, sem qualquer tipo de significado implícito. Sempre quis perguntar a ele sobre isso. Queria simplesmente aparecer, de um jeito casual, e perguntar: "Ei, Swanson, o que você acha dos *power trios* canadenses? Tem alguma opinião a respeito? Eles são uma inspiração para você? Já pensou em fazer uma apresentação oral sobre o livro que inspirou *Anthem*?" É claro que nunca fiz isso. Eu não podia. Era arriscado demais. Em vez disso, ficava apenas observando pela janela. Com o tempo, perdi o interesse e comecei a seguir outra pessoa. Mas Swanson foi o primeiro. Foi a primeira pessoa que conheci.

Suponho que esse seja exatamente o tipo de informação que você quer obter de mim. Quer que eu volte até o ensino fundamental, o ensino médio, a universidade. Quer que eu fale sobre todas as coisas que supostamente me tornaram quem eu sou. Talvez eu faça isso, se estas sessões caminharem bem e se nós precisarmos ficar revirando o passado. Talvez eu faça isso e talvez não. Mas, neste exato momento, quero me adiantar. Quero falar sobre como construí o traje e como desenvolvi o creme. Você pode argumentar que essas coisas não eram necessárias. Certamente existem formas mais simples de vigilância. Grampos, por exemplo. Câmeras escondidas, detectores de movimento. Eu tinha um imenso interesse por câmeras escondidas e as usava com meus colegas de quarto na universidade. Muitas vezes, ficar escondido embaixo da cama ou dentro do teto falso possibilita o mesmo resultado, pelo menos até certo ponto. Mas nenhum outro método reproduz realmente a sensação de estar dentro do quarto. Se você quer estar dentro de um quarto, você precisa estar *dentro do quarto*, dá para entender? Ainda que essa seja uma missão infinitamente mais complicada. Ainda que o traje e o creme sejam desconfortáveis e que o esforço físico exigido do meu corpo seja absurdo. Nunca mais vou me sentir o mesmo. Nunca mais vou ser o mesmo. Mas era algo que tinha de ser feito.

[Nota para C. Bumpus: Vendo tudo isso agora, penso que devia ter interrompido Y____ nesse ponto e pedido mais detalhes sobre "o traje e o creme". Talvez ele aceitasse. No entanto, em minha defesa, quero ressaltar que ainda tinha a impressão de que "o traje e o creme" eram parte do mundo imaginário de Y____, e não artefatos concretos. Também estava me esforçando muito para cumprir as condições preestabelecidas por Y____, que incluíam não o interromper durante seus monólogos. Naquele momento, conquistar sua confiança emocional me parecia mais importante do que a credibilidade de suas afirmações. Se estiver se perguntando o que eu pensava em silêncio enquanto ele falava do traje e do creme, minha resposta é simples: "Isso é interessante. Gostaria de saber até onde vai essa história." Supus que Y____ estivesse fazendo algo que muitos pacientes fazem depois que começam a se sentir à vontade com o terapeuta. Supus que ele estivesse revelando uma metáfora óbvia de como enxergava a si próprio. A ideia de usar um "traje" especial ou fantasia é uma representação comum para alguém que esconde seu verdadeiro eu do resto do mundo. Já o conceito de "creme" me pareceu, inicialmente, de natureza sexual, um tema ao qual Y____ nunca havia feito menção. Eu estava realmente animada com essas revelações e queria ouvir mais. Só mais tarde percebi que meu silêncio tinha sido um erro. Esperei uma sessão a mais do que devia.]

Como creio já ter mencionado, a pesquisa e o desenvolvimento do traje e do creme foram financiados pela segunda administração do governo Bush, tecnicamente por meio de bolsas comuns, mas na verdade pela NSA.[6] Foi quando eu estava no Havaí. Começou como uma ampliação da tecnologia de camuflagem óptica, que veio originalmente da Universidade de Tóquio, mas na Chaminade nos ocupávamos mais com metamateriais. É verdade que até hoje não sei se a função inicial do traje era o combate ou o reconhecimento. Como você deve imaginar, havia muita discussão sobre esse assunto no laboratório. Havia uma questão permanente: se aceitaríamos o financiamento para a pesquisa caso o traje e o creme se destinassem a uso em combate, o que essencialmente os transformaria em armamentos. Nenhum daqueles cabeçudos queria trabalhar com armamentos. Eram assumidamente moralistas. Para mim era um pouco diferente, em parte por ser mais jovem, mas principalmente porque eu já era rodado. Apesar da minha idade, aquela experiência era possivelmente minha quinta ou sexta empreitada intelectual: eu tinha começado na engenharia química, nos primeiros anos de universidade, depois fui atrás de um diploma de sociologia e logo em seguida de um de psicologia. Tentei a sorte no jornalismo investigativo durante dois anos. Sou um músico talentoso. E fui um dramaturgo bastante razoável. Participei de um workshop de planejamento urbano. Trabalhei um pouco com agricultura orgânica. Dediquei 18 meses ao estudo autônomo da matemática antes de voltar às ciências naturais. Não consigo me lembrar de um tema acadêmico que não me interesse, exceto talvez história

---

[6] Agência de Segurança Nacional.

da arte. Assim, ainda que eu fosse o mais jovem no laboratório da Chaminade, minha visão de mundo era muito mais diversificada. Eu já havia experimentado diferentes níveis de trabalho intelectual. Nunca me referiria a mim mesmo como um "homem do Renascimento", embora acredite que eu era exatamente isso. Por outro lado, quase todos os outros na Chaminade não tinham feito nada fora do mundo da pesquisa, o que significa que todas as suas preocupações pessoais eram meio míopes e, para ser sincero, pouco sofisticadas. A grande questão para eles sempre me pareceu ser a relação entre os motivos inexplicados das Forças Armadas e seu envolvimento pessoal. Em suma, eles se dispunham a desenvolver qualquer tecnologia, desde que isso se desse sob a aparência de estarem fazendo algo bom, ou pelo menos neutro. Em outras palavras, se construíssem uma arma, *sem saber na época que se tratava de uma arma*, não haveria uma crise moral. Eles se recusavam a avaliar a possibilidade de alguém usar qualquer coisa que criassem de maneira imprópria; era algo que consideravam fora de seu controle. Eles se preocupavam em aceitar todas as ordens da maneira que eram passadas, mesmo que as informações não fizessem sentido ou parecessem ser claramente mentirosas. Acredito que buscavam a proverbial "consciência limpa". No entanto, como o governo nunca dizia com todas as letras por que queria uma parafernália para ocultação, o projeto todo começou a sangrar e a entrar em colapso. Vários dos meus colegas achavam que, como ninguém nos contava *por que* tentávamos construir elementos para a ocultação humana, eles eram forçados a deduzir que o resultado, qualquer que fosse, não teria utilidade. Se ninguém *dissesse* para que serviria a ocultação, eles considerariam tudo um exercício.

Nas suas cabeças, não haver uma explicação declarada significava que o traje não poderia ser usado para nada. Sei que isso parece loucura, mas há certa lógica absurda nisso: se alguma coisa não tinha um propósito bem-definido, então todo uso se caracterizava como impróprio, e isso significava que eles estariam trabalhando conscientemente num projeto destinado a ser empregado de forma imprópria. Quer dizer, racionalmente, todos nós sabíamos que esses trajes teóricos seriam usados para *alguma coisa*. Todos os acordos de financiamento deixavam claro que não se tratava apenas de investigações científicas. E entrava tanto dinheiro no desenvolvimento que precisava haver um produto bem-definido ao final. A NSA não gastaria tanto dinheiro com meros exercícios. Mas ninguém conseguia lidar com o fato de não termos orientações. Em termos mais claros, se os militares tivessem contado *qualquer coisa* sobre por que tínhamos de desenvolver tecnologia de ocultação, isso bastaria para a maioria dos meus colegas. Tenho certeza de que todos na Chaminade ficariam tranquilos se a NSA simplesmente inventasse um memorando falso sobre o propósito pretendido. Poderia dizer qualquer coisa. Bastaria um papel declarando: "É para isso que queremos nossos trajes mágicos." Poderiam ter mandado um e-mail: "Queremos usar esses trajes para infiltrar soldados em áreas perigosas de forma que eles possam prover ajuda de emergência a cidadãos desalojados sem oferecer pistas visuais às forças inimigas." Isso seria mais que suficiente. Até onde sei, esse poderia até ser o objetivo verdadeiro! Porém, como a NSA se recusava a nos dar qualquer coisa palpável, as pessoas começaram a abandonar o laboratório por supostas razões éticas. Os primeiros a fazê-lo apresentaram motivos válidos, mas, depois de um tempo, a maioria foi embora porque seus colegas mais próximos já haviam saído, ou porque esse falso obstáculo filosófico servia de desculpa para voltar ao continente, ou por ser daquele tipo de gente que sempre faz o que todos os outros estão fazendo. E isso, é claro, funcionou a meu favor. Quando o projeto enfim foi cancelado, só restava eu no laboratório, então simplesmente roubei tudo que havia e concluí o trabalho no meu apartamento. Não costumo roubar coisas, mas se tratava de uma circunstância especial. Assim que consegui vencer as distrações, só levou mais três anos. Ninguém se deu conta. O projeto nunca tinha sido secreto porque não havia um objetivo claro o bastante para ser mantido em segredo. Apenas encaixotei tudo dentro do laboratório e botei no carro. Não me fizeram uma única pergunta a respeito da tralha que levei embora. Além disso, todas as nossas anotações e fórmulas estavam em rede. E, para ser sincero, mesmo quando o laboratório funcionava a pleno vapor, era eu quem fazia a maior parte do trabalho. Eu tinha sido o único capaz de entender imediatamente a importância daquilo. E nunca me incomodei em trabalhar sozinho. Na verdade, até preferia.

[Foi nesse momento que interrompi Y____, apesar do nosso acordo. Tentei ser direta, dizendo apenas o seguinte: "Não consigo entender o que tudo isso significa nem para onde estamos indo." Naquele instante, eu estava sendo honesta. Analisando as coisas agora, parece claro até demais qual era o objetivo daquele monólogo. Mas só tenho essa impressão agora porque sei o que aconteceu depois. Naquela hora eu não acreditava que as informações fossem verdadeiras. Em suma, eu me

perguntava por que Y____ havia escolhido aquelas mentiras específicas para contar.]

Vicky, nunca esperei que você entendesse. E espero não parecer arrogante, porque não é essa a minha intenção. Não esperaria que qualquer pessoa conseguisse entender. Só estou lhe fornecendo informações para que possamos chegar às minhas verdadeiras preocupações, que não incluem nada relacionado à ciência. É o seguinte: eu tinha um desejo e construí algo que transformou esse desejo em realidade. E isso teve uma consequência. Acredito que não seja tão diferente de um artista que consegue o que quer e então descobre que aquilo só tornou sua vida mais difícil. Meu desejo era poder estudar como as pessoas vivem quando estão sozinhas, e eu desenvolvi um instrumento que me permitia fazer isso. É simples assim. Não tenho nenhum problema com os valores ou aspectos morais da ciência. Só quero que saiba exatamente o que fiz. Além disso, quando finalmente chegarmos ao ponto, não quero desperdiçar nosso tempo tendo de explicar detalhes da ocultação a cada dez minutos. É algo difícil de explicar a um cientista e impossível de explicar a uma terapeuta. Vai ter de aceitar certa dissonância cognitiva. Você deixou bem claro que estas sessões eram para *me* ajudar e que eu podia determinar sobre o que conversaríamos. Por isso, estou lhe dizendo sobre o que quero conversar. Então, acha que isso pode ser um problema?

[Garanto a Y____ que isso não é um problema e garanto também que isso não vai se tornar um problema. Mas observo que fica difícil

entender sobre o que estamos conversando se ele não está disposto nem a delimitar o assunto de que estamos supostamente falando.]

Que parte lhe parece "não delimitada"? Não me leve a mal. É só que realmente não tenho como tornar isso mais simples do que já tornei. Sei que é complicado, mas o que sou capaz de explicar é restringido pelo que você é incapaz de entender. Vamos tentar o seguinte: Imagine que você mora sozinha. Sei que não mora, mas imagine que mora. Imagine que leva uma vida calma e solitária num apartamento de um quarto na periferia da cidade. Agora, imagine que há mais alguém em seu apartamento. Imagine que um estranho conseguiu entrar no seu apartamento e que esse estranho está simplesmente sentado ali, em silêncio, observando você. Esse estranho poderia aprender muita coisa sobre quem você é de verdade, não poderia? Ele passaria a conhecê-la com uma profundidade que, em geral, só você própria poderia experimentar, num contexto livre de fingimentos. Ele veria os ingredientes originais da receita que você segue para criar sua versão pública. Aprenderia coisas que nunca mais conseguiria desaprender. E talvez isso fosse difícil para ele. Talvez ele se sentisse sinistro. Talvez passasse a sentir uma raiva direcionada a nenhuma pessoa em particular. Talvez passasse a ter uma opinião mais negativa de si mesmo.

Vejo as pessoas de maneira diferente e vejo a mim mesmo de maneira diferente. E creio que nunca vou conseguir reverter esse sentimento. Acho que é isso que desejo entender. Quero aprender a lidar com quem eu sou e com o que sou capaz de fazer. E estou determinado a isso. Por isso, voltarei a ligar na próxima semana. Voltarei a ligar.

Até logo, Vicky. Acho que fomos bem hoje.

FIM DA PRIMEIRA SESSÃO POR TELEFONE

NOTAS: Isso vai ser mais difícil do que eu supunha. Talvez os problemas de Y____ estejam fora das minhas capacidades. Ele está mergulhado num delírio profundo que agora parece misturado à sua realidade funcional. Não é apenas o fato de Y____ não conseguir separar sua vida real da sua vida imaginária; parece que o real está aproveitando deixas do irreal. Passei a desconfiar das credenciais acadêmicas de Y____, principalmente devido à sua preocupação em evitar detalhes científicos, antes mesmo de eu falar a esse respeito. Meu primeiro objetivo é ajudar Y____ a aceitar e admitir que não é um cientista.

No entanto, acredito que ele tenha mesmo vivido algum tempo no Havaí.

Um problema mais grave é sua preocupação com outras pessoas (e o que ele parece acreditar ser o significado dessa preocupação). A história do adolescente que ele observava pela janela, por exemplo, parece autêntica — embora não esteja claro para mim por que a música do Rush tem um papel tão importante na narrativa. O que me parece ainda mais confuso (e menos plausível) é a ênfase dada ao voyeurismo motivado por uma curiosidade acadêmica.

Todos os sinais sugerem uma pessoa extremamente solitária — com uma solidão que durou tanto tempo que se transformou numa psicose. Se seu relato sobre ter pulado anos na escola (não uma única vez, mas duas) for verdadeiro, será necessário explorar essa experiência. Y____ deve ser retirado de sua mente. Ele é teimoso. Este caso vai ser desafiador.

A segunda ligação importante

18 DE ABRIL (Y____ liga para o número do consultório às 10h05):

Vicky. Bom-dia. Como vai? Espero que esteja muito bem. Então, pelo que me lembro, paramos na semana passada no...

[Não deixo Y____ continuar. Conto que passei a semana inteira pensando em sua situação e que tenho algumas questões práticas que precisam ser resolvidas. Sem esconder a contrariedade, ele pergunta qual é o foco das questões. Respondo: "O traje e o creme. Preciso entender o traje e o creme." Ele pergunta do que preciso saber. Quando digo que preciso saber de tudo, ele suspira de um modo tão melodramático que dá para ouvir até na gravação, quase como se fosse uma radionovela.]

Já conversamos sobre isso, Vicky. Não vou voltar a falar disso. Passamos por todo esse processo semanas atrás. Por que não me apresentou essas questões quando lhe dei as explicações, na primeira vez? Não é isso o que quero fazer. Não pretendo lhe enviar envelopes com dinheiro para lhe ensinar ciência molecular. Por que eu me interessaria em fazer isso? Pode me explicar por que devo lhe enviar dinheiro para que você possa fingir que entende algo que nunca lhe fará sentido?

[Peço desculpas. Pensando melhor agora, percebo que pedi desculpas demais a Y____ nesse tipo de situação, mas eu não imaginava que ele usaria isso contra mim. Pergunto se ele pode me dar uma explicação para leigos de como o traje e o creme funcionam. Ele diz: "Não me surpreende que você goste de explicações para leigos." Quando aviso que esse tipo de resposta é desrespeitosa e arrogante, ele pede desculpas.]

Sinto muito se o que disse a magoou. Sinto muito se você compreendeu minha brincadeira de um modo diferente do que eu pretendia. Não era minha intenção.

[Detectando uma janela de vulnerabilidade, pergunto de novo se ele poderia oferecer uma explanação geral a respeito do traje e do creme. Mais uma vez, ele suspira de um jeito caricato.]

Tudo bem, sem problemas. Não vejo como isso possa ajudar, mas tudo bem. Simplificando, quando eu estava no Havaí, nós trabalhávamos no seguinte: você conhece Philip K. Dick? Já ouviu falar de um livro chamado *O homem duplo*? Também fizeram um filme baseado nessa história. Uma animação, que, aliás, eu não vi. Isso não importa. Resumidamente, é um romance futurístico sobre combate às drogas, e os policiais usam um negócio chamado traje misturador. No livro, o traje misturador é feito de um material ultrafino que o policial veste como se fosse uma membrana, uma espécie de lente maleável de quartzo. O conceito básico é que o traje permite que você se pareça alternadamente com um milhão de pessoas diferentes. Em suma, ele faz com que uma pessoa pareça com todo mundo e com ninguém ao mesmo tempo. É claro que isso não passa de pura ficção. Totalmente impossível. Mas é óbvio que o livro plantou a semente de uma ideia, pelo menos do ponto de vista militar. Eles queriam que criássemos um traje que tornasse uma pessoa impossível de ser vista ou pelo menos muito, muito *difícil* de se ver. Embora ninguém na Chaminade tenha recebido essa explicação diretamente, todos meio que entendemos que o livro era a origem. Conversamos entre nós a respeito. Quer dizer, as pessoas que trabalhavam no laboratório eram do tipo que lê várias histórias do Philip K. Dick. E você ficaria surpresa se soubesse como os militares gostam de trabalhar dessa maneira. Eles tiram milhões de ideias de porcarias como *Jornada nas Estrelas*, Arthur C. Clarke e *Guerra Mundial Z*. Chegaram a tentar criar um Wookie por meio de engenharia genética na Groenlândia. Não estou brincando. Queriam formar um exército de malditos Chewbaccas para combate corpo a corpo no clima ártico. Tentaram durante dez anos. Tenho fotos. Um dos meus colegas garantia ter amostras de cabelo, mas confesso que parecia pelo comum de iaque.

Enfim... foi assim que aconteceu: fomos instruídos a inventar esses trajes de ocultação, embora, como já disse, nenhum de nós soubesse exatamente para quê. E, obviamente, é impossível criar um tecido que desaparecesse por conta própria. Isso é besteira. Mas desenvolvemos um conceito que, de imediato, pareceu ser quase plausível: precisávamos de um traje transparente que *refletisse* a luz, quando coberto por um fluido viscoso. Esse fluido capturaria e transportaria a luz. Chamamos os elementos presentes no fluido de metamateriais, porque os componentes são menores que o comprimento de onda da luz. Consegue entender a premissa? Você se lembra de já ter ouvido falar nisso? Batizamos esse fluido teórico de "fluido de ozônio", por ter sido vagamente inspirado pela maneira como a camada de ozônio captura os raios ultravioleta. A luz passaria pelo creme, mas não seria refletida de volta. Foi nesse ponto que *O homem duplo* de fato teve influência. Existem certos elementos naturais — o quartzo é um deles — que normalmente rebatem a luz em direção à sua fonte, quase como um espelho. E, se você combina uma sequência específica desses elementos, cada um refrata uma fonte de luz universal em diferentes comprimentos de onda. Então, foi isso o que infundimos no creme. Ele é preenchido com metamaterial cristalizado que reflete a luz de modo variável. A superfície do creme, no entanto, oferece resistência. É como se o traje tivesse atmosfera visual própria. Obviamente, este foi o ponto-chave: desenvolver um creme que permitisse que a luz passasse pela membrana, atingisse a superfície altamente reflexiva do traje, rebatesse e depois rebatesse *de novo*. A luz, porém, não podia ser refratada num ângulo reto. Era preciso que fosse num ângulo obtuso ou agudo. Isso porque estávamos tentando fazer com que a luz se *movesse*. Queríamos que ela se movesse 180 graus em relação ao ponto de origem. Nossa hipótese — na verdade, *minha* hipótese, porque fiz todo o trabalho pesado — era de que haveria, inevitavelmente, um foco de luz na extremidade oposta de quem estivesse usando o traje, já que a refração viria dos dois lados ao mesmo tempo e com a mesma velocidade. O foco de luz venceria a resistência do creme e se tornaria nossa "imagem de terceiro". Esse era o plano.

Isso tudo faz sentido? Faz algum sentido para você?

Muito bem. E o que isso significa num mundo tridimensional? Em suma, significa que qualquer pessoa que olhasse para um homem usando o traje veria o que estivesse logo atrás dele. Se esse homem com o traje estivesse de pé diante de uma parede de tijolos, a pessoa veria tijolos. Esses tijolos seriam apenas um reflexo, mas se encaixariam ao resto da parede. Não seria um encaixe perfeito, mas bom o suficiente para enganar qualquer pessoa que não soubesse exatamente o que procurar.

Está satisfeita?

[Respondo: "Para ser sincera, não."]

É claro que não. Como poderia estar? Já estou simplificando as coisas em um nível em que quase não fazem mais sentido nem para mim. Acredite em mim, Vicky, não precisa se preocupar com o aspecto científico. Não consigo entender por que isso importa tanto para você. Tudo o que precisa saber é que, na Chaminade, desenvolvemos algo semelhante a uma roupa ninja. Chegava a parecer um pijama de criança. No meu apartamento, dois anos depois, concluí o trabalho no creme transluzente. Levei mais dez meses para concentrar o creme num vapor, de modo que pudesse ser aplicado na forma de aerossol. Foi mais difícil do que eu tinha previsto. Em vários sentidos, foi a parte mais difícil. A única opção que eu tinha era insistir na tentativa e erro. Não gosto nem de *pensar* nesse período da minha vida. Incrivelmente entediante. Mas, como disse, esses detalhes não importam para você.

Bem, se eu vestir essa roupa ninja, eliminar todos os pelos do rosto, botar um par de óculos especiais, borrifar o traje, minhas mãos, meus pés e meu rosto com o creme concentrado, vai acontecer uma ilusão de ótica. Você não vai conseguir me ver. Em vez disso, vai ver o que estiver imediatamente *atrás* de mim e interagir com essa falsa imagem na velocidade da luz. E, conforme eu disse antes, como esse processo distorce a fonte de luz de modo artificial, minha imagem criada vai ter pequenas imperfeições. Vai ser menos nítida e menos viva. Pode-se dizer que a diferença é semelhante à que existe entre uma TV normal e uma de alta definição — espero que isso a ajude a visualizar. A correspondência não vai ser perfeita, mas próxima o suficiente.

E então? Está satisfeita *agora*?

[Não respondo nada.]

Vicky, o que você precisa decidir é até que ponto essa barreira mental pode afetar sua capacidade de trabalhar comigo. Entendo que isso soe muito estranho. Mas a verdade é a seguinte: não é nada estranho. Ou, pelo menos, não é tão estranho quanto parece ser neste momento específico. O que os militares queriam — e o que acabei conseguindo — era apenas um modo de não serem vistos. Eles provavelmente queriam passar despercebidos para poder assassinar dissidentes afegãos. Mas minhas razões eram outras. Não sou um terrorista. Sou apenas uma pessoa. Então, podemos voltar aos problemas que importam de verdade?

[Respondo que sim. Mas depois, sem perceber, digo algo que deixa Y____ enfurecido: "É só meio difícil para mim aceitar que você é o Homem Invisível."]

Meu Deus. Você disse isso mesmo? Será que estou bêbado? Será que temos 6 anos de idade? Você é mesmo uma terapeuta? Onde você estudou? Teve de ler algum livro por lá ou será que fez um daqueles cursos online? Vicky, não sou um homem invisível. Não estamos nos anos 1950. Não sou negro. As pessoas não podem ficar *invisíveis*. Sinto muito por desapontá-la. Não é possível ver através de algo, a não ser que seja uma porcaria, tipo um acrílico. Nunca tomei uma poção e desapareci. Eu não sou a porcaria do Giges. Não existe anel mágico. Não uso uma capa. Não é assim que funciona. Nunca fiquei *invisível*. Sempre estive lá. Caramba, meu Deus! Você não sabe como o olho humano funciona? Uma pessoa invisível seria completamente cega. Consegue entender isso, não consegue? Uma retina transparente não é capaz de registrar cores. Para ser sincero, eu me sinto um pouco ofendido. Mais do que um pouco. Gasto toda essa energia para explicar o processo de ocultação — apesar do meu receio por saber que você não é uma cientista — e, mesmo assim, isso acontece. Você acha que eu sou o H. G. Wells. Não, não pode ser isso. Tenho certeza de que não faz nem ideia de quem seja H. G. Wells. Eles provavelmente

não abordam isso na Universidade de Phoenix. Não deve haver nenhuma foto dele no site. Sabe quem é o Chevy Chase? Ele já foi o homem invisível. Talvez você ache que sou como o Chevy Chase. Sabe de quem estou falando? Você já viu *Assassinato por encomenda*, ou será que a história é muito complicada?
Ou, talvez, você seja mais fã do Kevin Bacon.

[Digo a Y____ que seu comportamento é intolerável. Informo que vou encerrar a sessão se continuar falando comigo nesse tom.]

Então, talvez devamos mesmo encerrar a sessão.

[Pausa longa.]

Tudo bem, tudo bem. Que se danem as minhas intenções. Eu errei ao dizer essas coisas. Sinto muito se a magoei. Não devia ter feito essa referência ao Chevy Chase. Você não parece uma menina de 6 anos. Sei que não é uma idiota e sei que você também sabe disso. É só que... quer dizer, vamos falar sério... Invisível? Você devia saber. E você *sabe*. Objetos palpáveis não podem ficar invisíveis. Nunca. Acontece que eles não precisam ficar. Esse é o ponto crucial do conceito. Uma das coisas mais importantes que já aprendi é que as pessoas mal conseguem enxergar o que está claramente diante delas, que dirá as camufladas. Todos nós temos uma imagem fixa de como o mundo se parece, e essa imagem se retroalimenta. Na nossa mente, alteramos o que vemos para que se encaixe à nossa percepção inconsciente de ordem. Tenho certeza de que conhece a expressão "as pessoas veem o que querem ver". Mas ela não é totalmente precisa. Uma versão mais exata da frase seria "as pessoas veem o que elas acreditam estar visível". Se não houver sensação de movimento ou ruídos inesperados, normalmente deixamos que nossa mente produza um pano de fundo compatível com nossa memória. As pessoas olham para o mundo sem enxergar nada que esteja fora de suas expectativas inconscientes.

Eu me lembro com clareza de umas noites que passei em Dallas, infiltrado na casa de um homem com um emprego bem estressante e desgastante fisicamente. Faz uns dois anos. Era um homem que saía de casa de manhã bem cedo e voltava duas horas depois de anoitecer. Chegava sujo e mentalmente esgotado. O telefone tocava e ele o ignorava por completo. Nunca o atendia. Nem sequer olhava quem estava ligando. Ele tomava um banho, botava uma pizza congelada no forno, virava um copo de chá gelado e assistia ao canal MSNBC na TV, 90 por cento pelado. Normalmente ia dormir antes das 11. De um ponto de vista observacional, o homem não me fornecia muito material de trabalho. Mas sempre vou me lembrar de como ele parecia desconectado do seu ambiente. Era como se esse ambiente nem estivesse ali. Ele tinha quatro quadros nas paredes da sala... imagens de mulheres levemente sexualizadas.

Não eram fotografias, mas arte gráfica. Você já ouviu Duran Duran? As pinturas eram como a capa do disco *Rio*, do Duran Duran. Imagino que possamos chamar de brega. Mas eram de ótimo gosto para alguém com a percepção de um operário. Tenho certeza de que ele as comprou para substituir pôsteres da Megan Fox ou do Dirk Nowitzki. Provavelmente acreditava que eram símbolos da idade adulta. No terceiro dia, enquanto ele estava no trabalho, troquei de lugar dois desses quadros no estilo *Rio*. Não fiquei surpreso ao ver que ele não notava a mudança. Tenho certeza de que poderia ter mexido nos quadros todas as tardes. Talvez pudesse até ter pintado um e pendurado ali. Naquela noite, eu me sentei desnecessariamente perto desse homem cansado e seminu. Me agachei no carpete, uns 40 centímetros à esquerda do sofá, que ficava no meio da sala, bem no espaço livre, como se fosse uma ilha. Geograficamente, eu estava exposto por completo. Fora o traje, nem estava me escondendo. No entanto, seu comportamento não mudou um único instante. Ele olhava fixamente para a tela da TV — os olhos castanhos nem se mexiam. Ele tinha os olhos de um cavalo. Em todos os sentidos possíveis, lembrava um cavalo. Perguntei a mim mesmo se aquele homem-cavalo notaria minha presença caso eu não estivesse oculto. Sinceramente, duvido. Duvido de verdade. O que ele teria visto? Não acredito que tivesse condições de ver *qualquer coisa*, real ou imaginária. Mas não era só ele.

FIM DA SEGUNDA SESSÃO POR TELEFONE

NOTAS: Isso vai ser problemático. E a culpa é minha. Ao aceitar as condições de Y____ (ref.: manter um diálogo de uma única via controlado por ele), só fiz incentivar suas ilusões. Agora, ele acredita ter o direito de criar uma mitologia própria, para se favorecer, quase como se eu não estivesse presente. Além disso, sua raiva em relação ao meu ceticismo contido me leva a concluir que está mais fragilizado do que eu havia percebido no início. Ele construiu um enorme mundo interior para si — uma história em quadrinhos na qual ele é o cientista brilhante que se transformou num super-herói amoral. Mais do que isso: suas fantasias cheias de detalhes sobre se esconder dentro de casas de estranhos sugerem uma psicose autêntica e um indicativo real de perigo. No momento, não acredito que Y____ tenha praticado nenhuma conduta que possa constituir uma atividade ilícita. Mas não está fora de cogitação. Isso precisa acabar. Meu objetivo para a nossa próxima conversa telefônica é convencer Y____ a me encontrar para uma sessão cara a cara. Depois, vou concentrar meus esforços em encaminhá-lo a uma instituição médica para se submeter a testes psicológicos e possivelmente receber medicação. Não estou preparada para lidar com esse nível de distúrbio. Fiquei muito decepcionada com essa mudança de rumo, mas o que mais posso fazer? Não tenho como ajudar esse homem. Não sou médica.

A terceira ligação importante

25 DE ABRIL (Y____ liga para o número do consultório às 10h01):

Olá, Vicky. Espero que não esteja sentada numa poça-d'água, encharcada até os ossos. *[Nota ao leitor: tinha chovido forte em toda a região de Austin.]* Costumo ter sonhos absurdos quando o tempo está assim. Buscas espirituais inconvenientes e surreais, mesmo num contexto de buscas espirituais inconvenientes e surreais. Ontem à noite sonhei que estava conversando com minha irmã gay. Eu não tenho irmã, muito menos gay. Mas no sonho eu tinha. Estávamos falando sobre os filhos adotados dela, e eu parecia saber várias coisas a respeito das crianças e de como elas deviam ser disciplinadas. Eu conhecia um monte de detalhes muito específicos das vidas dessas crianças imaginárias, adotadas por uma pessoa que não era real. Além do mais, conseguia fazer referência a diversos fatos passados relacionados à minha irmã gay inexistente, como brincadeiras da nossa infância e relacionamentos infelizes que ela tinha vivido na escola. Todo um passado obscuro e distante. Mas, de repente, o sonho mudou. Eu não estava conversando mais com minha irmã gay. Eu estava em Veneza. Caminhava por Veneza, sozinho, observando as gôndolas nos canais. É claro que eu nunca estive em Veneza. Nunca sequer pensei em Veneza como um lugar que gostaria de visitar. Portanto, suponho que estivesse vendo aquela que acredito ser a aparência de Veneza. Não estou certo nem de ter visto fotografias de Veneza, embora me pareça que todo mundo já viu, em algum momento. De que outra maneira eu saberia com que uma gôndola se parece? Mas, de qualquer modo, enquanto eu andava por essa cidade que nunca visitei, me dei conta de que minha irmã gay havia morrido — ainda que ela nunca tivesse existido. Voltei a me preocupar com seus filhos imaginários: quem cuidaria deles, quem pagaria as aulas de tênis, esse tipo de coisa. Acho que havia um gato nadando no canal. Ou talvez mil gatinhos e um gato grande. É mesmo uma pena que os sonhos não signifiquem nada. Eu gostaria de aprender alguma coisa dormindo. Isso, no entanto, é impossível. Ninguém aprende dormindo. Os sonhos são uma farsa. Você sabe que Freud era um cheirador. Igualzinho ao Al Capone. Quem mais acreditaria nessa besteira? Esse papo de sonho é papo de maluco. A exceção, talvez, sejam aqueles sonhos em que você olha para o espelho do banheiro e seus dentes começam a cair — é realmente estranho que todo mundo tenha esse sonho em particular. O que a *mastigação* representa para o nosso inconsciente coletivo? Provavelmente, algo relacionado a cavalos.

Bem, antes de começarmos eu gostaria de fazer uma pequena...

[Interrompo Y____ e indago se posso fazer algumas perguntas: não para instruir a conversa, mas questões específicas que preciso que ele confirme ou desminta. Digo que é indispensável conferir alguns pontos

antes de podermos avançar. Ele concorda com o pedido. Seguem as minhas perguntas e suas respostas:]

P: Você é um cientista. Pode dizer que essa afirmação é verdadeira? Você é um cientista?

R: Ahn, sim.

P: Você tem um diploma universitário e já trabalhou como cientista?

R: Como assim? Sim.

P: Um dos lugares em que trabalhou como cientista é a Universidade Chaminade, no Havaí, e seu principal projeto científico era a criação de um traje que, embora não o deixasse invisível, permitia que você parecesse invisível para outras pessoas.

R: Sim. Claro, claro. Isso. O que você está fazendo? Há alguma coisa de que preciso saber?

P: E, num determinado momento, usou esse traje para atender seus interesses pessoais?

R: Não. Não para interesses *pessoais*. Essa é uma descrição equivocada do que eu relatei.

P: Usou esse traje para entrar nas casas das pessoas?

R: Sim. Para observá-las. Era uma empreitada científica. Já disse isso inúmeras vezes. Não roubei nada delas, se é isso que está insinuando. Não sou um ladrão. Não estava espiando por prazer. Não sou um *voyeur*. É isso que está insinuando? Que sou uma espécie de ladrão *voyeur*?

P: Não estou insinuando isso. Mas preciso fazer outra pergunta. Posso concluir, ou afirmar de modo seguro, que a razão de você ter me procurado é sua necessidade de conversar sobre como o uso desse traje de invisibilidade para espionar estranhos produziu um impacto negativo no seu cotidiano?

R: Sim. Sim. Sim! Será que eu estive falando sozinho nestes dois últimos meses? Por que está me pedindo para explicar as únicas coisas que já cansei de explicar?

[Nesse ponto, peço a Y____ que venha pessoalmente ao meu consultório. Digo que não tenho mais como ajudá-lo pelo telefone.]

Como assim? Por quê? Por que está dizendo isso? Qual seria a vantagem? Achei que tivéssemos concordado a respeito disso. Lembro de mencionar algumas condições como indispensáveis. Na comparação com outras, aliás, essa até me pareceu uma das menos importantes. Você não manifestou qualquer objeção a manter as conversas dessa maneira. Nunca foi um problema. Fico mais à vontade ao telefone. Isso me permite pensar mais claramente. E... é mais conveniente. Sou uma pessoa ocupada. Será que não percebeu que sou uma pessoa ocupada? Por que tenho de ir até seu consultório e ficar sentado aí como se fosse uma dona de casa com depressão pós-parto? Não vou aceitar isso.

[Em resposta, apresento a Y____ uma série de argumentos válidos para explicar por que encontros cara a cara seriam mais proveitosos. Os encontros garantem maior intimidade, a linguagem não verbal é cheia de significados, a confiança não pode ser consolidada pelo telefone etc. Embora as razões sejam todas falsas, resolvo citá-las por mera educação.]

É tudo besteira. Ficção. Você teria mencionado essas razões desde o início se fossem verdadeiras. Há um motivo oculto aqui. Suas mentiras são claras. O que está tentando garantir para si? Será que você quer ver o traje com seus próprios olhos equinos? Ou será que quer não ver esse "Homem Invisível" do qual não consegue parar de falar? Está se apaixonando por mim? Está se apaixonando por uma fantasia infantil de um homem invisível?
O Homem Invisível não é real, Vicky. Era um livro. Não existe uma criatura desse tipo. Precisa aceitar isso. Sou apenas uma pessoa. Você já conheceu homens como eu. Você não tem um marido? Tente amar seu marido.

[Peço que ele fique calmo. Explico que se trata de uma decisão profissional, e não pessoal.]

Acontece que uma decisão pessoal seria baseada na razão. Seria tomada a partir de dados específicos, e esses dados estariam postos de maneira clara para nós dois. Você está se comunicando por meio de abstrações. Seus argumentos não passam de tolices. Fica apenas cuspindo clichês para parecer que não está fazendo uma escolha arbitrária e pessoal. O que, se me permite opinar, é exatamente o que está fazendo. Se não pode me dizer o verdadeiro motivo para querer me encontrar pessoalmente, então não consigo perceber como a aceitação da minha parte poderia ser útil.

[Nesse momento, admito que Y____ está certo. Peço desculpas. Prossigo revelando a ele a minha verdadeira linha de raciocínio para querer um encontro cara a cara. É porque não acredito nas coisas que ele me conta e suspeito que ele precise de um tipo diferente de ajuda. Digo que ele não é uma pessoa má e que reconheço sua capacidade intelectual, mas que foi por causa dessa capacidade que ele me procurou em primeiro lugar. Ele sabe *que possui problemas graves de saúde mental. E, portanto, também sabe que não é tarde demais para voltar a ser o homem que era antes. Digo que provavelmente não sou a pessoa certa para ajudá-lo, mas que posso lhe indicar alguém adequado para a tarefa. Mais uma vez, reforço a probabilidade de ele já saber que estou certa a respeito disso. Y____ ouve sem me interromper e depois diz o seguinte:]*

Isso é interessante, Vic-Vick. Estou surpreso por ouvi-la expondo seus sentimentos tão diretamente. Não me surpreende o fato de você ter *pensado* essas coisas, mas me surpreende muito o fato de ter dito tudo isso. Estou verdadeiramente impressionado. Eu meio que estava esperando por isso.

Já lhe contei quem eu sou e já lhe contei por que a procurei.
E você não acredita em mim. Fica pensando: "É algum novo tipo de loucura." Ou talvez ache que é apenas a mesma loucura de sempre, reformatada como num programa ruim de TV.
É nisso que sua mente manda você acreditar. Você se vê como uma terapeuta, o que, num sentido mais amplo e do seu ponto de vista, faz de você uma espécie de cientista. Uma racionalista. Você se vê como uma pessoa racional que ajuda outras pessoas a conduzir seus relacionamentos imperfeitos na direção da racionalidade.
Em essência, esse é o seu trabalho, não é mesmo? Seu trabalho é conversar com pessoas que veem suas vidas irracionalmente e tentar persuadi-las a alcançar um equilíbrio racional. Não pode *determinar* que sintam ou pensem de certa maneira, mesmo que elas queiram exatamente isso. Só pode fazer perguntas orientadas para forçá-las a conversar consigo mesmas. Você pensa assim: "Se pelo menos essas pessoas conseguissem ouvir o que elas próprias estão dizendo, veriam como sua visão de mundo é distorcida."
Seu ponto de vista é irreal ou talvez pessoal num nível anormal. Para fazer o que faz, é assim que você tem de pensar. Por isso, quando eu ligo e conto que fiz essas coisas inacreditáveis e explico por que sou diferente de todas as outras pessoas que já conheceu, você não consegue aceitar o que eu digo. Sua autoidentidade lhe diz que minhas histórias inacreditáveis são *literalmente* inacreditáveis e que eu não passo de uma pessoa normal com delírios. Então você me pede para ir ao seu consultório. Quer provar a si mesma que eu

tenho um problema diferente daquele que lhe descrevi durante os últimos dois meses. Sendo bem honesto, acho que sabe que tudo o que lhe contei é verdade. Não acho que você não tenha acreditado em um ponto sequer do que lhe contei. Mas nunca vai admitir isso. Isso tornaria sua própria relação com a racionalidade insustentável. Então, talvez você queira evitar o choque. Talvez pense que, se exigir minha presença física, vou me recusar a obedecer, o que por consequência encerrará nossa relação nos seus termos. Ou talvez ache que vou aparecer na porta do seu consultório e admitir que foi tudo um elaborado trote, praticado por um de seus colegas, o que a deixaria ao mesmo tempo um pouco envergonhada e um pouco aliviada. Você está numa posição peculiar neste momento: não pode acreditar naquilo em que acredita. E, por querer evitar essa sensação, decidiu mudar as regras. Isso não é nem um pouco irracional. Entendo perfeitamente. Faço o mesmo o tempo todo.

Deixe-me contar uma história. Não sei se vai ajudá-la a entender onde estamos, mas ainda assim vou tentar. Aconteceu em Cleveland. Foi alguns anos atrás. Três anos atrás, se me lembro bem. Passei quatro meses em Cleveland, seguindo vários moradores locais, escolhidos ao acaso. Foi difícil porque absolutamente todos em Cleveland usam carros. É parecido com Los Angeles. Foi complicado encontrar um alvo aceitável porque eu tinha de procurar um carro destrancado à tarde, esperar dentro dele por várias horas e depois me esconder no banco traseiro enquanto o dono dirigia para casa. Depois tinha de encontrar um modo de entrar na casa. As casas costumavam ficar em subúrbios, como Lakewood, Mayfield e Cleveland Heights. A vantagem disso é que entrar escondido numa casa isolada é muito mais fácil do que entrar num apartamento — as casas modernas têm inúmeros pontos vulneráveis. O procedimento é bem simples. Mas também há uma desvantagem em observar alguém num subúrbio: muitas vezes você acaba largado no meio do nada. Se as coisas dessem errado, eu levaria uma eternidade para voltar ao centro da cidade, onde eu estava morando temporariamente. Em certos casos, tinha de fazer todo o caminho de volta a pé, porque não existe transporte público em Cleveland e eu não pretendia correr riscos roubando carros. Mas esses detalhes não importam agora. Quero falar de um cara em particular que observei por quase uma semana. Ele se chamava Bruce.

Reparei pela primeira vez em Bruce num bar. Bares são bons lugares para começar a seguir alguém. Quando a pessoa a ser seguida já está meio bêbada, você pode correr mais riscos. É fácil, por exemplo, entrar no veículo de uma pessoa completamente embriagada. Tudo o que você precisa fazer é esbarrar na pessoa quando ela estiver abrindo a porta do lado do motorista. Basta pisar num dos seus pés e empurrá-la para baixo com o ombro, tudo num único movimento. Não faz diferença se ela sente que está sendo empurrada; sempre vai pensar que a culpa é dela. Bêbados sempre assumem a culpa. Se uma pessoa bêbada não consegue ver quem a derrubou, na mesma hora ela conclui que se encontra num estado mais lamentável do que pensava. Às vezes, elas se jogam no chão e ficam rindo de si mesmas, simplesmente porque pinguços adoram ser pinguços. É uma sensação ótima estar bêbado, não é? É nessa hora que você aproveita para ocupar o banco do carona.

Claro, depois disso você tem de andar no carro de uma pessoa que está bêbada demais até para perceber que acabou de ser atacada. É problemático. Mas as pessoas são boas em dirigir bêbadas, principalmente em Cleveland. Outra lição que aprendi: as leis para direção sob efeito de álcool são muito rígidas no nosso país. Ou pelo menos em Ohio.

A verdade é que eu nem precisei derrubar Bruce. Ele não exigiu nenhum esforço. Encontrei-o num pub irlandês no fim da tarde. Era outono. O sol já estava baixo. Ele estava bebendo com colegas de trabalho. Era fácil entender a situação porque todos chegaram ao bar na mesma hora e todos se vestiam do mesmo jeito. Eram cinco: todos homens chegando aos trinta anos. Fiquei observando o grupo por uma janela, tentando escolher um para seguir. Dois deles usavam aliança de casamento e por isso foram descartados de imediato. Não se esqueça: só observo as pessoas quando estão sozinhas. É assim que faço. Dos outros três, dois me pareceram candidatos viáveis. O terceiro era muito atraente e sociável, o que me levou a concluir que ou ele já estava num relacionamento ou andava dormindo com uma variedade de mulheres escolhidas por acaso. Não estava interessado nesse tipo de cenário. Buscava pessoas que parecessem não ter amigos muito próximos. Bruce se encaixava na descrição. Ele tinha o olhar distante e triste de um homem que sentia muita falta dos tempos de faculdade. O mesmo se podia dizer do sujeito sentado ao seu lado. Nenhum dos dois falou muito enquanto o grupo virava três ou quatro cervejas. E nenhum dos cinco ficou bêbado. Saíram todos juntos. Meu plano inicial tinha como alvo o outro solitário — o outro homem calado. Ele me parecia mais moreno e mais esquisito que Bruce. Tinha um corte de cabelo estranho e óculos de lentes mais grossas. Parecia ser alguém que, aos 16 anos, poderia ter tocado numa banda de ska. A favor de Bruce estava o fato de apresentar menos traços distintivos. Bruce era apenas um americano. Não havia nada de chamativo nele.

Como meu alvo original não se achava realmente embriagado e como ainda não estava escuro, a melhor opção era distraí-lo quando fosse abrir a porta do carro. Eu pretendia esperar até que ele ocupasse o banco do motorista, para então dar um chute, o mais forte possível, no para-lama traseiro do seu Nissan. Minha esperança era de que ele saísse do carro para procurar a origem da misteriosa pancada. Então eu daria a volta correndo e aproveitaria a porta aberta para entrar. Minha vida é cheia desse tipo de cálculo equivocado. Só funciona 25 por cento das vezes. Mas qual seria minha opção? É tudo tentativa e erro. Mas dessa vez eu tive uma sorte incrível. Antes mesmo de eu começar a pôr o meu plano em prática, Bruce abriu a porta do próprio carro e, por simples distração, foi se afastando. A porta ficou escancarada por uns 15 ou vinte segundos. Ele abriu o carro, caminhou na direção de um dos companheiros de bar e disse: “Então, vamos fechar a troca ou não?” O outro sujeito respondeu algo mais ou menos assim: “Não sei, cara. O Anquan Boldin sempre se machuca. Deixe dar uma olhada na tabela e pensar mais um pouco.” Foi muito fácil. Quando Bruce finalmente girou a chave na ignição, eu já estava no banco de trás. Bruce era distraído. Bruce, o distraído. Eu diria que foi como tirar doce da boca de criança, mas as crianças gritam. Aquilo foi muito mais fácil.

Finalmente chegamos à casa dele, que fica longe pra caramba num lugar do qual eu nunca ouvi falar. A maioria dos homens de 25 anos não tem casas de quatro quartos, a uma hora e 15 minutos de carro do trabalho, mas esse era o caso do Bruce. Ele era esquisito. Bruce estacionou o carro na garagem e entrou cambaleando. Vou atrás dele uns cinco minutos depois. A porta não está trancada. Eu o encontro já no computador se masturbando. Isso pode parecer pervertido, mas você ficaria admirada se soubesse como é comum. Os homens chegam em casa, trocam de roupa e se masturbam. Não há nada que se possa considerar sexual nisso. Eles só têm necessidade de tirar essa obrigação do caminho. É como jogar o lixo fora. Acho que já vi uns trezentos caras diferentes se masturbando, e nenhum deles parecia sentir prazer. Tenho certeza de que sentiam, mas você não seria capaz de dizer só de olhar. Também não acho que a pornografia exerça uma função particularmente importante. Só serve para economizar um pouco de tempo. Os homens são muito preguiçosos. São preguiçosos demais até para imaginar mulheres peladas.

Enfim... agora estou dentro da casa dele. Esse é sempre o momento mais empolgante, porque significa que tudo deu certo. Como costumo gastar muita energia mental tentando chegar a essa situação, nunca sei direito o que fazer quando estou de fato dentro da casa. Sempre penso em comemorar, me parabenizar por ser tão esperto. Mas não posso. Preciso achar um lugar confortável num canto e me sentar. Preciso controlar minha respiração. Preciso mantê-la superficial. Também preciso me preparar para a certeza do mais absoluto tédio. Frequentemente os solteiro não fazem porcaria nenhuma. Passam a noite toda à toa. Sentam-se numa poltrona e assistem à TV. É provável que eu tenha passado mais tempo assistindo à TV do que qualquer pessoa que você conheça. E eu nem tenho TV. Programas horríveis, programas bons. Campeonatos de golfe em Cancún. Sessões do Congresso. Horas e horas de Oprah. *Law and Order*. Por alguma razão, pessoas solitárias adoram *Law and Order*. Elas preferem as narrativas lineares. Também alugam séries inteiras no Netflix e tendem a alugar qualquer coisa que o Netflix anuncie como popular. Tenho quase certeza de que vi todos os episódios do *The Wire*, embora não na ordem certa. Não faço a menor ideia do que acontece na série.

Mas Bruce é um cara diferente. Bruce não vê TV. Ele tem uma TV espetacular, mas nunca a liga. Bruce é um desses caras que vivem na internet. Apesar de ter uma casa cheia de móveis de couro, passa a noite inteira sentado na cadeira da escrivaninha. Gasta horas jogando War na internet. Ele entra em sessenta ou setenta partidas ao mesmo tempo, todas contra estranhos que nunca conheceu pessoalmente. Baixa músicas sem parar. Pega um álbum completo do Paul Simon, ouve a primeira faixa por uns trinta segundos e nunca mais volta a ele. Acompanha um monte de blogs de política e parece comentar todas as postagens, geralmente com uma ironia ácida, mas às vezes com um simples KKKK. Assiste a vídeos no YouTube e faz críticas curtas, em caixa baixa, de qualquer um que não tenha considerado interessante. Atualiza sua página no Facebook umas dez vezes por noite e escolhe "curtir" uma foto de um porco-espinho morto ao lado de uma garrafa vazia de champanhe. Nunca lê livros, mas se dedica bastante a um site de troca de opiniões sobre livros. Ele confere as avaliações das pessoas na Amazon e depois escreve resenhas próprias com o que consegue absorver. Na comparação com outras pessoas que observei, Bruce leva uma vida relativamente interessante. Não é sombrio ou depressivo. Pelo menos, não demonstrou isso enquanto eu estive lá. Ele nunca suspirava, nunca chorava. Mas reparei num aspecto onipresente em sua atividade on-line: Bruce sempre interrompia o que estava fazendo para retomar uma tentativa interminável de escrever um e-mail. Um e-mail para uma pessoa. Ele acessava a caixa postal, digitava algumas frases, apagava outras, depois fechava tudo e ia fazer outra coisa. No início, pensei que estivesse escrevendo vários e-mails para destinatários diferentes. No fim das contas, porém, ele estava trabalhando na mesma mensagem. Era um único e-mail para uma mulher, possivelmente contendo centenas de palavras. O nome dela era Sarah. Ele se dedicava a esse e-mail como se fosse uma escultura. Escrevia "há quanto tempo", depois apagava tudo para escrever "faz um tempo que não conversamos" e depois apagava tudo de novo para escrever "já faz um tempo, hein?". Palavras completamente inofensivas e, mesmo assim, ele digitava variações e mais variações. Depois, caminhava pela sala, repetindo as frases em voz alta, testando como soavam. Insistia numa piada sobre como seu trabalho era mais chato que o dela, mas, obviamente, a perspectiva de que ela pudesse se sentir ofendida o impedia de prosseguir. Na primeira noite que passei lá, acredito que tenha escrito e reescrito esse e-mail umas quinhentas vezes — e, apesar disso, nunca gastava mais do que cinco minutos por vez. Acrescentava algo ou deletava algo, e então voltava para a internet e navegava mais uns 15 minutos. Sempre retornava ao e-mail, se concentrava no conteúdo por mais cinco minutos e começava o processo todo outra vez. Por volta das duas da manhã, ele finalmente mandou a mensagem, e foi a carta mais sem graça e sem significado que se possa imaginar. Li o que estava escrito por cima do ombro dele. Nada de romântico, nada de engraçado, nada de inteligente. Nenhuma sacada. Observo Bruce clicar no botão de enviar. Ele fica sentado imóvel, respirando pela boca, como se estivesse vendo uma pessoa morrer num hospital. Ele quer fazer alguma coisa, mas não há nada que possa fazer. Então acaba apelando para a única coisa possível depois de mandar uma mensagem na qual não consegue parar de pensar: volta para a caixa postal e relê o e-mail por outros 45 minutos, avaliando e reavaliando cada linha, como se fosse o Livro das Revelações. Foi torturante. Me senti muito mal por ele. Aquilo o estava consumindo. Ele estava consumindo a si mesmo vivo. Me senti extremamente aliviado quando foi dormir.

Na manhã seguinte, ele acorda cedo. Às 7h05 toma um refrigerante de café da manhã e vai conferir os e-mails. Há dezenas de mensagens, mas nada que lhe pareça importante. A maioria permanece não lida. Ele sai para o trabalho. Eu fico para trás e imediatamente ligo seu computador, presumindo que um homem que vive sozinho não ponha senha no computador. Bruce, porém, é o tipo de homem que toma esse cuidado. Suponho que o sujeito que compra uma casa de quatro quartos para passar as noites sozinho numa escrivaninha é o mesmo sujeito que protege o computador de outros moradores que não existem. Resolvo mexer em suas gavetas e não encontro nada de pessoal.

Ele mantém um álbum de fotos no quarto, mas quase todas parecem ter sido tiradas na mesma festa na época da faculdade. Procuro qualquer coisa que possa revelar quem é Sarah, mas não acho nada. Nem vestígio. Fora o disco rígido do computador, não há nada na casa que indique que Bruce esteja vivo.

O dia vai se arrastando. Bruce chega em casa mais ou menos na mesma hora que no dia anterior. Ele entra e vai verificar o e-mail. Depois, sobe a escada para trocar de roupa, desce novamente e passa um instante se masturbando. Hoje é ontem. Ele cozinha algumas salsichas e vai comê-las na escrivaninha, com pão branco, lambuzando tudo de molho picante. Começa a jogar War. Deixa alguns comentários em blogs de política. A única diferença é que nesta noite ele não está mais redigindo um e-mail com centenas de palavras, de uma centena de maneiras diferentes. Hoje à noite, ele apenas confere a caixa de entrada. Confere a todo momento.
É algo robótico, mecânico. Bruce conhece um monte de atalhos de teclado. Ele consegue conferir e fechar o e-mail em menos de dois segundos — e faz isso sem parar. Apesar de receber mensagens a toda hora, nenhuma é a que ele espera. Ele baixa o álbum *Don't Say No*, do Billy Squier, ouve metade de "In the Dark" e então vai checar a caixa de entrada. Ataca o Alasca a partir de Kamchatka e depois checa a caixa de entrada. Lê uma postagem num blog sobre a política ambiental chinesa, clica num link da Wikipédia para uma lista de artistas de destaque na China, bota um documentário sobre Yao Ming na fila de downloads do Netflix e depois checa o e-mail. Ele não demonstra qualquer emoção ao reler compulsivamente a mensagem escrita na noite anterior. Estou sentado no chão, ao lado dele, sem ser visto.

Nós dois relemos a carta para Sarah. Nenhum de nós vê nada que valha a pena repensar. Por volta das duas e meia da manhã, ele desiste e vai dormir. Ao checar o e-mail na manhã seguinte, ainda não encontra nenhuma resposta. Ele toma o refrigerante matinal e sai para trabalhar. Passei cinco dias na casa, e Sarah não respondeu. Era provavelmente a única coisa em que ele pensava, apesar do fato de, tecnicamente, estar pensando em 25 outros problemas.

E, então, o que acha que tudo isso significa, Vic-Vick? Por que acha que lhe contei essa história?

Eu lhe contei essa história porque tenho curiosidade em saber que elemento você considera significativo. Qual parte da vida de Bruce você considera a mais importante? Para mim, Bruce levava três vidas. Ele tinha sua vida exterior, formada por seu trabalho cotidiano e por amizades superficiais. Isso corresponde ao seu emprego, às pessoas com quem tomava cerveja, às coisas normais que preenchiam seu dia a dia. Essa vida exterior era monótona e insatisfatória — temo não ser capaz de provar que ele não gostava do trabalho, mas foi a impressão que ficou. Pois bem. Ele tinha uma segunda vida, na internet, uma vida que era ao mesmo tempo irreal e gratificante. Era uma vida que ele controlava por completo, um caminho pelo qual escapava do tédio de ser uma pessoa normal, com responsabilidades normais. Mas ele ainda levava uma *terceira* vida: uma vida hiperinteriorizada, confinada em sua mente, na qual imaginava sem parar uma relação online íntima com Sarah. Uma vida em que a primeira e a segunda vidas se entrelaçavam. Cada vez que escrevia ou reescrevia aquele e-mail, ele estava reativando esse relacionamento na sua imaginação e combatendo a necessidade natural e irracional de se manter obcecado por uma pessoa que não conhecia de verdade. Estou dizendo que Bruce era um homem são. Ele sabia que sua ligação com Sarah não seria real, a não ser que ela respondesse ao e-mail, e ele sabia que estaria vivendo como um maluco se simplesmente permanecesse sentado na escrivaninha, de braços cruzados, encarando a caixa de entrada parada. Bruce usava a internet para normalizar sua existência anormal. Enquanto estava ocupado com o computador, não era fora do normal ficar conferindo a caixa de entrada ou escrever e reescrever uma mesma mensagem. É isso que todas as pessoas fazem quando estão diante do computador: desdobram-se em atividades, vivem fantasias e pensam sobre todas as coisas ao mesmo tempo.

É muito fácil esconder um ensimesmamento obsessivo nesse processo de comunicação on-line. Em outras palavras, a internet servia a Bruce de duas maneiras: permitia que ele se separasse da vida exterior que odiava, mas também permitia que ele permanecesse envolvido com uma vida interior que desejava. Representava, no fim das contas, o aspecto mais importante de quem ele era. A internet removia a infelicidade do presente e ao mesmo tempo mantinha a possibilidade de alegria futura. Diminuía o lado sombrio de sua mente, enquanto desfazia os limites do lado otimista. Acrescentava o que ele precisava acrescentar e retirava o que ele desejava destruir. E talvez isso fosse ruim para a humanidade do Bruce, mas acredito que, provavelmente, era bom. Acredito que isso transformava um homem essencialmente triste num homem essencialmente feliz.

O grau de autenticidade não importa.

Concorda?

Eis o que interessa, Vicky: você é uma internet. O que a internet representava para o Bruce você representa para mim. Você é a ligação que minha mente usa para vencer o vão entre minha vida exterior e minha vida interior. No entanto, partindo do que me disse, você não acredita que minha vida exterior seja verdadeira. Pensa que minha vida exterior *é* a minha vida interior e que estou inventando um delírio como forma de compensar algum outro problema. Não me importo que pense dessa forma. Não precisa acreditar nas coisas que lhe conto. Minha autoestima não depende de você acreditar que sou um paciente confiável. Não me importo com o que pensa de mim e nunca me importei. Nunca me importarei. *Mas, neste exato momento, preciso viver essa experiência.* Preciso tê-la em minha vida porque você funciona como o controle. Quero transferir essas imagens para alguém que não seja eu mesmo. E, se a única forma de fazer isso for encontrá-la pessoalmente, cara a cara... então eu aceitarei. Irei ao seu consultório, porque quero continuar conversando e não quero começar tudo de novo com outra pessoa.

Me passe seu endereço.

FIM DA TERCEIRA SESSÃO POR TELEFONE

NOTAS: No cômputo geral, classifico a conversa de hoje com Y____ como um sucesso (ainda que um sucesso inusitado).

Ele *vem* ao meu consultório na semana que vem, ou pelo menos foi isso o que disse. Esse era o meu objetivo, e ele foi alcançado. No entanto, a sensação não é de vitória. Minha confiança está abalada. Eu não devia admitir isso (nem a mim mesma), mas é verdade. Me sinto desconfortável com os ataques casuais de Y____. Será que Y____ estava descrevendo a si mesmo ao contar a história de Bruce? Embora essa seja minha intuição, o diagnóstico me parece imperfeito. Será que ele inventou a coisa toda? Os detalhes apresentados variam entre artificialmente específicos e inutilmente genéricos. Errei ao acusá-lo de mentir? Me pareceu a atitude mais honesta, mas talvez eu tenha perdido sua confiança. De maneira geral, sinto que estou perdendo o controle do processo. Ou Y____ está inventando essa história do nada ou acredita totalmente que essas mentiras são verdadeiras — *preciso* manter ambas as possibilidades sempre em mente e também devo mantê-las em condições intelectuais de igualdade. Ele é articulado, e não posso deixar que sua eloquência me intimide. Talvez eu deva aceitar que sinto medo desse paciente. Ainda tenho interesse em conversar com Y____ toda semana, mas parte de mim está assustada. Não creio que seja muito boa nisso. Será que Y____ já se deu conta disso? Temo que sim. Devia ter feito escolhas diferentes na minha vida. Eu não sou boa nisso.[7]

---

[7] Quando escrevi isso, estava enfrentando pequenos problemas em casa e projetando essa frustração sobre outros aspectos da minha vida. Essa não é uma expressão adequada da minha autoimagem profissional e não deve ser encarada como tal. Nunca pensei que viesse a ser lida por outras pessoas.

PARTE 2

A SEGUNDA APRESENTAÇÃO

Fui apresentada fisicamente a Y____ do modo mais convencional possível. Alguém bateu na porta do meu consultório, e eu disse para a pessoa entrar. A porta, então, se abriu e um homem entrou na sala. Eu sabia quem era antes mesmo de ele dizer. Não houve nenhuma surpresa.

Era um homem. Um homem de aparência estranha, mas nada mais que um homem.

Ele era alto e magro. Cadavérico. Tinha entre 1,95 e 2 metros de altura, mas não pesava mais que 80 quilos. Sua cabeça parecia um crânio enfiado numa vareta. Embora estivesse totalmente raspada, era possível notar uma tênue sombra onde os cabelos cresciam. A linha do cabelo começava a recuar. Ele usava uma camiseta preta bem acima do seu tamanho, calça cáqui e tênis brancos meio chamativos. Seus braços eram esqueléticos e extraordinariamente longos. Seu nariz era grande. O pomo de adão e as orelhas também. Tinha dentes pontudos e amarelados. "Ichabod Crane", pensei comigo mesma. "Ele parece um ator fazendo teste para o papel principal de *A lenda do cavaleiro sem cabeça*." Apesar de estarmos num dia infernal de maio, ele mal suava. Lembro disso porque lhe perguntei onde havia estacionado o carro (na época, eu estava envolvida numa pequena briga com um prédio de escritórios vizinho e vivia num medo permanente de que meus pacientes tivessem os carros rebocados). Ele disse que tinha ido a pé. Eu não conseguia imaginar como uma pessoa usando camiseta preta poderia caminhar qualquer distância no calor de mais de 30 graus do Texas sem transpirar, mas Y____ parecia imune. Quando ele apertou minha mão, senti uma pele fria e seca, como se estivesse tocando num pedaço de parede à sombra.

Liguei o gravador.

Quando recebo pacientes no consultório, nunca fico sentada atrás da mesa. A mesa cria uma barreira, e barreiras são nossas adversárias. Em vez disso, eu me sento numa cadeira Eames branca. Já meus pacientes podem escolher entre uma cadeira Eames idêntica na cor preta e o sofá. Ninguém opta pelo sofá, principalmente quando é a primeira sessão (exposição excessiva). Y____ analisou as duas alternativas e pediu para se sentar na minha cadeira. Respondi o seguinte:

— Não, não é assim que as coisas funcionam aqui. — Não sei por que usei especificamente essas palavras. Y____ perguntou:

— Faz diferença onde vou me sentar? Não posso me sentar na cadeira branca?

— Se não faz diferença, então por que não se senta na cadeira preta, como todas as outras pessoas que vêm aqui?

— Porque tenho uma preferência. Prefiro objetos brancos. Se estou expressando uma preferência por objetos brancos, por que não me deixa sentar na cadeira branca? — insistiu Y____.

— Talvez porque eu tenha minha própria preferência.

— Você tem uma preferência?

— Tenho. Prefiro a cadeira branca. Minha preferência é pela cadeira branca.

— Então, por favor, fique com a cadeira branca — disse Y. — Eu nunca atrapalharia sua preferência.

Nós dois nos sentamos. Dei um sorriso. Ele retribuiu, mas só por um instante.

— Então, aqui estou — disse. — Você queria me ver e conseguiu. Este é seu consultório, e cá estou. Estou no seu consultório.

— Sim, está. Obrigada por vir. É muito bom vê-lo pessoalmente.

— Sim, sim. Claro. É claro que é bom. Vamos conversar sobre quão bom é me ver. Este escritório é incrível. Você tem plantas, carpete, um ar-condicionado relativamente silencioso. É contemporâneo de um jeito clássico, ou talvez o contrário. Podemos passar ao trabalho agora? Ou será que devemos fingir mais um pouco discutindo o valor do seu aluguel?

— É lógico que podemos passar ao trabalho — respondi. — Essa é uma atitude positiva. Tenho gostado do trabalho que fizemos até aqui. O progresso que temos conseguido é um, como posso dizer... um *avanço*. Mas deixe-me fazer uma pergunta antes de continuarmos. Você mencionou que gosta de objetos brancos. É uma preferência interessante.

— Não é, não.

— Bem, e se eu a achar interessante?

— E se eu achar que não? Vicky, não existe significado algum nisso. Minha afinidade com a cor branca não revela nada sobre mim. Escuta: não precisamos passar por isso. Você tem que aceitar. Eu compreendo o processo. Nós dois compreendemos o processo. Não preciso ficar gradualmente à vontade com os elogios, e você não precisa entender por que gosto de objetos brancos. Vamos direto para a parte da provocação. Vamos começar pelo que interessa. Você acha que estou contando uma história fictícia. Sua intuição diz que estou dizendo a verdade, mas sua cabeça insiste que sua intuição ficou louca. Passei a semana inteira pensando nisso. Percebi que me expressei mal na nossa última conversa ao telefone. Disse que não me importava se você acreditava em mim. Não era exatamente isso. Foi um erro da minha parte. O que eu quis dizer era que não me importava se você me achava *uma pessoa honesta*. Não me importo se acha que sou uma pessoa boa ou má. Mas, sim, preciso que acredite nas coisas específicas que lhe contei. Se não acreditar que fiz as coisas que fiz, nossa conversa perderá o rumo. Você entenderá tudo o que eu digo como a continuação de um delírio, e essa continuação será ignorada. Vou dizer coisas como "Uma vez testemunhei o Evento A acontecer à Pessoa Z" e você só vai se perguntar: "Qual será o motivo íntimo para contar essa história em particular sobre essa mentira em particular? O que essa história *representa*?" Mas isso não corresponderá aos fatos. Nada do que eu decidir lhe contar terá algo de teórico ou metafórico. Será algo real que ocorreu na minha vida. Por isso, preciso que acredite que nada do que eu disse — e continuarei dizendo — é falso.

Y____ se levantou impetuosamente, empurrando os braços da cadeira com força para erguer o corpo. Era como observar uma girafa despertando do efeito de um tranquilizante.

— Posso andar um pouco? — perguntou.

Ele começou a caminhar pela sala, sem rumo, olhando para o chão enquanto fazia gestos com as mãos. Eu acabaria batizando esse comportamento de "Personagem Y____". Sempre que Y____ incorporava o Personagem Y____, suas falas pareciam ensaiadas. Era como assistir a um show. Embora eu já tivesse vivido vários momentos desse tipo pelo telefone, era a primeira vez que via com meus próprios olhos. Com o tempo, passei a aceitar que o Personagem Y____ era (provavelmente) o Y____ real. O verdadeiro show era (provavelmente) todo o resto.

— Então, como faremos isso? — prosseguiu Y____. Ele adorava perguntas semirretóricas. — Como posso fazê-la acreditar em mim? O que posso fazer, fora desaparecer diante de você, para que aceite minhas palavras como verdadeiras?

— Essa é uma pergunta interessante — respondi. — Talvez seja algo impossível de aceitar para mim. Se eu nunca aceitar isso, como se sentirá?

— Vicky, não adianta tentar. Não vamos começar uma espécie de exercício em que eu faço uma declaração e você me pergunta como me sinto a respeito dessa declaração. Não vamos conversar sobre meu *desenvolvimento* ou minhas *memórias primitivas*. Talvez isso aconteça um dia, mas não hoje. Hoje, neste exato momento, preciso que me diga como posso fazê-la acreditar que não sou como as outras pessoas. Que consigo fazer coisas que as outras pessoas não conseguem.

Ele parou de andar e ficou olhando para mim, imóvel, à espera, sem dizer nada. Assim que comecei a responder, voltou a caminhar.

— Se houvesse testemunhas dessa invisibilidade parcial, e se essas testemunhas viessem aqui e confirmassem o que você contou, de um modo honesto e científico, talvez eu acreditasse em você.

— Não existem testemunhas da minha vida — disse Y____. — Essa é uma das chaves para não ser visto. Se houver testemunhas, significa que algo deu errado. O que mais?

Ele continuava andando.

— Evidência em vídeo. Uma gravação de você fazendo algo que só uma pessoa invisível poderia fazer.

— Isso não provaria nada — disse Y____. Percebi que, para ele, aquilo era um jogo. — Eu poderia montar um vídeo no computador. E, mesmo que meu vídeo fosse perfeito, mesmo que não tivesse cortes ou qualquer outro ponto suspeito e não pudesse ser forjado nem por um cineasta, você ainda pensaria que, de alguma forma, não poderia ser real. Você o descartaria como a melhor fraude que já viu. Seria capaz de achar que sou o próprio David Fincher antes de aceitar que sou quem realmente sou. Vamos tentar outra coisa.

— Qualquer evidência relatada de que isso é possível. Uma matéria do *Wall Street Journal* que descreva sua pesquisa. Um trabalho científico sobre esse procedimento.

— Não existe nenhuma matéria ou trabalho — respondeu Y____. – Eu seria a única pessoa capaz de escrever algo desse tipo.

— Talvez devesse fazer isso.

— Não é o meu estilo. Não mais. Odeio escrever.

Y____ voltou para a cadeira preta. Tinha um sorriso irônico no rosto. Perguntei se queria um café. Ele respondeu que não queria e que não precisava de café. Tinha um semblante calmo e presunçoso. Não muito adulto. Parecia um aluno às vésperas de se formar.

— Veja o que acha disso. Que tal se você apenas avaliasse tudo o que eu contei e pesasse essa informação contra o grau de credibilidade que vê em mim? — propôs.

— É isso que tenho feito — respondi. — Desde o dia em que ligou pela primeira vez, tenho feito esse cálculo. Considerei tudo o que disse, isoladamente, e considerei a fonte da informação. Tentei ser o mais aberta e imparcial possível. Pensei em todas as suas declarações de uma forma séria e profissional. E cheguei a uma conclusão. Quer saber que conclusão é essa?

— Quero.

— Tem certeza? Promete ser tão receptivo e honesto comigo quanto tenho sido com você? Porque isso é essencial.

— Sim, sim. Claro.

— Então, o meu diagnóstico é o seguinte — anunciei, no tom mais equilibrado possível. — Você é uma pessoa instruída, bem-sucedida e altamente funcional que passou por um trauma na vida que levava. Ficou obcecado por uma vida imaginária e usa sua capacidade intelectual como muleta para tornar real essa vida imaginária. Isso permite que você ignore a dor que permanece, oriunda daquilo que causou o trauma em primeiro lugar.

Esperei uma reação, mas ele não disse nada. Sua expressão não mudou.

— Isso pode soar inadequado ou até ofensivo para você — prossegui. — Não sou capaz de dizer se acredita que estou certa ou se está prestes a sair por aquela porta e nunca mais me procurar. Obviamente, não tenho controle sobre suas ações ou reações. Mas esse problema tem solução. Sua simples presença no meu consultório é a prova de que compreende isso. Você quer melhorar e sabe que uma vida melhor é possível. Eis o que eu gostaria de fazer: quero levá-lo ao meu carro e ir até o Seton Medical Center. Eles não vão interná-lo, e você não precisa nem passar a noite lá. Eles vão apenas fazer uma rápida entrevista e alguns testes para decidir qual deve ser o próximo passo. Desse momento em diante, a decisão será exclusivamente sua. Existem pessoas lá mais bem-preparadas do que eu para lidar com essa situação. Se quiser continuar me tendo como terapeuta principal, será ótimo. Gosto de trabalhar com você e me importo com o que vai acontecer. Mas precisa conversar com um médico, e eu não sou médica.

Y____ esperou que eu concluísse. Em silêncio, pensou no que eu havia dito (e pareceu levar minhas palavras a sério). Depois disso, no entanto, apenas se levantou e voltou a andar pela sala, retornando instantaneamente ao Personagem Y____. Era como se eu não houvesse dito nada.

— O que acha disso? — começou. — E se eu lhe contasse algo que eu não teria como saber? E se eu provasse saber de algo que só uma pessoa capaz de passar totalmente despercebida poderia saber?

— Não sei muito bem o que poderia ser, nem o que isso provaria.

— Você leu um livro do Malcolm Gladwell ano passado — disse Y____.

— Como é que é?

— Você leu um livro do Malcolm Gladwell ano passado. No inverno. Não pode negar que leu um livro do Malcolm Gladwell no inverno passado.

— E o que isso tem a ver com o resto?

— Isso aconteceu, não é verdade? Aconteceu. E como eu poderia saber disso?

— Qual livro do Malcolm Gladwell eu li?

— Não consigo me lembrar. Um livro dele. O primeiro. Ou talvez outro. Não foi o terceiro? Todas as capas parecem iguais para mim.

— Então, o fato de eu ter lido um livro de um dos autores mais populares dos Estados Unidos, um autor que vende milhões de livros por ano, é prova da sua capacidade de ficar invisível?

— Bem, eu gostaria de ter usado um exemplo mais específico. Mas parece que você não lê muito.

— E daí? Está sugerindo que anda me observando? É isso que está afirmando? Porque, se for, isso é um crime. Pense bem no que vai dizer agora, Y____. Não invente uma história que vá criar um novo problema para nós dois.

— Foi por isso mesmo que só mencionei o livro do Gladwell. Não quero deixá-la assustada. Se eu contasse algo muito específico... se eu falasse da cor do carpete da sua sala, por exemplo... você provavelmente ficaria fora de si. Não quero que perca o controle.

— E qual é a cor do carpete da minha sala, Y____?

Ele não disse nada. Talvez tenha dado um sorriso, mas não estou certa disso.

— Há uma explicação para você não dizer a cor do carpete da minha sala — continuei. — E essa explicação não é que você não queira me assustar. É que você não sabe a cor desse carpete. Claro, talvez você *pense* que sabe, ou até *saiba* que não sabe. Não tenho como dizer. Neste momento, esse é o nosso problema. E é por isso que precisamos ir até o Seton Medical. *Isso aqui*... essa situação em que estamos. Essa situação que estamos vivendo bem agora. Essa incongruência. *Isso aqui* é o problema. Não é sua culpa por espionar as pessoas, não é a tensão por ser um homem "quase invisível". Nada que envolva o mundo exterior. Nosso problema é o abismo entre quem você é e quem você quer ser. Y____, todo mundo lida com esse problema. Todo mundo. Você não está sozinho. Metade do meu trabalho com outros pacientes tem a ver com a diferença entre quem uma pessoa é e quem essa pessoa gostaria de ser. A única diferença aqui é o nível. Seu problema pode ser corrigido. Sua condição só parece ser um pouco mais grave do que as que encontro normalmente. Mas estou do seu lado. Consegue perceber isso? Quero ajudar você.

Durante os trinta segundos seguintes, achei que tivesse conseguido vencer aquela barreira. Y____ parou de andar e ficou imóvel bem no meio do meu consultório. Parecia triste. Parecia derrotado. Houve um momento em que achei (desejei?) que Y____ fosse chorar. Mas, então, ele mudou completamente. Sua preocupação se converteu em resignação e depois se dissolveu numa leve satisfação. Ele sorriu e passou a mão na cabeça careca; era como se outra pessoa tivesse tomado conta de seu corpo.

— Muito bem, Vic-Vick, você venceu — disse ele. Achei que aquilo significasse que iríamos ao Seton Medical Center. Mas não. — Na semana que vem. Você vai ver na semana que vem. As coisas serão diferentes daqui a uma semana. Agora, tente se lembrar do que conversamos, combinado? Lembre-se do que eu disse hoje. Pense seriamente a respeito do que eu disse. Processe minhas palavras. Elas farão sentido mais tarde. Que tal o seguinte: se você mantiver sua opinião daqui a uma semana, aceitarei ir ao hospital. É uma promessa. Mas só se *realmente* pensar nas coisas que lhe contei. Combinado?

Apesar de não acreditar nele, fiz um gesto afirmativo com a cabeça. O que mais eu poderia fazer?

— Tchau, Vicky. Seu ceticismo é encantador. Nunca perca essa característica, não importa o que aconteça.

E, depois de dizer isso, Y____ deixou meu consultório. Passei o resto do dia me mordendo de raiva. Ele havia se esquivado mais uma vez e falado comigo como se eu fosse uma criança. Tratava-se de uma pessoa incrivelmente problemática. Eu devia ter percebido o que me esperava, mas claro que não percebi.

Nove de maio (A revelação)

O que eu posso dizer?

Nada em que você vá acreditar.

Nada em que eu mesma acreditaria. Mas aconteceu de verdade. E foi nesse momento que tudo mudou (e nunca mais voltou a ser o que era).

Ouvi uma batida na porta. Eu sabia que era Y____. Eu andava sonhando com aquele encontro a semana toda. Tinha muitas coisas presunçosas e incisivas para dizer, ainda que não consiga me lembrar de quase nada agora. Tudo parece irrelevante à luz do que se revelou quando Y____ abriu a porta sem estar lá.

— Quem está aí? — perguntei ao ver apenas o vão da porta. Eu disse "quem é?". Disse de novo. E disse uma terceira vez. Me levantei com o intuito de atravessar a sala, pensando que alguém (uma criança perturbada?) havia aberto minha porta sem querer e fugido ao perceber o erro. Eu só queria fechar a porta. O problema é que a porta se fechou sozinha, e logo depois a porta falou.

— Venha até aqui, Vicky.

Era o momento que definiria a minha vida.

Tentei recuar e avançar ao mesmo tempo, e acabei caindo no chão. Derrubei quase tudo o que havia na minha mesa ao tentar me segurar. Levantei o mais rápido que pude e tentei gritar, mas o único som que saiu da minha boca foi um grunhido abafado e sem sentido. Foram dez segundos de pavor. Você pode achar que pensei ter perdido a cabeça, mas na mesma hora eu soube que aquilo era real. Não era um sonho ou uma farsa.

— Por favor, não me machuque.

Não sei por que essa foi a primeira coisa que me veio à cabeça. Simplesmente foi.

— Não vou machucá-la, Vicky — disse o vazio. — Fique calma. Sente-se, se achar necessário. Não vou machucá-la. Eu não... vou... machucá-la. Fique calma.

Não me sentei. Tentei me apoiar na mesa, exatamente como um bêbado numa festa de fim de ano. Eu olhava tremendo para a porta. Sentia um gosto de vômito na ponta da língua. De repente, Y____ falou de novo. Eu podia sentir pela voz que ele estava mais perto. Talvez estivesse a pouco mais de um metro de mim. A mesa era a única barreira entre nós.

— Havia uma razão para eu não querer fazer isso. E esta é a razão — disse ele.

— Mas que merda você está fazendo comigo? — perguntei. — Por que está fazendo isso? Sinto muito por não ter acreditado. Mas não faça isso. Sinto muito. Pode levar tudo o que quiser. Não tem problema. Sinto muito. Por que isso está acontecendo comigo?

Eu não tinha ideia do que estava pedindo que ele fizesse ou não fizesse.

— Apenas pense em todas as coisas que lhe contei e aceite que é tudo verdade. É só isso que quero.

Me levantei e não fiz mais nada. Acho que muito tempo deve ter passado, mas não tenho certeza.

— Vou lhe dar um tempo para absorver tudo isso — disse Y____. Eu conseguia reconhecer a voz dele, mas o tom não era o mesmo da pessoa que eu havia conhecido uma semana antes. Era mais baixo e grave. Mais AM do que FM. — Estique o braço. Me dê sua mão.

Levantei e estiquei o braço, meio numa diagonal, quase como se estivesse tentando pegar uma fruta no galho mais baixo de uma árvore. Via minha mão tremer, mas não conseguia parar. De repente, senti alguma coisa: as pontas dos dedos de outra mão. Por reflexo, retraí o braço, porém em seguida voltei a esticá-lo. Comecei a relaxar. Toquei os dedos de Y____ e depois a palma de sua mão. Senti uma luva. Mas era uma luva tão fina que eu sentia a textura da pele por baixo. Quando puxei minha mão de volta, as pontas dos meus dedos estavam levemente cobertas por uma substância meio prateada, meio esverdeada, que me lembrou a purpurina que as crianças usam para fazer cartões de namorados. Esfreguei os dedos, e a substância pareceu se evaporar, embora eu ainda a sentisse. Deixei meu corpo cair na cadeira e, por puro reflexo, levei a mão à boca. Meus dedos tinham um cheiro de antibiótico. Limpei-os na calça. Eu queria dizer alguma coisa, mas minha cabeça estava ao mesmo tempo vazia e cheia.

— Então... era *isso* que você queria — disse Y____. — Era isso. Se lembra? Você pediu que eu me revelasse dessa maneira. Era a única opção. E, até certo ponto, respeito esse pedido. É uma exigência do seu trabalho, e é uma prescrição da sua personalidade. Aqueles que acreditam sem precisar ver são abençoados, mas tendem a ter dificuldade para conversar.

— Caramba, meu Deus... por que você não pôde simplesmente me mostrar o traje? — perguntei. — Por que não trouxe o traje aqui? Por que precisou entrar *assim*, sabendo o efeito que isso teria sobre mim?

— Se eu tivesse apenas mostrado o traje pendurado num cabide, você acharia o suficiente? Ou continuaríamos naquela discussão de antes?

Fiquei em silêncio por um longo tempo. Finalmente, falei como uma criança:

— Me desculpe. Eu não acreditei em você.

Achei que ele fosse dizer algo como "Tudo bem, eu desculpo". Em vez disso, ele respondeu: "Agora estou sentado."

Olhei para a cadeira preta e depois para a cadeira branca. Como a voz de Y____ parecia vir da cadeira branca, resolvi passar para a cadeira preta, tateando a superfície antes de me sentar. Me acomodei e fiquei olhando para aquele móvel branco vazio, tentando inutilmente fingir que aquilo não estava destruindo minha percepção da realidade.

— Isso é incrível. É incrível. É incrível.

— Consegue me ver? — perguntou ele.

— Não! Não consigo ver você! Não consigo!

— Deixe seus olhos se acostumarem — disse ele. — Tente afastar a desarmonia entre o que você espera ver e o que realmente está aqui. Tem certeza de que não consegue me ver? Nem um pouquinho?

No começo, eu não fazia ideia do que ele estava dizendo. Contudo, à medida que os minutos passaram, passei a entender. Era exatamente como ele tinha descrito. A silhueta do corpo *estava mesmo* vagamente visível (embora eu nunca fosse perceber isso por conta própria). Era como se o contorno do corpo dele estivesse quase imperceptivelmente fora de foco; era como se alguém tivesse pintado o resto do mundo por cima dele, mas com a marca imprecisa da sua existência ainda um pouco presente.

Foi incrível.

Sinto um impulso de escrever essa frase milhares de vezes. *Foi incrível. Foi incrível. Foi incrível.* Mas isso seria inútil. E, além do mais, não me ajudaria a provar nada. Ou você acredita em mim ou não acredita. Não tenho o domínio da língua necessário para descrever como é ver alguma coisa que não está à sua frente. Se não consegue imaginar essa experiência por conta própria, não há nada que eu possa fazer. Tente olhar para uma cadeira branca e não ver (quase) nada. Foi mais ou menos assim. Foi (quase) exatamente assim.

Não gravei o diálogo durante o nosso encontro. Claro que eu deveria ter feito isso. Mas (a) ao cair eu havia derrubado o gravador de cima da mesa e (b) eu não conseguia raciocinar direito. A favor de Y____, devo admitir que ele foi de uma paciência notável durante o nosso encontro. Respondeu a todas as minhas perguntas, a maior parte delas técnica (sempre que fico nervosa, passo a me preocupar muito com tecnicalidades). Aqui estão os pontos mais importantes, anotados com base no que eu lembrava depois que ele havia ido embora.

1. O traje de ocultação era justo e desconfortável, mas, com o tempo, Y____ tinha se acostumado a ele.
2. Ele não sabia se o "creme de ocultação" era tóxico ou inócuo, mas isso não o preocupava. "É parte do risco. Uma pequena parte. Se for para eu ter câncer, terei câncer. Todos nós teremos câncer um dia de qualquer maneira."
3. Antes de se instalar na casa de uma pessoa, ele guardava outros quatro recipientes cilíndricos com creme em aerossol numa bolsa costurada sobre a parte do traje que cobria a barriga. Reaplicando o creme a cada 36 ou 48 horas (quando a pessoa não estivesse), ele podia permanecer na casa por até uma semana. Se a pessoa se mostrasse especialmente interessante, Y____ podia voltar, em múltiplas incursões.

4. Para se manter atento durante os longos períodos de observação, Y____ consumia quantidades enormes de estimulantes orais, com destaque para pequenas doses de cocaína de uso médico e metanfetaminas em comprimidos (ele observou, com certo constrangimento, que esse era o motivo de seus dentes serem tão estragados). Devido ao efeito diurético dos estimulantes (e por não poder ir ao banheiro durante longos períodos), ele acabava entrando num estado forçado de desidratação. "Alguns sinais me serviam de referência", explicou. "Quando minha urina estava cor de Pepsi, eu sabia que era hora de beber água." Ele comia sozinho, de dia, apesar de o uso constante de metanfetaminas ter quase eliminado seu apetite. "Consigo me segurar com 500 calorias por dia. Normalmente até menos. Provavelmente vou viver até os 200 anos de idade. Não há nada pior para a nossa saúde que a comida, não é mesmo? É a comida que nos mata."
5. Quando estava oculto, Y____ usava pequenos óculos espelhados, com um leve tom acinzentado. Pareciam óculos de natação. Eram a única parte do seu corpo não coberta com creme. Y____ explicou que o jeito mais fácil de enxergá-lo era procurando seus olhos. Mas achei isso totalmente impossível.
6. Praticando ioga, ele havia aprendido a controlar o desconforto muscular e a regular sua respiração. Isso era mais indispensável do que a maioria das pessoas imaginaria. "Eu seria o instrutor de ioga mais exibido do mundo. Consigo permanecer em qualquer posição que quiser por cinco, seis, oito horas. Já fiz isso dezenas de vezes. Sou capaz de desligar meus ossos."
7. Y____ comentou que, enquanto enxergá-lo parado era apenas difícil, vê-lo em movimento era completamente impossível. "Na

rua, especialmente no meio de uma multidão ou no aeroporto, meus movimentos isolados desaparecem em meio ao caos formado por tudo o que se move ao meu redor. A falta de foco some porque tudo o que me cerca está igualmente fora de foco. O olho humano não é rápido o bastante para se adaptar. Para mim, é fácil entrar em aviões ou prédios comerciais. E, quanto mais rápido eu caminho, menor a chance de alguém me ver.

8. Quando perguntei como se mantinha financeiramente, Y____ respondeu assim: "Minha situação é única. Não preciso de dinheiro. Tirando o aluguel e a conta do celular, minha vida não custa nada." Ele contou que às vezes furtava produtos de luxo (na maioria das vezes joias) de grandes lojas e fazia a troca por dinheiro, no dia seguinte, como se fosse uma devolução. Outras vezes ele levava itens de casas de penhores e logo em seguida os revendia a casas de penhores concorrentes do mesmo quarteirão. Às vezes simplesmente tirava uns duzentos dólares de caixas registradoras abertas. Acontecia de pegar dinheiro nas casas das pessoas, mas só quando era absolutamente necessário, ou quando achava que a vítima estava pedindo. "Já roubei dos ricos, dos nem tão ricos e dos quase pobres. Mas nunca daqueles de coração puro, de portadores de depressão crônica e de quem fosse muito, muito pobre."
9. Suas preocupações permanentes eram a chuva (que diluía o creme de ocultação), os cachorros e os pássaros. "Os cães me odeiam. Os gatos não se importam comigo, mas os cães sentem meu cheiro e ficam loucos. Os pássaros são ainda piores. Alguma

vez um pombo voou direto na sua cara? Sou como uma janela panorâmica para essas malditas máquinas de fazer cocô."

Depois de uma hora de consulta, parecia que tudo em nossa relação estava de cabeça para baixo. Nos dez minutos finais, estávamos completamente descontraídos (quase num clima de sedução). A sensação era como a de ficar bêbado pela primeira vez. Y____ se sentia lisonjeado pela minha atenção. E eu não parava de pedir desculpas. Depois de um tempo, ele disse:

— Eu a desculpo, Vicky. Eu a desculpo. Mas quero que me prometa uma coisa. Daqui em diante, eu decido sobre o que falamos. Nada mais de "Como você se sentia, aos 11 anos, quando seu pai ridicularizava seu corte de cabelo?" Já sei as respostas para essas perguntas. *Sei como me sinto.* E também nada mais de conversas sobre como o traje funciona ou como inventei o creme. Combinado? Nada mais de discussões sobre ciência. Falar de coisas que eu já compreendo me cansa. Quero conversar sobre o que vi e quero fazer isso do meu jeito. Podemos chegar a um acordo em relação a isso?

— Sim, podemos. Como preferir. Nunca mais vou duvidar de você. Vou fazer tudo o que pedir.

Em certo momento, senti uma necessidade de fotografar aquela pessoa que não estava ali. Perguntei se havia problema. Y____ riu e disse: "Por que não?" Ele estava de ótimo humor. Usei a câmera do celular. Essa imagem fotográfica, como qualquer um é capaz de ver (*fig. 1*), está distorcida e granulada, e não serve para nada. Parece apenas uma cadeira. Mas, quando vejo essa foto, enxergo Y____. Sei o que eu devia estar vendo.

De repente, resolvi olhar para o relógio. Eram onze e quarenta e cinco. Ambos comentamos como nosso tempo tinha passado rápido. Nos despedimos, e Y____ foi embora. Ele não estava lá e depois já não estava lá. Eu tinha outra consulta ao meio-dia, mas, quando a paciente chegou, inventei que estava doente. Cancelei todas as consultas do dia e fui para casa. Passei o resto do dia tomando vodca, deitada na cama, totalmente acordada. Não contei ao meu marido (ou a qualquer outra pessoa) a respeito daquela experiência. Não sabia como.

PARTE 3

Y___ ASSUME O CONTROLE

Como costumam dizer, o jogo tinha mudado.

Nenhum dos meus outros pacientes parecia interessante, embora eu tivesse consciência de que eles mereciam atenção. Eu ficava sentada, balançando a cabeça e ouvindo seus problemas, mas sempre imaginava esses problemas sendo contados por Y____ (e em como essa transferência mudaria todo o significado). Perdi o interesse pelas minhas atividades de lazer. Perdi o interesse pela televisão e por qualquer filme novo que eu devesse ver. Na verdade, essas coisas nunca tinham sido essenciais para mim, mas agora eu não conseguia nem me obrigar a acompanhar as tramas ou lembrar os nomes dos personagens. Cheryl, minha amiga da época de faculdade, me mandou um e-mail dizendo educadamente que não nos achava mais "em sintonia" e que estávamos nos distanciando. Não respondi à mensagem. E fiquei assustada ao me dar conta de que não lembrava de quase nada da nossa última conversa ao telefone. Comecei a dedicar meu tempo livre a atividades manuais que não exigissem raciocínio (como lavar o banheiro ou aparar a cerca viva) para permitir que minha cabeça viajasse sem maiores consequências. Nada me estimulava mais do que pensar na situação de Y____. Até hoje, sempre que mergulho no tédio me pego em fantasias, reimaginando as histórias que ele me contou. Do ponto de vista da terapia, aquela não era uma situação saudável. Não posso negar. Mas, em minha frágil defesa, devo reiterar o quão incomum aquele contexto havia se tornado (e não só por envolver invisibilidade). Profissionalmente, era o tipo de problema que não podia ser resolvido lendo um livro.

Deixe-me explicar o que estou tentando dizer. Alguns anos antes de conhecer Y____, atendi a uma paciente adulta que ainda tentava superar uma relação de abuso que tinha vivido com o pai. Ele a havia molestado sexualmente durante a adolescência, e ela continuava abalada por sonhos recorrentes envolvendo essas ocasiões. Sempre descrevia como vampirescas as aparições do pai nesses sonhos. Via o pai como uma figura sinistra e sedutora que à noite se transformava num monstro, e frequentemente o imaginava sugando a vida de seu corpo. Ela o odiava e o amava contra a própria vontade. Mais de uma vez, referiu-se a ele como "aquele maldito vampiro". Conversamos sobre essas lembranças ao longo de várias semanas, em todos os contextos possíveis. No entanto, em nenhum momento suspeitei que o pai dela fosse *literalmente o Drácula*. E como eu suspeitaria disso? Como qualquer um suspeitaria disso? A filosofia central por trás do tratamento dos delirantes é compreender por que um delírio em particular foi escolhido. Você nunca considera a possibilidade de o delírio não ser uma invenção. Assim, quando isso aconteceu no caso do Y____ , quando fui forçada a aceitar que a situação impossível que ele havia descrito não era simbólica, permiti que a dinâmica da nossa relação se invertesse. Daquele momento em diante, eu raramente questionava qualquer coisa que Y____ dissesse, nem o impedia de fazer discursos sobre qualquer assunto que quisesse. Resumindo: deixei de ser a terapeuta. Na prática, me tornei um recipiente para seus pensamentos. Meus colegas de profissão me criticarão por causa disso, e eu mereço receber as críticas. Mas sou a única pessoa capaz de entender inteiramente a sensação, e sei que fiz o melhor que pude.

À medida que as semanas passavam, minhas sessões com Y____ se tornaram estranhamente consistentes. Ele chegava ao meu consultório visível, sentava na cadeira branca e dizia sobre o que conversaríamos. Isso geralmente resultava em Y____ começando com as seguintes palavras: "Hoje vamos discutir o período que passei com ____." E se seguia uma história. De tempos em tempos, ele caminhava pela sala, usando as mãos, tanto quanto a boca, para se expressar. Eu ouvia, fazia anotações e ocasionalmente perguntava algo (que ele, em geral, ignorava). Às vezes conversávamos sobre o mesmo assunto duas semanas seguidas; às vezes ele gastava muito tempo dissecando uma pessoa específica, de repente mudava de assunto por dez minutos e então retornava à pessoa do início (sem explicar a digressão). Para facilitar, arquivei nossos encontros mais memoráveis em categorias próprias. Estávamos (supostamente) conversando sobre essas diversas pessoas para que Y____ pudesse entender melhor seu sentimento de culpa pelas invasões de privacidade — e chegávamos mesmo a tocar nesse ponto em particular. No entanto, relendo as transcrições, suspeito que seus motivos maiores eram mais estranhos e mais egocêntricos. Y____ sentia culpa, sim, mas não do jeito que se deve sentir culpa.

Como antes, reorganizei e editei as transcrições de Y____ num formato comum de prosa (com meus comentários esporádicos em itálico e entre colchetes). Estão em ordem cronológica, exceto quando observado.

Não posso assegurar a veracidade dos detalhes dessas narrativas porque não estava lá para ver.

As sessões de Valerie

[As sessões de Valerie se referem a um diálogo que durou três consultas, com início logo depois de 9 de maio. Embora Y____ nunca tenha especificado quando esses eventos ocorreram, fiquei com a leve impressão de que "Valerie" morava em algum lugar no Norte da Califórnia. Os registros de horário de todos os trechos são informados ao fim do texto correspondente.]

1 Essa pessoa, a Valerie, facilitava as coisas para mim. Deixava a porta destrancada. Não o dia inteiro, é claro, mas sempre que saía para correr. Suponho que não quisesse se incomodar levando as chaves. Quem corre odeia as chaves de casa. E a opção era compreensível, já que ela vivia numa área livre de criminalidade. Tenho certeza de que a porta poderia ficar destrancada 24 horas por dia sem qualquer incidente. Era uma ótima vizinhança. Eu estava caminhando na frente de um condomínio quando vi uma mulher de quase 30 anos sair de um dos prédios. Usava short de ciclista, top esportivo e faixa na cabeça. Era a Valerie. Assim que percebi que não havia bolsos naquele modelito, resolvi agir. Simplesmente entrei pela porta da frente do prédio e saí apertando as campainhas. Quando não havia resposta, testava a maçaneta. Não demorou muito. Ela morava no segundo andar, numa quitinete, quase sem decoração e meio desarrumada. Uma cama, um sofá de dois lugares, uma esteira de corrida. Carpete trançado. Livros, mas sem estante. Sapatos demais. Tudo tinha cheiro de gente. De terra. De bicho. Dei uma olhada nas cartas, vistoriei o armário de remédios em busca de antidepressivos e então me sentei num canto para esperar.

Val voltou cerca de uma hora depois, banhada em suor. Fechou a porta e tirou o top num único movimento. Claro, tenho certeza de que, como mulher ou simplesmente como ser humano, você acha esse relato repugnante. Acha anormal eu ficar sentado no apartamento de uma mulher desconhecida, olhando enquanto ela se despe. Mas esse tipo de experiência visual nunca teve um caráter sexual para mim. Nunca. Eu olhava para Valerie do mesmo jeito que a ginecologista dela. Se ela era atraente? Talvez. Não me considero em condições de dar uma opinião embasada. Ver pessoas nuas é apenas uma parte do meu trabalho. Não sinto nenhum prazer com isso.

Como eu ia dizendo... Valerie tira a roupa e vai tomar uma chuveirada. Fico esperando por ela na sala. Já está mais escuro — são quase oito da noite. Valerie sai do banheiro apenas de calcinha e roupão. Seu cabelo está bizarro, todo molhado e em pé, parecendo que há um bicho escondido na cabeça dela. Então ela checa a secretária eletrônica. Dá uma olhada nas correspondências e separa as contas. Depois, confere as mensagens de trabalho no celular. E finalmente — o que me surpreende — abre um armário e tira de dentro um dos maiores bongs que já vi na vida. Quase um metro de altura. Ela acende o fornilho, dá uma tragada demorada e em seguida solta uma baforada que deixa a quitinete inteira enfumaçada. Aí, atravessa a nuvem em direção à cozinha.

Era ali que a guerra era travada.

O que eu só viria a descobrir depois sobre Valerie era que ela se achava numa guerra interior. Uma guerra de trincheira, uma interminável guerra de atrito. Ela estava em guerra com o tamanho do seu corpo, com a vontade de fumar maconha e com uma obsessão por consumir toda a comida do mundo. Tinha uma atitude compulsiva diante das três coisas, e tudo estava relacionado. Trinta segundos depois de sentir o barato, já estava devorando colheres cheias de creme de amendoim, direto do pote. Havia uma loucura em seus olhos, algo entre a euforia e o medo. Nunca vi uma pessoa sentir tanto prazer comendo creme de amendoim. Depois de uns dez minutos, foi fumar de novo. Depois pediu uma pizza da Domino's. Passou os vinte minutos seguintes sentada no sofá, ouvindo Beatles de olhos fechados. Quando a pizza chegou, comeu cinco das oito fatias, como um animal faminto. Jogou fora os outros três pedaços e esvaziou a lixeira. A noite de excessos parecia estar completa, mas ela voltou ao bong. Mais uma vez, o ambiente se encheu de fumaça azulada. Ouviu um pouco mais do *Abbey Road*, dançando sozinha ao som de "Sun King". Era até agradável ver aquilo. Mas, então, outra surpresa: ela pediu uma segunda pizza. Um sabor diferente de pizza, de uma pizzaria diferente. Quando a comida chegou, ela fez a mesma coisa de antes, comendo pouco mais da metade e jogando o resto fora.

A essa altura, já é quase meia-noite. Valerie fuma mais maconha, troca o CD por *A Hard Day's Night* e canta baixinho acompanhando "You Can't Do That". Devora mais creme de amendoim, desta vez com bolachas Ritz. Mais uma vez, acredito que a noite terminou. Mas, de repente, ela aparece deitada no chão, com os seios à mostra. Está fazendo abdominais! Faz cem abdominais, descansa uns cinco minutos e então faz mais cem. Volta ao bong pela quarta vez, enchendo o lugar de fumaça como se fosse uma máquina. Finalmente, sobe na bicama e cai no sono, sem se lembrar de desligar o abajur. Passo a noite vendo-a dormir de luz ligada. Durante seis horas, ficamos ambos imóveis, mas só eu estou entediado.

Valerie acorda sem sobressalto. Nada indica que esteja acabada. Sem perder tempo, vai fazer mais abdominais. Está isolando os músculos abdominais. Faz algumas flexões, mas não se sai tão bem. Falta força nos braços. Ela passa ao alongamento dos tendões e do quadríceps. Depois calça os tênis, põe a faixa na cabeça e, mais uma vez, sai para correr na rua.

Fico um pouco surpreso pelo fato de, na véspera, ela ter corrido no fim do dia. São apenas 12 horas desde a última corrida. A corrida da manhã dura 45 minutos. Ao voltar, ela toma uma chuveirada e vai se arrumar para o trabalho. O café da manhã não é necessário. Ela guarda o bong no armário, perde dez minutos procurando a chave do carro e, finalmente, segue para onde quer que precise estar.

Passo a maior parte da tarde dormindo no chão. Ao acordar, procuro uma sobra inofensiva de comida na cozinha. Geralmente, é assim que me alimento quando estou na casa de um estranho: como qualquer coisa de que a pessoa dificilmente possa sentir falta. Não sou exigente. Como qualquer coisa. E não precisa ser muito. Posso passar dias à base de massa crua e açúcar granulado. O problema é que Valerie não tem nenhum dos dois. Ela não tem nada, exceto creme de amendoim, azeite, ketchup e um pacote (agora vazio) de bolachas.

Me dou conta de que Valerie tem medo de manter comida em casa.

Ela volta mais cedo desta vez, entre cinco e vinte e cinco e meia. Não consigo deduzir com o que ela trabalha, mas é algo que exige roupas como a saia lápis que está vestindo. Às cinco e quarenta e cinco, já com a faixa de volta à cabeça, sai para correr. A corrida dura noventa minutos. Quando volta, por um instante temo que possa desabar no chão. Ela entra literalmente cambaleando no apartamento, ofegando como um cachorro gordo. Precisa de um tempo para se recuperar. Mas Valerie se supera. Tira a roupa e fica parada diante do espelho do banheiro, observando sua barriga de perfil. Depois de tomar banho, volta a examinar a barriga. Para mim, ela não parece nem gorda, nem magra, mas não consigo deduzir qual é sua percepção. Julgando apenas pela expressão em seu rosto, eu diria que ela está levemente preocupada ou levemente deprimida.

Valerie se veste e começa a limpar a quitinete. Limpar não é a palavra exata: ela apenas organiza a bagunça em quatro pilhas de coisas. Por volta das oito, a campainha toca. É outra mulher, mais ou menos da sua idade, porém muito mais gorda. Jane. Ela tem cabelos volumosos e ondulados, dentes grandes e um daqueles sorrisos permanentes que tomam todo o rosto e a deixam parecida com uma Muppet malfeita. Uma alegria diabólica. Jane chega com dois baldes de Kentucky Fried Chicken. As duas se abraçam, mas dá para perceber que elas se viram há pouco tempo. O abraço é rápido e a conversa é superficial e não comprometedora. Valerie pergunta coisas como: "O que o Jim está fazendo hoje à noite?" E Jane responde: "Ah, você conhece o Jim." Falam um pouco sobre quando devem começar a fumar, e a decisão é "imediatamente". Elas têm intimidade entre si; gostam de concordar. Sentam-se no chão e uma acende o baseado da outra. Apesar de agora falarem mais devagar, suas personalidades não mudam. Depois é hora de comer a galinha frita. Esse deve ser o programa.

Às nove e vinte, elas ligam a televisão. Tinham programado o aparelho para gravar a série em que passageiros bonitões de um avião acabam, acidentalmente, viajando no tempo. Aqui e ali, elas pausam o programa para debater a história. Valerie parece irritada com o episódio porque não consegue entender o que está acontecendo. Jane parece gostar do episódio exatamente pela mesma razão.

"Por que eles estão fazendo essas coisas?", questiona Valerie. "Por que ninguém se pergunta por que eles estão fazendo essas coisas?"

"Eles estão fazendo isso porque aquele cara disse que essa era a única saída."

"Mas esse cara não é o mesmo que queria matá-los?"

"Não, aquele foi o primeiro cara. O cara que não morre."

"Mas por que eles seguiriam o outro cara? É a fumaça?"

"Não acho que eles estejam seguindo a fumaça."

"Nessa realidade? Ou em todas as realidades?"

"Isso."

A conversa prossegue por um longo tempo. Depois que o episódio termina, elas continuam discordando sobre o que ocorreu e o que não ocorreu. "Acho que isso já aconteceu." "Ainda não temos como saber." "Na verdade, ela é meia-irmã dele, não é?" "Não, essa era a mulher no bar do aeroporto." "Ele foi morto muito tempo atrás." "Ele pode não estar mais morto." É a pior conversa que já vi entre duas pessoas sobre algo que não é verdade. Elas acabam com o primeiro balde de galinha frita e resolvem comer as coxas e asas do segundo balde como sobremesa. Valerie liga o som. *A Hard Day's Night* continua na bandeja do CD. Jane pergunta: "Você já ouviu uma música sobre os Beatles? Uma música que não é dos Beatles?" Valerie olha para Jane como se a amiga tivesse vindo de Atlântida: "Como é que é?" Jane diz apenas: "Espera aí." E sai correndo até o carro. Ela volta com uma fita cassete. "Não dá para tocar essa fita. Não tenho toca-fitas. Não escuto fitas", diz Valerie. "Você devia arranjar um toca-fitas", insiste Jane. "Mas eu não tenho nenhuma fita", responde Valerie. "Mas agora você tem *essa* fita aqui." A relação entre as duas é baseada na desconstrução reiterada de contradições irrelevantes.

Jane começa a se arrumar para ir embora. Ela pergunta se é para deixar o que sobrou da galinha frita. "Claro. Vou comer no almoço amanhã", responde Valerie. Assim que Jane fecha a porta, Valerie vai fumar maconha de novo e sobe na esteira. Ela corre uma simulação de 5 quilômetros, toma um copo grande de água e come o resto da galinha. É da pele frita que mais gosta: ela a separa da carne e passa no molho. Cada mordida é repleta de gordura suculenta e pecaminosa. A gordura instiga seu espírito ao mesmo tempo que entope seus ventrículos. Quando a galinha acaba, ela volta ao creme de amendoim, raspando o que resta no pote. Enfia a mão inteira lá dentro e depois fica lambendo os dedos. Não há mais comida na casa. Sumiu tudo pela sua boca. Ao se dar conta disso, ela resolve fumar mais maconha, fazer quarenta abdominais estilo *crunch*, tomar outra chuveirada e só então ir dormir ouvindo o disco *Plastic Ono Band*, do John Lennon.

Valerie era a pessoa mais atlética, esfomeada e limpa que eu havia encontrado até ali. **(16/05/08, 10h08 a 10h33)**

2 Agora, quero lhe fazer uma pergunta, Vic-Vick: Qual é a coisa mais obviamente interessante a respeito do indivíduo Valerie? Para mim, é o fato de ser uma mentirosa. Até para os amigos mais próximos Valerie mente sobre seu estilo de vida. Não quer que Jane saiba que ela nunca conseguiria guardar meio balde de galinha frita até o dia seguinte. Não quer que Jane saiba que ela poderia responder na mesma hora que comeria tudo imediatamente e que essa ação estava fora do seu controle. Em vez disso, prefere se exercitar como uma decatleta, apenas para manter uma aparência física de normalidade. Trata-se de um ciclo oculto: o estresse de se manter nessa fraude faz com que deseje fugir da realidade, o que por sua vez a instiga a fumar maconha, o que a leva a comer compulsivamente, o que a obriga a malhar obsessivamente e sem recompensa, o que torna sua falta de honestidade inicial mais lamentável. Mas sou a única pessoa que sabe disso. Só eu conheço seus segredos. Então às vezes me pego pensando: tudo o que ela é se resume a essa mentira? Existe alguma parte de sua personalidade que não é determinada por esse ciclo? Seu segredo é tudo o que há de importante a respeito dela?

Enquanto ela estava no trabalho, era sobre isso que eu pensava. **(16/05/08, 10h47 a 10h48)**

3 No terceiro dia da minha incursão, Valerie voltou para casa com duas caixas de *doughnuts*, duas latas de ravióli Chef Boyardee e um cacho de bananas. Eu sabia como aquela trambolhada acabaria rápido. Aliás, eu sabia que tudo aquilo acabaria até a meia-noite. Ela saiu para a corrida da noite e na volta resolveu fazer algumas dezenas de *burpees* — ou seja lá como for chamado esse exercício atualmente — no meio da sala. O *burpee* é um exercício para presos. Foi criado para pessoas que ficam em celas. Então ela toma o segundo banho do dia e se prepara para outra noite de fumo e voracidade e hippies mortos cantando sobre o guru Maharishi... sua vida é muito repetitiva. Isso me tira do sério. Como é possível que não perceba o quão terrível é sua vida? E apesar de tudo... ela parece feliz. Não noto nenhum sinal de depressão em sua existência. Será que ela não entende que isso não é jeito de viver? *Quero* que ela fique deprimida. Quero que deseje uma vida diferente. Mas ela simplesmente não percebe.

[Faço uma interrupção para perguntar a Y____ se ele consegue notar suas próprias contradições. Pergunto se ele percebe que sua intenção declarada de "observar objetivamente" essas pessoas parece ser falsa e que sua ligação emocional com Valerie é mais intensa que seu interesse na vida dela.]

Isso não é verdade. Está errada. Só porque me importo não significa que não consigo ser objetivo. É isso que está errado nesse mundo, Vicky. Desistimos da possibilidade de superar nossos preconceitos. Se eu gostava de Valerie? Sim. Claro. Sim, gostava dela. Mas nunca *me rendi* a ela. É essa parte que você não consegue compreender.

Desde o início, eu sabia que observar as pessoas em seus momentos de privacidade seria confuso do ponto de vista emocional. Vamos lá: eu vi Valerie ir ao banheiro muitas e muitas vezes. Quando estava sozinha, ela nem fechava a porta. Então a vi defecando, e essa é uma experiência bastante humilhante, mesmo quando não há ninguém olhando. E ver alguém se humilhar sempre faz com que você passe a gostar um pouco mais daquela pessoa. Quando um autor quer tornar um personagem mais simpático, a forma mais fácil é colocá-lo num contexto de humilhação. A humilhação ataca os nossos temores mais profundos em relação ao que significa estar vivo. Então, *obviamente*, eu acabaria gostando da Valerie. Gostava de todos que eu observava. Era apenas algo que eu tinha de encarar mentalmente. Jornalistas têm de fazer isso o tempo todo, ou pelo menos é o que se espera. Não é impossível. O problema maior, pelo menos para mim, é a desigualdade inerente a esse tipo de relação. Como Valerie achava que estava sozinha, para ela, o tempo que passávamos juntos era neutro. Não existe uma carga emocional associada a estar sozinha. Ela não sentia nada porque não havia nada para sentir. Enquanto isso, passo meu tempo todo com estranhos desprotegidos que se comportam de modo aberto e estão vulneráveis. Para mim, esses momentos se tornam profundamente íntimos. Mas é uma intimidade de um lado só, e para isso não há como se preparar.

Um exemplo fácil de entender: nossa quarta noite juntos. Havia chovido naquele dia — a tarde e a noite inteiras. Como não podia sair para correr, Valerie usou a esteira. Era inquietante ver a velocidade em que corria. Ela não ia a lugar algum, mas queria chegar lá rápido. Corria a mil. E corria fazendo *barulho* — passos pesados que faziam *tum tum tum tum tum tum*. Uma pistola automática com o gatilho emperrado, disparando sem parar por duas horas. Val demonstra um sintoma de TOC em cima da esteira: há três displays na máquina, e ela não para até que todos estejam mostrando números redondos. Por exemplo, mesmo que atingisse a meta de 6 quilômetros no mostrador de "distância", ela não parava porque o mostrador de "minutos" indicava 36:33. Então resolvia continuar correndo até os minutos chegarem a exatos 40:00. Porém, quando o display de minutos alcançava 40:00, o de calorias estava em 678, o que a obrigava a prosseguir até 700. E nessa hora o mostrador da distância estava em 8,58, e era preciso atingir um 9,00 perfeito. Claro que os números nunca batiam. Não havia esperança; era exaustivo acompanhar aquilo. Depois de, por fim, desistir e ir tomar banho, ela fumou um pouco e botou para ferver uma vasilha imensa de espaguete, a qual comeu com manteiga, pimenta-preta e queijo ralado. Também comeu um monte de barrinhas de Twix. Mas uma coisa diferente ocorreu naquela noite. Foi o tipo de coisa que me deixa mal comigo mesmo. Ainda não sei por que me sinto assim, e é justamente essa a razão de eu estar aqui, conversando com você.

Por volta das dez da noite, Valerie começou a procurar alguma coisa no armário. No início, eu não fazia ideia do que teria provocado aquele comportamento inesperado e aparentemente espontâneo. Foi então que ela ficou de quatro e mergulhou realmente de cabeça na missão. Era uma busca orientada e obstinada, do tipo que só pode ser empreendida por uma pessoa muito preocupada ou totalmente chapada. Depois de vinte minutos, ela apareceu com um radiorrelógio. "A-ha!", diz ela, em voz alta. Não consigo imaginar qual seja sua intenção. Valerie já tem um radiorrelógio interno. Além disso, o aparelho é imenso e muito feio. Esquisito. Quase um aparelho de som, mas nem tanto. Seu estilo lembrava os anos 1980, quando tudo era maior. Ninguém aceitaria uma monstruosidade daquela hoje em dia. De qualquer maneira, ela liga o rádio na tomada, e o visor acende: 12:00. Valerie não acerta o horário. E, de repente, percebo por que precisava localizar aquele trambolho. É que o rádio tem um toca-fitas. Ela vai pôr a fita que Jane lhe deu há dois dias para tocar.

Para ser sincero, a música que estava na fita, a música que Jane queria que Valerie ouvisse... não sei nem como descrever. Mal se pode chamar de música. São só uma bateria, um vocalista e um acordeão — ou um instrumento que lembra um acordeão. O vocalista parece abobado, mas não no sentido em que costumamos usar o termo. Ele soa literalmente como uma criança com deficiência mental. E a música... bem, é quase como se o vocalista estivesse tentando ser sarcástico. Resume-se a uma explicação direta de quem foram os Beatles e tudo o que eles fizeram. Um dos versos era: "Eles eram mesmo muito bons, eles merecem todo o sucesso." Sempre que diz a palavra *Beatles*, o sujeito canta num sotaque carregado da antiga Londres. Não há rimas. Parece uma música composta de improviso. O impulso natural de qualquer ouvinte seria odiá-la ou rir dela. Mas Valerie não parava de ouvir a música. Deve ter tocado a fita vinte vezes, sempre sorrindo. Nunca a vi tão feliz — nem quando está comendo um pote de creme de amendoim. E tudo isso porque a música é uma coisa *profunda*. É como se esse cara quase desabrigado tivesse tocado na explicação mais primitiva possível para Valerie gostar dos Beatles, ou até para todo mundo gostar dos Beatles. Em alguns versos, o cantor menciona que a carreira dos Beatles é um conto de fadas e que a trajetória deles até a fama, bem como seu impacto no mundo todo, seria completamente inverossímil se apresentada dentro de um contexto ficcional. Essa é a parte que mais desperta o sorriso de Valerie — a ideia "não tão óbvia" assim de que os Beatles não são imaginários. A coisa é tão "não tão óbvia" que só poderia ser sugerida por uma pessoa maluca.

Enfim, para Valerie, aquela noite era exclusivamente da música. Não havia nada nas entrelinhas. Só havia linhas. Ela era apenas uma pessoa desorientada, sentada num sofá, apreciando o som de péssima qualidade que saía de uma porcaria de radiorrelógio. Não havia troca de sentimentos; nada além de como se sentia em relação à canção. Seus sentimentos eram pessoais e não seriam compartilhados com ninguém. Mas a experiência foi diferente para mim. Me senti extremamente próximo de Valerie naquela noite, embora ela não fizesse ideia de que eu estava lá. Eu ouvia a chuva batendo na janela, misturada à fragilidade da música. Podia ver sua afeição amorfa pelos Beatles sendo exposta — e até amplificada — por aquela canção estranha. E ver alguém amar uma coisa é como ver alguém amar todas as coisas. Ela estava sozinha, mas nós estávamos juntos. A intimidade era devastadora. Toda vez que ela rebobinava a fita, eu sentia que estávamos cavando mais fundo, aumentando o precipício. Se foi a noite mais romântica da minha vida? Não. Isso seria um exagero. Mas parecia *importante*. E Valerie não dava a mínima. E nem poderia. Não era um amor não retribuído, nem era como estar a fim de uma pessoa que ignora sua existência. Era mais como ser seduzido por um amnésico. Era como se ela estivesse esquecendo de mim enquanto eu permanecia por lá. Uma sensação terrível. Quer dizer, eu estava vendo aquela pessoa, vendo quem ela era. Sei que, um dia, Valerie vai se apaixonar e vai se casar. Ainda assim, o marido dela não vai vê-la do jeito que eu a vi. Ninguém vai chegar tão perto dela quanto eu naquela noite. Porque ninguém tem como estar ao seu lado quando ela está sozinha. Só eu.

Victoria, qual é sua dúvida de verdade? Se eu *gostava* de Valerie? Já disse que sim. Mas, provavelmente, não me importava com ela. Quase nunca me lembro dela desde que a vi pela última vez. Se eu não estivesse conversando com você, é provável que nem estaria falando dela. Talvez eu esteja mentindo para mim mesmo, mas duvido. Acabei encontrando a música na internet. É de um artista local chamado Dennis Johnson (*sic*).[8] Um caso sem esperança, ao que me consta. A música nem me parece boa hoje em

[8] Daniel Johnston.

dia. Nunca mais quero ouvi-la. Mas agora estou aqui com a lembrança de tê-la ouvido naquela noite. Parece que compartilhamos alguma coisa. Mas isso não ocorreu. Sei a verdade. Entendo a verdade. Não compartilhamos nada. Valerie estava no mesmo ambiente que eu, mas o que acontecia comigo não acontecia com ela. E sei que preciso aceitar isso. (23/05/08, 10h32 a 10h42)

4 Você está me olhando como se eu estivesse mentindo. Está me olhando como se achasse que estou dizendo o oposto do que quero dizer de verdade. Ou é isso ou está me olhando como se eu fosse uma espécie de pessoa terrível. Um tipo de enganador brilhante.

[Digo a Y____ que não o estou observando de qualquer maneira específica.]

Muito bem. Bom para você. Ótimo. Que seja. Isso é o que você diz. Talvez esteja até sendo honesta. Mas posso ver como está me olhando, e nunca erro a respeito dessas coisas... mas entendo suas reações, sabe? Está se perguntando como posso ter sido tão indiferente em relação a Valerie e por que pareço quase orgulhoso do meu distanciamento emocional. Pareço desumano para você. Seus olhos contam tudo. Seus olhos são como um site de busca.

Tenho a impressão de que, ao falar sobre Valerie, deixei-a ainda mais confusa sobre o que eu faço e a razão de fazê-lo. Provavelmente, acha que sou apenas uma pessoa doente que gosta de espiar estranhos e que criei esse esquema elaborado e pseudosociológico para justificar meu comportamento. Me diga se é isso mesmo o que pensa.

[Digo a Y___ que não sei o que penso.]

Sabe, sim. Está pensando e nem está fazendo força para isso. Não consegue evitar esses pensamentos. Mas vou lhe dizer o que você *devia* estar pensando: "O que ele ganhou com essa observação? O que passamos a saber sobre a natureza humana que não sabíamos antes?" É isso que devia estar pensando. Essas são as perguntas que você devia estar se fazendo.

[Respondo: "Adoraria saber as respostas para essas perguntas."]

Não me pressione. Vou responder às suas perguntas, mas só quando estiver pronto. De qualquer maneira, você não vai entender. A informação será inútil para você.

[Digo: "Tenho a impressão de que você quer que eu faça perguntas só para poder se recusar a respondê-las."]

Não é verdade. Você precisa de mais autoconfiança. Bem, nosso tempo já está acabando mesmo. A sessão já quase terminou. Espere uma semana. Na próxima semana... vou falar sobre isso na próxima semana. Não estou gostando do seu tom, Victoria. Me faz achar que está contra mim. **(23/05/08, 10h44 a 10h46)**

5 Comecei a me sentir responsável por Valerie. Talvez ela estivesse satisfeita com sua vida, mas eu não. Não gostava do rumo que aquela vida tomava. Ela não se dava conta de como estava escravizada. Uma mulher solteira, sem compromissos, porém com uma vida desprovida de liberdade. Nem sequer compreendia o significado de liberdade.

Existem assassinos condenados mais livres que Valerie. É realmente assim que eu penso.

Ela se exercitava, certo? Não. Ela só malhava para poder fumar maconha e se encher de pizza. E ela gostava do barato? Provavelmente no início, mas não mais. Havia se tornado apenas um ritual que acelerava a fome. Se ela sentia prazer ao comer? Não. Uma amante da comida nunca empurraria ravióli enlatado goela abaixo. Se gostava do *processo* de comer — de mastigar, deglutir, encher o estômago? Impossível. Tudo que isso fazia era lembrá-la de que precisava voltar à malhação. Nem sequer tenho certeza se ela realmente gostava dos Beatles. Acho que *acreditava* gostar, mas como saberia disso? Ela era péssima em ter opiniões próprias sobre as coisas. Acho mais provável que visse os Beatles simplesmente como algo que uma pessoa do seu tipo devia ouvir. Valerie não possuía capacidade de agir. Não importa se ela não percebia. Eu percebi por ela.

Este, querida Vic-Vick, é o tipo de percepção que só se pode adquirir por meio da vigilância. Se houvesse mais alguém no lugar, Valerie "ficaria" feliz. Ela não *estaria* feliz, mas agiria como se estivesse e presumiria a existência de alguma relação entre suas ações e seus sentimentos. Jane voltou a visitá-la — de novo numa terça-feira. Elas assistiram ao programa de TV que não fazia sentido, discutiram sobre uma sequência de números, deram risadas, ficaram agitadas e curtiram pele de galinha frita. Tenho certeza de que se sentiram realizadas, mas estavam enganadas. Aquilo não era realização. Aquilo era só um jeito de evitar a ciência do seu aprisionamento. A interação banal entre as duas facilitava as coisas. Elas se alimentavam da alegria forjada uma da outra. Entretanto, quando Valerie estava sozinha, eu podia ver o desespero que ela não conseguia compreender. Estava correndo para um abismo, só para poder se drogar e comer loucamente, sem se preocupar com o que tinha importância de verdade. Era patético.

Ela merecia algo melhor. Eu via um potencial em Valerie que ela própria se recusava a enxergar. Estava muito ocupada sendo a Valerie para notar qualquer coisa que já não estivesse ali.

Então, naquele momento, eu precisava tomar uma decisão: resolver se observar Valerie era mais importante do que ajudar Valerie. Eu tinha alguma responsabilidade em relação àquela pessoa? Jesus diria: "Sim." Nietzsche diria: "Não faça uma pergunta quando já souber a resposta." Mas não vamos iniciar um debate político. Eu tinha de decidir sozinho. E o que decidi seria — ao menos em teoria — benéfico para ambos os lados. Decidi que ajudaria Valerie *para poder observar* Valerie. Esse era o plano. Achei que tirar aquela pessoa de uma vida ruim, para lhe apresentar uma vida boa, deixaria suas qualidades essenciais mais visíveis, pois seriam as únicas qualidades que não mudariam. E ainda vejo a lógica dessa opção. Vejo mesmo.

A melhor maneira de ajudar Valerie me parecia óbvia. Eu tinha de alterar a sequência do seu ciclo de felicidade. Tinha de impedi-la de malhar, de fumar maconha ou de comer. Se conseguisse acabar com uma dessas atividades, as outras duas automaticamente deixariam de existir. Para impedi-la de se exercitar, concluí que teria de lhe provocar uma lesão física, o que considerei errado, ainda que minhas intenções fossem boas. E se, sem querer, eu a deixasse paralítica? E se o plano de saúde dela fosse um lixo? O risco era alto demais. Impedi-la de fumar maconha era absolutamente impossível. Toda a sua vida girava em torno daquela experiência. Se eu me livrasse da erva, ela simplesmente ligaria para Jane ou compraria mais. Mas *havia* uma forma de impedi-la de comer — e foi esse o caminho que eu segui.

Como já mencionei, sempre levo estimulantes quando saio para um período de observação. Isso se deve à necessidade: devo permanecer mentalmente alerta e acordado por longos períodos. Não posso dormir quando me dá vontade. E, como outra consequência, nunca sinto fome. Mal consigo me lembrar de como é a sensação de estar com fome. Eu só precisava fazer Valerie se sentir do mesmo jeito. Então, quando ela saiu para o trabalho, transformei sua maconha num supressor de apetite.

Parecia a melhor opção.

Val mantinha seu bagulho numa caixinha de música, dentro do congelador. Havia uma tonelada da droga ali — ela era claramente uma viciada nervosa que comprava o suficiente para quatro ou cinco meses sempre que se encontrava com o fornecedor. A coisa tinha a aparência de um tijolo macio e verde. Como comentei, eu dispunha de um verdadeiro bufê de estimulantes: Adderall, metanfetaminas em comprimidos, Ritalina, Dexedrina, cocaína médica, modafinil. Sou minha própria farmácia. Sempre mantenho um pouco de tudo comigo porque não gosto de usar o mesmo estimulante vários dias seguidos; não posso me arriscar a ficar viciado. Assim, quando Valerie saiu para trabalhar, fiz um pequeno coquetel. Botei tudo num saco plástico e depois usei um rolo de massa... Não sei exatamente para que uma pessoa sem qualquer alimento em casa teria um rolo de massa, mas Valerie tinha um muito bom. Serviu perfeitamente. Transformei toda aquela cocaína, *speed* e metanfetamina num pó. Virou um saquinho de lanche com um coquetel de drogas. A quantidade era bem maior do que eu esperava. Havia estimulante granulado suficiente para fazer um cavalo Clydesdale subir numa árvore de Natal. E joguei *tudo* na maconha de Valerie. Usei meus dedos e um garfo para fazer o pó realmente penetrar na erva. Tinha de me certificar de que toda tragada que ela desse incluísse um tantinho de estimulante. Obviamente, depois desse processo, o tijolo se desintegrou — agora não se parecia em nada com um tijolo. Temi que ela percebesse a diferença na aparência, já que os maconheiros costumam ser meticulosos em relação ao seu fumo. Geralmente, é a única coisa em que prestam atenção. Mas, então, tive um momento de inspiração divina: lembrei que um dos únicos itens alimentícios que Valerie tinha era azeite! Funcionaria como uma cola orgânica; uma colher de sopa bastaria para reconstruir o tijolo. Até hoje fico meio espantado com a sorte que tive no caso de Valerie. Quando precisei de um rolo de massa, ela inexplicavelmente tinha um; quando precisei de azeite, era praticamente o único produto na cozinha. Era quase como se, inconscientemente, ela quisesse que eu salvasse sua vida.

Então boto a maconha de volta na caixinha de música, e esta, por sua vez, no freezer. Val chega na hora de sempre. Tira a roupa, se olha de perfil no espelho do banheiro e se prepara para a segunda corrida do dia. É um verdadeiro robô. Enquanto se alonga, ouço suas articulações estalando, mas não há nenhuma mudança de expressão em seu rosto. Nunca vi uma atleta com esse nível de determinação. Ela sai correndo como uma gazela e volta como um pombo-correio. Depois, toma banho como uma estrela pornô e fuma como uma chaminé. Mas desta vez a fumaça tem um cheiro diferente; e isso fica óbvio para nós dois. O cheiro não é de maconha; lembra uma bola de plástico derretendo no forno. Valerie, porém, acha que são só os sedimentos no bong. Ela cheira o interior do cachimbo e faz uma careta. Mesmo sem poder ler sua mente, sei exatamente o que está pensando: “Estou muito doida”. É a única conclusão racional a que consegue chegar. “Estou tão doidona que essa erva parece veneno”. É uma tese desprovida de lógica, mas ainda assim mais razoável do que a verdade.

Não sei se você sabe disso, mas fumar maconha misturada com cocaína deixa a pessoa num barato intenso. A sensação é única. Você tem picos e tombos na mesma velocidade, e há um terceiro movimento por trás dos olhos, que lembra, mais ou menos, como as pessoas descrevem o balanço causado pelos terremotos. Dá para notar que Valerie percebe isso imediatamente. Sua reação é límpida. Ela sabe que há algo de diferente — seus olhos estão fixos e tensos e seu pulso está disparado. *Ela acha que devia estar com fome.* Basta olhar. É óbvio. Ela sabe que esse é o ponto em que a comida se torna um desejo irresistível. Acontece que a sensação simplesmente não existe. Valerie observa todos os produtos que comprou no caminho de casa — almôndegas de peru, pão, queijo, sorvete — e nada apetece. E ela não sabe por quê. Então enfia tudo na geladeira e resolve arrumar o apartamento. Fuma mais maconha com *speed* e depois vai lavar o banheiro. Fuma de novo e resolve arrumar seus CDs em ordem alfabética. Recolhe as roupas sujas e prepara as peças que serão lavadas, separando tudo por cor e tecido. Logo chegamos às dez horas e nada de ela comer. As algemas da fome foram quebradas. Ela está livre. Pode fazer o que bem quiser. Ela abre as cartas e preenche cheques para pagar as contas. Enquanto faz o cálculo dos gastos, não para de rir. Fuma mais um pouco e volta para o banheiro. Ela já o lavou... mas agora resolve lavá-lo *para valer*. Esfrega a privada. Lustra o piso. Escova as paredes do boxe com Ajax. Olha para o espelho e faz poses como se fosse uma modelo. Ensaia sua expressão tentando-não-se-importar-mas-com-ar-natural para futuras sessões de foto. Olha fotos de cachorrinhos e gatinhos na internet. Parece ser três pessoas ao mesmo tempo. "Fiz um trabalho realmente muito bom", penso comigo mesmo.

Valerie finalmente vai dormir, sem jantar, às quatro e meia da manhã. Acorda às nove, com uma aparência terrível, já sabendo que está atrasada para o trabalho. Quando volta, à noite, as coisas parecem iguais: ela sai para a corrida habitual — talvez mais curta, mas não muito —, depois toma um banho e retoma seu regime de destruição. Desta vez, embora a fumaça tenha um cheiro *realmente* insuportável, o estranhamento já não a incomoda tanto. Vejo seu entusiasmo crescer. Ela chegou em casa com outra sacola de compras, sem dúvida supondo que a noite anterior tinha sido uma anomalia e que ela sentiria muita fome à noite. Mas não é isso o que ocorre. Olhando para o bacon e o pão branco, ela pensa: "Não preciso disso." Estou ajudando Valerie. Sei que estou ajudando.

Assumo, porém, que posso ter feito uma coisa errada.

Acho que coloquei drogas demais na maconha.

Só pode ter sido. Não parecia muito, mas talvez eu tenha usado minha própria tolerância como referência, ou talvez eu não devesse ter incluído a metanfetamina. Talvez ela simplesmente tivesse baixa resistência. Não sei o que aconteceu. Sei que foi um erro de amador, ainda que eu nunca houvesse tentado algo parecido antes. Produtos farmacêuticos são traiçoeiros. Médicos cometem erros o tempo todo; é por isso que pagam tantos seguros. Além disso, em parte foi falha dela também. Ela fumou ensandecidamente naquela noite. Muito mais que nas anteriores. Passei a considerar a possibilidade de ela costumar usar a sensação de fome como indicativo de quando parar. Porque, agora, Valerie fumava *compulsivamente*, a cada dez ou quinze minutos. Uma alucinação instantânea. E, de repente, ela passa a agir como louca: andando para lá e para cá, discutindo consigo mesma, ligando para pessoas e desligando no primeiro sinal de resposta, correndo até o banheiro de meia em meia hora com uma diarreia explosiva. Ela ouve "Revolution 9", uma música dos Beatles que *ninguém* ouve. Tranca a porta da frente e baixa as persianas — um comportamento totalmente clichê. Acredito que eu estava preocupado, mas não preocupado *demais*... Quer dizer, muita gente fica paranoica ao tomar estimulantes. Todo mundo sabe disso. As coisas que animam são sempre piores do que as que deprimem. Mas Valerie estava fora de si. Não sei se ela gostava do que estava sentindo, ou se a combinação de narcóticos causava algum tipo de confusão, ou se ela era apenas do tipo de pessoa que não sabia o quanto gostava de drogas. Mas, sem dúvida, ela já tinha passado dos limites, e eu não sabia como ajudá-la. Nesse ponto, eu era apenas um espectador. Estava sentado num canto, em silêncio e invisível, esperando que ela desabasse e adormecesse. Que ela percebesse que sua vida tinha mudado... para melhor... menos sufocante. Mas ela não pareceu entender. Estava cada vez mais alta.

Por volta das nove e meia, depois de dar outra tragada prolongada, ela veste as roupas de ginástica de sempre, que depois troca por um conjunto parecido. Finalmente, mistura os dois numa terceira combinação, então pula na esteira. Esse é o primeiro sinal de alerta. Começo a ficar preocupado. Ela corre, sua, geme. Está *especialmente* obcecada pelos displays de LCD, uma coisa louca, um comportamento que ofusca totalmente o anterior. Já não é mais uma questão de querer que todas as telas se organizem. Ela agora *precisa* que isso aconteça; *precisa* que todas mostrem números iguais. E não para de ajustar o ritmo e a inclinação para conseguir isso. Nunca funciona. É como observar uma pessoa se amarrando por acidente a uma cadeira elétrica. Fico fascinado. Isso é ciência de verdade. Finalmente posso observar as características fundamentais de um ser humano isolado e em dificuldade. Logo percebo que ela está correndo há mais de duas horas. Valerie sai da esteira, inala uma quantidade absurda de fumaça de *speed*, tosse descontroladamente, engole quatro aspirinas para aplacar a dor de cabeça lancinante (eu suponho). E volta para a esteira. Bem, como você talvez saiba, estimulantes deixam o sangue significativamente mais fino. Uma aspirina deve ser a pior coisa que se pode misturar à cocaína. Ocorre que Valerie nem sequer sabe que há cocaína em seu corpo. O fato é que seu nariz começa a sangrar, e acho que os ouvidos também. Demora um pouco, mas ela acaba percebendo. Desce da esteira, tenta limpar o nariz com a manga da camiseta e na mesma hora cai sobre o carpete. Com dois dedos, pressiona o pescoço, logo abaixo da bochecha; está checando a pulsação. Dá para ver que está preocupada. Ela não parece bem há mais de uma hora, mas agora seu aspecto é o de um animal enjaulado. Espasmos tomam conta da sua perna esquerda, o que a faz levar as mãos à panturrilha. O tremor não para. Ela começa a chorar, mas não consegue lacrimejar — está desidratada demais. Agora está ofegante. Tenho a impressão de ouvi-la dizendo: "Socorro." Não tenho *certeza* se foi "socorro", mas o som foi esse. Era uma palavra de três sílabas começando com *S*.

De repente, tenho de tomar uma decisão.

Não sou uma pessoa má. Nunca vou deixar uma pessoa — muito menos alguém de quem gosto, como Valerie — morrer na minha frente. Impossível. Seria vergonhoso. Também sou obrigado a admitir que, em vários aspectos relevantes, fui responsável pelos acontecimentos. Se Val morresse e alguém me acusasse de ser o responsável... eu teria dificuldade para argumentar em sentido contrário. Mas eu não achava que Valerie estava morrendo. Não mesmo. Acreditava que fosse uma reação violenta a uma mistura de drogas que provavelmente não devia estar em seu metabolismo, mas estava 98 por cento certo de que ela sobreviveria. Claro, sei muito bem o que houve com John Belushi e Len Bias e Ike Turner. Eu sei, eu sei. Leio todos esses livros. Pode ocorrer. Mas as pessoas não morrem na segunda vez que usam cocaína. *Pode* acontecer, mas nunca acontece. Uma parte de mim achava que o melhor era permanecer calmo e esperar a situação passar. Só que eu sabia que aquilo era uma grande cagada. Minha confiança estava abalada. Nunca conseguiria me perdoar se Valerie morresse. Aquilo contrariava a finalidade da minha pesquisa. Tomei a decisão de intervir.

Obviamente, isso criava um novo problema bem específico: Como alguém pode intervir numa situação de emergência sem estar de fato ali? Quer dizer, eu estava naquela sala, mas eu não estava *naquela sala*. Dá para entender? Então, eu sabia que aquele tipo de intervenção causaria um choque em Valerie, e seu estado mental já estava bem fragilizado. Meu medo maior era o de provocar um ataque cardíaco que não aconteceria naturalmente. Mas a vida é um jogo. Enfim, me levantei, fui até o celular dela e liguei para a emergência. Passei o endereço ao atendente, fiz um relato geral da situação e saí do prédio. Não sei como a história acabou naquele dia, mas sei que Valerie agora está bem. Ela sobreviveu. Eu tomei a decisão certa.

[Nesse momento, Y____ simplesmente para de falar, como se a história tivesse acabado. Espero que prossiga. Ele, contudo, para de andar e se senta na cadeira branca. Fica ali, sentado, em silêncio. Finalmente, decido fazer a pergunta mais óbvia: "Como Valerie reagiu à sua intervenção?"]

Ah, não muito bem. Certamente achou que estava tendo uma alucinação ou, talvez, morrendo. Enquanto eu digitava os números no celular, chegou a dizer algo como: "O que está acontecendo?" E eu respondi: "Fique calma." Ela gritou algumas vezes e passou a repetir coisas como: "Quem está aqui? O que está acontecendo? Ai meu Deus ai meu Deus ai meu Deus!" Voltei a dizer: "Fique calma. Tudo vai dar certo." Ela começou a tremer. Foi meio parecido com a primeira vez em que você me viu usando o traje, mas muito pior. Ela perdeu o controle por completo. Seria demais para qualquer pessoa, em especial para uma totalmente alucinada, talvez morrendo e logo depois de fazer um teste de esforço completo.

Enquanto eu falava com a atendente da emergência, Val permanecia deitada, contorcendo-se sobre o carpete. "O que está acontecendo? O que está acontecendo?" Essa era a fala dela. Assim que desliguei, fui até onde estava deitada. Com o meu corpo se projetando sobre ela, tentei soar o mais natural possível. É engraçado: mesmo sabendo que uma pessoa não pode me ver, eu me preocupo com a semiótica.

— Vai dar tudo certo. Os paramédicos estão chegando. Você ingeriu muitos estimulantes. Quando chegarem, entregue o que sobrou da sua maconha e diga que estava contaminada com outras drogas.

— Que história é essa? Quem é você? O que está acontecendo comigo? Quero que isso pare. Chega! Chega! Sinto muito. Sinto muito. Só quero que isso pare.

— Fique calma. Você não tem como compreender o que está acontecendo neste momento. É melhor nem tentar. Esqueça isso. Respire fundo. Fique deitada e espere os paramédicos.

— Estou morrendo — disse ela.

— Você não está morrendo. Você é uma pessoa correta. Eu estava tentando ajudar, mas cometi um erro.

— Quem é você? Onde você está? Quem está falando comigo? Quem está falando comigo? Quem está falando comigo?

— Ninguém está falando com você. Isso não está acontecendo de verdade. Só se lembre de entregar as drogas na sua geladeira aos paramédicos. Sei que não vai querer fazer isso, mas é necessário. Eles precisam saber o que há no seu organismo. Não é o que você acha.

E, depois disso, fui embora. Como já disse, nem sei se Valerie estava realmente em perigo. Ela sobreviveu, disso eu sei. Algumas semanas depois daquela última noite juntos, voltei ao prédio para me certificar de que ela estava se recuperando. Não cheguei a entrar no apartamento. Estava com muito medo de voltar àquele lugar. Parecia errado. O que fiz foi segui-la numa caminhada. Ela parecia bem. Tenho certeza de que passou pelo menos um dia na ala psiquiátrica. Acredito que tenha sido incluída num programa de reabilitação para pacientes externos devido a um vício em anfetaminas que nunca existiu de verdade. Lamento por isso. É um dos meus remorsos. Ela não merecia passar por esse transtorno. No fim, acho que meu plano fracassou. Mesmo hoje, eu classificaria o tempo que passei com Valerie como contraditório. Essa é a consequência de se envolver com outras pessoas. Se meu trabalho fosse fácil, não precisaria vir aqui. Fiz o melhor que pude. **(30/05/08, 10h11 a 10h50)**

Em busca da razão

Quando Y____ finalmente concluiu as Sessões de Valerie, no fim de maio, senti um alívio. Não porque estivesse achando suas histórias desinteressantes — muito pelo contrário. Continuava ficando perplexa com quase tudo o que Y____ dizia; e ainda preferia vê-lo como um super-humano. Tomar conhecimento de sua invisibilidade acabou com meu distanciamento crítico. Ele chegava ao consultório e falava comigo como se eu fosse uma criança. E eu aceitava seus discursos incondicionalmente. Mas, depois que ele saía e eu começava a pensar no que havia sido dito — quando ouvia as fitas e me obrigava a analisar seriamente as informações apresentadas —, uma preocupação crescia em mim.

— Não estou fazendo um julgamento moral — disse a ele no início de nossa sessão de 6 de junho. — E não estou tentando determinar o que você deve falar. É verdade que vejo com ressalvas a forma como tratou Valerie. Mas podemos discutir isso depois. A única coisa que preciso de você agora é uma explicação melhor do que esperava descobrir por meio dessa observação. Porque preciso ser honesta: o que está descrevendo não parece ciência para mim.

Eu me sentia nervosa ao dizer isso. Estava hesitante. A atração intelectual que nutria por Y____ influenciava minha opinião. Me sentia privilegiada por ter acesso aos pensamentos íntimos de um autêntico gênio e não queria comprometer nossa relação. Tenho certeza de que Y____ desconfiava disso. Sua resposta foi exagerada, praticamente como se a minha dúvida o tivesse machucado.

— O que você quer saber? — perguntou. — Como posso ajudá-la a entender isso?

Disse a ele o que qualquer um teria dito. Disse que a minha impressão era de que ele não aprendia nada de importante a respeito das pessoas que observava. Parecia voyeurismo puro e um abuso do poder que detinha. Comentei que drogar uma pessoa sem seu conhecimento era algo imoral (para não dizer um crime). No entanto, continuei, a despeito de como as coisas haviam terminado, gostaria que ele explicasse como um dia tinha chegado à conclusão de que o melhor uso para a invisibilidade seria observar uma mulher escolhida ao acaso fumando maconha dentro de seu apartamento. Nem estava muito preocupada com seu envolvimento na vida de Valerie; estava mais interessada em suas intenções originais. Minha suspeita era de que ele nunca havia tido qualquer "intenção". E foi isso o que lhe disse.

Ele ficou olhando para mim por um longo tempo. Deu um sorriso, mas era aquele sorriso piedoso de quem quer dizer: *Você não consegue mesmo entender, né?* Pelo menos, foi isso que me pareceu. Talvez seja apenas o que guardei como lembrança. A única coisa que sei de fato é que acreditei no que ele disse em seguida, ao menos na época.

— Qual é a finalidade da ciência? — começou Y____. (Como aceitei uma argumentação tão afetada? Nunca vou me perdoar.) — Qual é a finalidade de construir um telescópio, ou de ir à Lua, ou de inventar um laser capaz de cortar diamante? Seria tornar nossas vidas melhores? Em parte. Essa é a justificativa óbvia, desimportante e superficial para a tecnologia. Estudamos o aquecimento dielétrico e a radiação não ionizante para criar um forno que prepara a pipoca em dois minutos. Compreendemos a combustão interna para poder percorrer sessenta quilômetros em sessenta minutos. Pesquisamos as células T para que homossexuais viciados em heroína não morram antes dos trinta. Em geral, pessoas brilhantes estudam coisas complexas para tornar a vida mais simples para os medíocres, os menos que medíocres e os doentes. Converse com um professor de ciência do ensino fundamental; é isso que ele vai tentar explicar. A ciência, para a maioria das pessoas, é algo que usamos. Isso, no entanto, é uma falácia. Há um problema nesse discurso. A lógica sugere que a ciência está *melhorando* o mundo, e isso não é verdade. É o que se chama de forçar a barra. A ciência é sempre uma forçação.

"Tudo o que a ciência nos proporciona se torna normativo de imediato. Para um homem de 80 anos, um computador é um equipamento incrível que oferece acesso instantâneo a informação ilimitada. Ele não consegue entender. Mas, para um jovem de 21 anos, o computador é uma máquina limitada que custa muito caro e sempre precisa ser mais rápida. Como os seres humanos têm vidas finitas, todos os avanços tecnológicos parecem banais para a geração que herda seus benefícios. Um avanço só é apreciado pelas poucas pessoas vivas na mesma época da introdução dessa tecnologia específica. Está me acompanhando? Essas são as únicas pessoas que reparam na diferença. Para uma criança de 7 anos, um computador nem sequer se qualifica como tecnologia. É como um pé de cabra. Tudo que é mágico também é passageiro. Portanto, a ideia de que a ciência torna nossa vida 'melhor' é uma espécie de ilusão efêmera. Pense na vulcanização, por exemplo. Trata-se de uma manifestação da ciência que parece melhorar tudo na nossa modernidade. Correto? Claro que sim. Não poderíamos dirigir carros sem ela, ou pelo menos não do jeito que fazemos atualmente. E, se a vulcanização *não existisse*, sentiríamos falta? Não. Claro que não. Não sentiríamos a mínima falta. Descobriríamos uma alternativa. Ou viveríamos privados dela sem maiores incômodos. Nem sequer teríamos como sentir falta. A vulcanização só parece tornar a vida melhor porque sabemos que ela existe. Não *sentiríamos falta* dos pneus de borracha se nunca tivessem sido inventados. Do mesmo modo, não *sentimos falta* de vacas com gosto de lagosta ou de sapatos de vidro ou de máquinas do tempo sexuais ou de qualquer outra coisa que a ciência não pode criar. Com o tempo, o benefício líquido gerado pela tecnologia sempre será zero. Crianças nascidas em comunidades amish não sentem falta da TV até descobrirem que essas geringonças existem, não é mesmo? Simplesmente não há evidências de que as pessoas do século XV eram menos felizes que agora, assim como não há motivo para achar que as pessoas do século XXV terão vidas melhores e mais felizes do que a minha ou a sua. É difícil aceitar esse raciocínio, mas é a verdade. E foi depois que aceitei a verdade que me obriguei a reavaliar tudo o que fazia como um intelectual.

"Quanto mais eu pensava no assunto — e pensei *muito* nisso, por muitos e muitos anos —, mais me parecia que o único propósito fundamental da ciência era definir a consciência. Definir a realidade. Sei que uso essa palavra em excesso, mas é a única capaz de descrever aquilo em que estou interessado: *a realidade*. Depois de um tempo, percebi que havia sido pela mesma razão instintiva que eu tinha me metido em sociologia e jornalismo e matemática e música e todas as disciplinas que pretendem tirar ordem do caos. Isso acabou comigo. Por muito tempo, foi a única coisa em que pensei. Me parecia simplesmente um enigma indecifrável. Tudo o que eu fazia me afastava ainda mais do objetivo buscado. Os *processos* envolvidos em tudo o que eu tentava — experimentos, pesquisas, entrevistas, qualquer coisa — inevitavelmente criavam suas próprias falsas realidades. O processo sempre foi o problema. É claro que não sou a primeira pessoa a chegar a tal conclusão; conversamos sobre isso, bem no começo, muito antes de você saber quem eu sou e o que sou capaz de fazer. Agora, provavelmente, soa como senso comum. Porém, quando comecei o trabalho na

Chaminade e quando me dei conta do que estávamos fazendo e de quais poderiam ser os resultados, vi uma nova potencialidade pela primeira vez. Vi uma forma de dar novo propósito à ciência. Eu poderia usá-la para me aproximar da realidade. Isso se tornaria tanto o meu ponto de partida quanto a minha linha de chegada.

"Lembra de quando falei sobre Swanson? O garoto da minha escola? O garoto que gostava de Rush? Para mim, observá-lo pela janela era uma rara oportunidade de ver a realidade. Observar uma pessoa sozinha, afastada das outras, era a única maneira. Não havia nenhum processo que pudesse interferir nessa experiência. E foi isso que transformei no trabalho da minha vida. Produzi um traje que me permite ver uma vida oculta, e as vidas ocultas são as únicas que importam. Pois bem. O que você parece estar me perguntando é: 'O que espera ver?' Minha resposta: Não tenho expectativas. Na verdade, não *posso* ter expectativas, porque a criação de uma expectativa é seu próprio processo independente. Deixe-me repetir para que fique claro: *A criação de uma expectativa é seu próprio processo independente*. Se eu esperar qualquer coisa, isso mudará a minha percepção. Portanto, se seu problema com minha observação de Valerie for o fato de que nada de 'interessante' ocorreu enquanto estive lá... bem, não tenho como refutar isso. Está evidente que você não foi concebida para fazer o que eu faço. Seria uma cientista ruim. Nunca vai conseguir ver a realidade. É apenas uma pessoa."

Ao digitar essas palavras, hoje, o raciocínio de Y____ me parece ambíguo. Mas não foi isso que pensei à época. Toda vez que Y____ menosprezava minha inteligência, eu, paradoxalmente, passava a confiar mais nele. Em vez de discordar de sua lógica, eu a aceitava; em vez de cobrar mais explicações, dizia que ele tinha um bom argumento e mudava de assunto. Perguntei, por exemplo, como justificava ter drogado Valerie se não queria que nenhum "processo" impactasse sua realidade. Forçar uma mulher a ingerir metanfetaminas não era um processo?

— Veja bem — disse ele. — Estou aqui no seu consultório, não estou? Estou conversando com você sobre o que fiz. Não acha que tenho consciência de que dar cocaína e metanfetamina a Valerie foi um erro? Sei disso. Sei muito bem. É claro que eu não devia ter feito isso, ou não de maneira tão agressiva. Valerie não estava pronta para ver sua vida mudar. Ela queria ser infeliz, e não se pode ajudar uma mulher que se recusa a ajudar a si mesma. Não estou dizendo que o incidente foi todo culpa dela; mas foi *parcialmente*. Todos somos responsáveis em parte. Então, o que pretende entender com isso? Espera descobrir o que estou tentando aprender? Se for isso, não vai conseguir. Isso não é assistência social. Isso é complexo. Não há precedentes em relação ao meu comportamento. Sou a primeira e a última pessoa que já tentou isso. Não há como me decifrar. Não tente ser alguém que você não é. Está julgando minhas ações? Se estiver, pare de julgá-las. Não foi para isso que vim aqui. Vim aqui para aprender a lidar com uma culpa que não mereço sentir. Estou tentando compreender por que me sinto mal devido a coisas que, intelectualmente, sei que eram boas. Por que todas as nossas conversas se transformam num tratado sobre as coisas que *você* não compreende? Quando vamos falar das coisas que *eu* não compreendo?

Pedi desculpas.

Por estupidez minha, pedi desculpas. Não queria perder Y____.

Disse que ele estava certo. Disse que os terapeutas às vezes cometem erros (como todas as pessoas) e que (logicamente) ele tinha o direito de determinar o que deveríamos discutir nas nossas sessões. Disse que minha incapacidade para compreender sua metodologia científica não me autorizava a questionar seus meios. Fiz alguns elogios e disse que ele era tão diferente dos meus outros pacientes que eu ainda estava aprendendo como poderia ajudá-lo. Queria que gostasse de mim como pessoa e me respeitasse como uma profissional, o que, olhando agora, foi provavelmente a coisa mais humilhante que já fiz na vida. Mereci o que aconteceu.

1711 Lavaca St.
Suite 2
Austin, TX 78701
vvick@vick.com

5 de julho de 2012

NOTAS RE: Invisibilidade (Mensagem para Crosby Bumpus)

Oi, Crosby, sou eu de novo. No início, pensei em mencionar o que se segue na minha carta de apresentação. Depois, considerei incluir essa parte como apêndice. No entanto, John acredita que eu deva simplesmente copiar e colar tudo aqui, como um capítulo à parte, bem no meio de todo o resto. Acha que é um erro? Temo que possa prejudicar o "fluxo narrativo" (como você costuma dizer). Ele insiste que essa informação *é* a narrativa, já que tanta coisa depende desses detalhes. Pode me dar uma opinião? Discutimos a questão de passagem ao telefone, mas preciso de uma orientação mais concreta. Minha reação intuitiva é lembrar que John geralmente está certo a respeito desse tipo de coisa.

É claro que o dado mais interessante em relação a Y____ — muito mais que qualquer coisa que tenha visto, feito ou alegado — é sua capacidade de desaparecer. Quando pessoas sérias estudarem o caso, esse será o detalhe sobre o qual se debruçarão. Contudo, todas as minhas tentativas de entender esse fenômeno a fundo fracassaram, e por uma razão patente: Y____ quase nunca falava disso.

Acho que podemos dizer que era o óbvio ululante. Mas está claro que o óbvio ululante devia estar usando um traje igual ao que Y____ criou para si. Houve apenas três ocasiões em que Y____ falou aberta e detidamente de suas capacidades, sendo que duas não foram gravadas. Depois da nossa terceira conversa sobre o assunto, ele deixou bastante claro que não daria mais explicações a respeito desse aspecto de sua vida, ainda que (a) eu estivesse incrivelmente curiosa em relação a isso e (b) fosse o ponto crucial em relação a quem ele era e ao que fazia.

E por que Y____ não falava do assunto? Me fiz essa pergunta várias e várias vezes. Se acreditarmos em sua explicação, era porque ele estava pagando pelas sessões (e, por isso, se reservava o direito de determinar o que discutíamos). Me dizia repetidamente que eu não estava habilitada a entender a ciência por trás da ocultação e que não queria perder tempo me "ensinando". O fato de ter me revelado sua invisibilidade em 9 de maio também o influenciava: ele acreditava não haver mais o que perguntar e que eu devia apenas aceitar sua capacidade sobrenatural e seguir em frente. E acho que foi isso que fiz. Como costuma acontecer no relacionamento terapeuta-paciente (e para parafrasear os termos afetados que Y____ empregava com tanta frequência), nosso diálogo assumiu "sua própria realidade". Estávamos vivendo num vazio em que qualquer coisa dita por Y____ era aceita como verdade absoluta. Em certo ponto, parei de pensar em como aquilo era estranho; o encontro se tornou apenas parte da minha rotina semanal.

Apesar disso, eu mantinha à parte um registro de qualquer ocasião em que Y____ por acaso aludisse à sensação e a aspectos práticos de ficar invisível. Essas declarações costumavam vir como observações, quando ele estava tentando mudar de assunto ou explicar como havia chegado a determinada situação. Todas as declarações podem ser acessadas nas transcrições completas disponíveis na Biblioteca de Psiquiatria da Universidade do Texas. Por favor, repare que essas notas não estão organizadas por tema e foram redigidas de maneira intermitente ao longo de toda a nossa relação. Não estão em sequência. Se tiver qualquer sugestão sobre como podem ser incorporadas ao texto, me mande um e-mail ou me ligue. Obrigada. V.V.

- **Sobre não conseguir ver o próprio corpo:** "Levei muito tempo para me acostumar com isso. Pense em como é tentar acender uma luminária de mesa num quarto completamente escuro. É difícil. Concluímos automaticamente que é difícil por não conseguirmos ver a luminária. Mas é difícil também porque não conseguimos ver nossa própria mão — não conseguimos determinar a relação entre o objeto e nós mesmos. *Sentimos* nossa mão e *sabemos* onde está a luminária. Ainda assim, tateamos em busca do interruptor, e nada. Isso acontecia o tempo todo quando comecei a brincar com o traje. Eu tinha de imaginar mãos e pés que não conseguia ver. Subir e descer escadas era um desafio. Mesmo hoje, nunca me arriscaria a descer um lanço de escada correndo. Seria uma tentativa de suicídio."
- **Sobre o traje em si:** "Algumas vezes ele fica um pouco nojento, porque detesto lavá-lo. Funciona muito melhor quando há múltiplas camadas de partículas na superfície. Quando endurece, esse resíduo de creme

funciona como uma espécie de polimento, e nada refrata a luz melhor que material polido. Então, cada vez que lavo o traje, estou recomeçando do zero. Por outro lado, claro que suo como um porco dentro daquela coisa; basicamente, estou usando uma segunda pele, que não transpira. Para disfarçar o cheiro, borrifo o lado de dentro do traje com Lysol inodoro. Faz muito mal à minha pele. Minhas coxas nunca mais serão as mesmas."

- **Sobre a ideia de usar sua habilidade para o bem comum, potencialmente como um super-herói estereotipado:** "Engraçado. Isso nunca me passou pela cabeça."
- **Sobre os contratempos:** "Não era raro haver pequenos problemas. Não se pode controlar o modo de vida das pessoas. Passei por uma situação terrível e ao mesmo tempo cômica perto de Houston. Estava observando um homem de meia-idade e muito nervoso. Ele não conseguia ficar quieto. Nunca parava num lugar. Era difícil prever seus movimentos. Parecia ter um formigueiro na cueca. Eu estava agachado num canto da sala, e ele começou a andar bem na minha direção para mexer no fio da caixa de som, porque os graves estavam sumindo. Pelo menos foi o que achei na hora. Quando vi que ele vinha na minha direção, me levantei e me movi um pouco para a direita, de forma a abrir caminho. Porém, no último instante, ele mudou de ideia e virou noventa graus para a sua esquerda. Foi bem em cima de mim. Batemos cabeça com cabeça. Pareciam dois cocos. Tum! Nossas cabeças fizeram tum, e ambos caímos no chão. Ele se levantou num pulo e começou a agitar os braços, socando o ar e gritando palavrões para alguém ou alguma coisa que imaginava estar lá. Permaneci no chão, o que me parecia a opção mais segura. Só que, em seguida, o

cara foi até o quarto e voltou com uma porra de uma arma. Era uma arma gigante... acho que uma Magnum .357 ou .44. Uma arma estilo Dirty Harry, para todas as necessidades e objetivos. De repente, o sr. Inquieto já enfiava balas no tambor, parado no meio da sala. Noto que está agitado, respirando pela boca, suando embaixo dos braços. Não há nada como ver um sujeito nervoso carregando uma arma. É claro que ele não está *vendo* nada, e a essa altura me arrastei até a cozinha. Então, esticando o pescoço pelo vão da porta, observo o sr. Inquieto na sala. Ele está com a arma em punho, tentando entender o que acabou de acontecer. *Sabe* que havia alguém em sua sala. Sabe que bateu com a cabeça na cabeça de alguém. Ele sabe. Mas nem por isso vai sair atirando a esmo dentro da própria casa. Seus olhos vasculham todos os cantos. Por alguma razão, ele deduz que a pessoa que invadiu sua casa deve estar escondida no porão. Não tenho a menor ideia de por que pensou nisso. Devia ser o nervosismo. Ele abre a porta que leva ao porão, com a arma em punho, e lentamente vai descendo a escada. Ouço os rangidos à medida que ele avança. Assim que ele chega ao porão, simplesmente saio correndo pela porta da frente. Não vou ficar brincando com esse filho da mãe. Em geral, ter uma arma não deixa ninguém a salvo de nada, mas de mim, sim."

- **Sobre o medo:** "Se há uma coisa que sempre me deixa apavorado é atravessar a rua. Quer dizer, se alguém me atropelasse, meu destino seria continuar deitado no asfalto e morrer. Todos os outros carros passariam por cima do meu corpo. Provavelmente, só me restaria torcer para que alguém passasse por cima da minha cabeça, para me livrar do sofrimento. A pior situação para mim foi no Oeste da Flórida: é simplesmente impossível atravessar a rua por lá. Não há faixa de pedestre, nem ninguém andando, só um monte de velhinhos cegos dirigindo. Até em Detroit eu me senti mais tranquilo!"

- **Sobre problemas técnicos:** "Calculei totalmente errado como a ocultação influenciaria minha sombra. Eu e todos os outros. Estávamos trabalhando com base na presunção de que as sombras não causariam qualquer tipo de problema porque, em teoria, a luz que eu alterasse anularia a ausência de luz que reconhecemos como sombra. Mas não funcionou dessa forma. O traje absorve uma minúscula porcentagem de luz; por isso, não refrata cem por cento do que resta. Não tinha me dado conta disso até começar a usá-lo com mais frequência. As pessoas não me veem, mas o sol me vê. Ainda projeto uma silhueta fraca e indefinida. É quase como projetar uma sombra através de um espelho mágico. Há, contudo, maneiras de contornar isso. Se estou num lugar aberto, procuro andar à noite, ou perto do meio-dia, ou em dias nublados. Se estou num ambiente fechado, tento sempre identificar as janelas voltadas diretamente para o leste ou o oeste. Também evito passar diante de janelas voltadas para o sul no período da tarde. Acaba sendo mais um incômodo do que um problema. E, como disse antes, você ficaria surpresa com tudo o que as pessoas veem, mas se recusam a perceber. Penso muito nisso. Já ouviu falar da tribo mexicana dos huichóis?[9] Conhecidos como o Povo Corredor do México? Existe um ótimo livro sobre essas figuras. Eles vivem numa sociedade hermética conhecida por duas coisas. A primeira, como dá para deduzir, é a corrida. Os huichóis são os atletas mais loucos da América do Norte. Os membros dessa tribo costumam percorrer 70, 80, 150 quilômetros

[9] Fui alertada (por uma colega) que Y____ estava errado nesse ponto. A tribo a que ele se referia era, na verdade, a dos tarahumaras.

de uma vez, descalços, em terreno acidentado, sobrevivendo à base de cerveja de milho e carne de rato, tudo isso por puro prazer. Ninguém sabe como conseguem. O mais interessante, porém, é que eles também são conhecidos pela invisibilidade. Vivendo em cavernas em torno da Sierra Madre, esse pessoal é capaz de virtualmente desaparecer no meio das pedras. Na primeira vez que um explorador do século XIX se aproximou dos huichóis, ele passou bem no meio de uma aldeia e não viu nada. Estavam lá, bem diante do seu nariz, e ele não viu um único índio. Portanto, se é possível um explorador ignorar a presença de uma tribo inteira da qual está atrás, imagine como é difícil para uma pessoa sem treinamento enxergar um estranho cuja presença ali é inesperada."

- **Sobre quem pode usar o traje de ocultação:** "Quer saber se pode usar o traje? Se for isso, saiba que não. Ninguém pode usar o traje. Sinto muito se isso a deixa decepcionada, mas é assim que tem que ser. Não pode usar meu traje. Não pode." ***(Nota para Crosby: Em nenhum momento expressei desejo de usar a roupa. Ainda não estou muito certa de por que Y____ deduziu que eu estivesse sugerindo isso.)***
- **Sobre efeitos colaterais e dependência:** "Como não havia como testar o material, não faço a mínima ideia se me cobrir regularmente com o creme em aerossol vai me garantir uma doença no futuro. Tenho certeza de que viver dessa forma é uma péssima escolha, só não sei até que ponto. No início, minhas narinas ficavam queimadas, mas isso passou depois de um tempo. É claro que, na época, eu também andava tomando muitos estimulantes... a possibilidade de ficar dependente nunca foi uma preocupação. Compreendo meu corpo. Me acostumei gradualmente aos estimulantes. Agora, eles não passam de uma

ferramenta, igualzinho a uma caneta ou uma câmera. Só falam sobre os perigos das drogas pessoas que não sabem lidar com elas. Já ouviu aquela antiga piada do Richard Pryor? 'Conheço caras que usaram cocaína todos os dias durante dez anos e nunca ficaram viciados.'"

- **Sobre a natureza dessa habilidade:** "O que eu faço não é metafísico. Não transcende a ciência sob nenhum aspecto. Parece ser metafísico porque ninguém mais é capaz de fazer isso. Aposto que a primeira pessoa que acendeu um fogo com pedras também parecia estar mergulhando no metafísico. O que eu faço tem muito mais a ver com o ilusionismo. Me identifico com pessoas como David Blaine. Ambos fazemos algo que causa confusão visual e exige resistência física. A única diferença é que eu estou tratando de algo essencial. Já os mágicos só querem levar alguém para a cama."
- **Sobre o que ele queria:** "Você me chama de invisível por não ser capaz de compreender isso de outro modo. Acho que não há nada de errado nisso. É um uso equivocado do termo, mas entendo por que insiste em usá-lo. Para você, qualquer um que não possa ser visto é invisível. Acontece que existem pessoas invisíveis que estão bem à vista, Victoria. A maior parte do mundo é invisível. Eu queria ver o homem visível. É essa a questão aqui. É realmente essa toda a questão."

A complicada história do sedutor de mulheres metade mexicano

[Este conteúdo nasceu de uma sessão inconsistente de uma hora no dia 13 de junho. Incluo pedaços da conversa não porque me pareçam reveladores, mas porque pareciam muito importantes para Y____. Havia um elemento de desespero nostálgico na forma que ele contava as histórias. Embora eu não tenha registrado os horários específicos em que essas declarações foram dadas, mantive as passagens em ordem cronológica. Os leitores mais meticulosos talvez já tenham notado que Y____ vive alternando entre o tempo pretérito e o presente. Isso pode ser por acaso, mas suspeito que não seja. Assim, mantive o texto fiel ao áudio original. Tenho a impressão de que o encontro relatado havia ocorrido num passado muito recente — talvez até na semana anterior. Porém, ao perguntar a Y____ quando tinha a história se dado, ele não respondeu, nem deu explicações sobre a razão de não responder.]

1 Pessoas idosas causam problemas bem específicos. É mais difícil entrar em suas casas porque elas são mais cuidadosas. Nunca deixam portas ou janelas destrancadas. Não acreditam nas pessoas. E daí em diante. Por outro lado, é verdade que, uma vez lá dentro, é incrivelmente fácil observar pessoas idosas. Elas não escutam passos e têm menos consciência das coisas ao seu redor. Mas o verdadeiro problema é que nunca saem de casa. Podem permanecer em casa por dois, três, quatro dias de uma vez. É como cumprir turno dobrado sem receber horas extras.

2 Uma vez uma senhora morreu enquanto eu a observava. Morreu na manhã do Dia de Ação de Graças. Simplesmente não saiu da cama. Decidi permanecer no local até que alguém encontrasse o corpo porque queria ver a reação da pessoa que acharia o cadáver. Me perguntava quanto tempo um eventual visitante levaria para se dar conta de que estava num apartamento com um corpo morto. Perceberia na mesma hora? Verificaria o pulso? Choraria? Estava particularmente curioso para ver se a pessoa que achasse o corpo *conversaria* com o defunto — algo que todos nós fomos condicionados a fazer pela TV. Nos programas, as pessoas estão sempre conversando com os mortos. "Permaneça viva, vamos lá, permaneça viva!" "Não, vovó, por favor não nos deixe!" Esse tipo de coisa. Contudo, depois de dois dias, comecei a suspeitar que ninguém apareceria. O quarto passou a ter uma atmosfera incômoda e carregada. Todos nós teríamos uma visão menos romântica da morte se fôssemos obrigados a sentir seu cheiro habitualmente. Estar ali parecia errado — e meio deseducado. Fui embora no sábado. Deixei a porta da frente bem aberta. Me pareceu a coisa certa a fazer.

3 Mas houve um velho de quem gostei de verdade. Ele vive aqui na cidade. Gostei dele. Gostei mesmo. Era metade mexicano. Gostei dele sinceramente. Não mora muito longe daqui, um pouco depois do Cemitério do Monte Calvário. Um homem de peitoral amplo, parte mexicano. Entrei na casa de manhã, quando ele estava do lado de fora, molhando o gramado. Lembro de vê-lo bebendo água da mangueira depois de eu ter passado pela porta de correr. Devia ter pelo menos 80 anos, embora seja difícil estimar em se tratando de alguém metade mexicano. Usava sandálias e suspensórios, e andava meio torto. Tinha um bigode grisalho. Embora não tenham importância, me lembro desses detalhes. Ele

estava muito bem de saúde para alguém que provavelmente nem era mais para estar vivo.

4 A casa era boa. Encaixava-se à definição universalmente aceita de "boa". Em todas as paredes, havia fotos de pessoas que deviam ser seus filhos. Deve ter se casado várias vezes, já que havia pelo menos três mulheres distintas nas fotos e algumas das crianças pareciam totalmente diferentes umas das outras. Algumas eram quase albinas! Ele tinha muitas fotos emolduradas de si mesmo, mas todas ficavam no banheiro. Não sei se era ironia ou vaidade. A foto que ficava acima da privada devia ter sido tirada aos 19 ou 20 anos. Mais jovem, ele tinha sido um homem bonito. Me lembro de pensar: "Aposto que esse cara era o rei do pedaço." Estava parado diante de um Chevy, com um cigarro e uma bandeira do Texas, fazendo a pose que todo mundo daquela época fazia em fotografias. Sem sorriso, mão na cintura, uma sobrancelha erguida. Agora, é claro que qualquer pessoa parece bacana em imagens em preto e branco de sua juventude. É da natureza humana atribuir valores positivos a qualquer foto antiga. Não há como evitar. Todos nós fazemos isso. Queremos que aquilo seja verdadeiro porque desejamos que as gerações futuras pensem a mesma coisa quando se depararem com nossas fotos esquecidas. Mas aquela figura tinha um carisma autêntico. Acredite em mim. Seu cigarro parecia delicioso.

5 Nunca descobri o nome do homem. Certamente poderia ter descoberto, se tentasse, mas nunca tentei. Não me pareceu importante. Quando ele voltou, depois de molhar o gramado, tirou a camisa de flanela encharcada e se sentou à mesa da cozinha, usando apenas uma regata, para ler o jornal. Leu cada palavra de cada matéria. Na minha

experiência, aprendi que pessoas solitárias geralmente se dedicam mais aos meios de comunicação. Elas não têm alternativa.

6 Estou aqui contando essa história e sentindo que você está esperado alguma coisa acontecer. Está se perguntando por que resolvi falar disso. Pare de se perguntar. Não faz parte do seu trabalho.

7 Fico observando o homem preparar o almoço. Está de avental e parece confiante. Ele refoga o frango numa frigideira com laranja e pimentões amarelos. O cheiro é fantástico. Achei que estivesse preparando fajitas, mas ele simplesmente comeu tudo direto da frigideira, de pé diante da bancada. Nada de tortilhas. "Esse cara é realmente bem resolvido", pensei.

8 A tarde é quente e demora a passar. Exatamente como hoje. Muito cansativa. Mas ele não liga o ar-condicionado nem abre as janelas. Fica apenas suando. Ele se agacha diante da TV e põe num jogo de beisebol, porém sem som. Mal acompanha a partida e se dedica a um jogo solitário que eu só conhecia de filmes B de caubói. Põe um chapéu de vaqueiro no chão e joga um baralho inteiro lá dentro, carta por carta. É uma espécie de monge. A diferença é que sua religião pessoal venera um deus extremamente entediante. Fico sentado no canto, vendo as cartas sendo lançadas. Por volta das três horas, ele volta a erguer os olhos. Não para mim, mas para o teto.

— Sei que está aí — diz ele.

É como levar um soco no estômago. Fico chocado. Nunca me aconteceu algo como isso.

Ele joga mais duas cartas no chapéu.

— Sei que está aí — repete, desta vez sem olhar para cima. — Não pode querer levar todo o crédito pelo que me aconteceu.

Aquele era um problema novo.

9 Durante uma hora, permaneço ainda mais imóvel do que o normal. Estou tentando descobrir como aquele homem metade mexicano detectou a minha presença... Não fui descuidado em nenhum momento. Às vezes cometo erros, mas nunca por falta de cuidado. Sempre tomo cuidado. Espero que ele volte a me confrontar ou que chame a polícia. Sei que posso fugir quando quiser, mas torço para que não seja necessário. Quero ver o que vai acontecer. Quero saber. Por volta das seis, ele começa a preparar o jantar. É exatamente a mesma refeição da manhã: frango e pimentões preparados e comidos na própria frigideira. Nada de pratos. A única diferença é uma banana de sobremesa. Enquanto descasca a banana, ele volta a falar.

— Não teve graça. Isso é tudo mentira. Não funciona assim na vida real. Não temos ditadores neste país.

Não é o que eu esperava ouvir.

Quer dizer, eu não esperava ouvir nada, mas muito menos isso.

— É verdade — diz ele para ninguém.

O telefone toca. Parece um grito de mulher... o volume está no máximo e o aparelho fica bem ao lado da minha cabeça. Ele anda até o telefone e atende. Eu me transformo numa estátua. É loucura. Ele está a menos de um metro de mim. Se sabia que eu estava na sala, à tarde, como poderia não saber agora que eu estava *bem ali*? Há uma incoerência mental.

— Pare de me seguir — diz ele, assim que atende a ligação. E depois bate o telefone.

Dez segundos depois, o aparelho de novo. Ele atende no meio de um toque.

— Preste atenção — diz, num tom calmo. — Se não parar de me seguir, vou matar todos os seus homens. Vou botar fogo na sua casa e mudar sua decoração. Não vou rezar por você, nem pelos seus filhos, nem pelos filhos dos seus filhos. Vou invadir seus sonhos. Vou falar com Roberto Duran. Somos amigos muito próximos. Sabia disso? Está me entendendo? Muito bem.

E ele desliga de novo. Agora parece totalmente calmo. É um homem com uma única emoção onidirecional. Um estado de espírito determinado, para o qual não há uma palavra certa; é uma espécie de mistura de tédio, arrependimento e dignidade. Talvez os alemães tenham uma palavra para isso.

Ele sobe as escadas. Vou atrás. Não estou mais preocupado com nada.

10

Sigo o homem até seu quarto, que leva a uma sacada. Mais uma vez fico impressionado com a beleza da casa... tudo parece caro e pintado de azul ou dourado. E é *muito antiga*, ou pelo menos parece ser. Desarrumada, mas com classe. Não sei quem decorou o lugar, mas tenho quase certeza de que não foi ele. Uma mulher deve ter vivido ali em algum momento. Talvez até pouco antes. Há almofadas decorativas por toda parte.

O homem se senta na sacada. Como há duas cadeiras de plástico do lado de fora, resolvo ocupar a outra. Ficamos sentados, olhando a paisagem. É agradável. A tarde insuportável se torna um anoitecer ameno. A casa dele tem vista para um parque meio abandonado e quase deserto. Esse parque abandonado circunda uma quadra de basquete abandonada — aros sem rede, tabelas desgastadas de madeira, piso rachado. Há dois homens jogando na quadra, e eles são os únicos usuários do parque. Estão jogando um contra o outro, usando a quadra inteira. O jogo é lento e improvisado, mas eles estão se empenhando. Um homem é negro, o outro é branco. São como dois estereótipos invertidos. O branco é ágil e atlético, mas arremessa mal e parece descontrolado. O negro é agressivo e domina os fundamentos, mas é lento, previsível e não consegue sair do chão. Nenhum dos dois é talentoso. São dois caras prestes a se tornarem velhos demais para jogar basquete contra outras pessoas. Por isso, jogam entre si. Para cada cesta feita, eles erram cinco. Estão tão ofegantes que não conseguem conversar.

Assistimos à partida. Na verdade, não é bem assim. Ele observa o jogo, e eu o observo. Seu olhar é intenso. Sua mente parece ativa. Não consigo captar o que há de tão interessante no jogo para ele. Sinto vontade de mergulhar em sua mente. Quero penetrar na sua cabeça e me esgueirar por trás de seus olhos. O que ele está vendo? Nunca vou saber. Começo a compreender que eu *nunca* vou saber, não importa quanto tempo o observe. Começo a questionar todo o meu projeto. Estou nesse lugar, sentado ao lado de uma pessoa solitária, bem ao lado dela, vendo-a pensar... e, mesmo assim, nada. Não aprendo nada.

— Não é assim que se faz — diz ele, de repente.

"Está conversando com os jogadores", penso. Meus sonhos receberam uma resposta, de certa forma.

— Não faça isso. Eles tentaram isso uma vez, nos anos 1970, com Carter e Echeverría. Ninguém se importou.

Talvez ele não esteja conversando com os jogadores.

Talvez não esteja conversando com ninguém.

— Concordo — diz ele. — Concordo, seu maluco burro ladrão. Seu maldito duas caras hipócrita.

Bem, agora estou numa situação incômoda. Se o metade mexicano for uma pessoa insana, e parece bastante óbvio que esse é o caso, não há nada a se aprender assistindo às suas lamentações. Como sociedade, fazemos muito esforço tentando compreender os processos mentais dos loucos. Sempre analisamos cartas deixadas por suicidas e entrevistamos assassinos em série. É perda de tempo. Pessoas malucas dizem coisas que não têm o menor sentido racional, motivo pelo qual são classificadas como malucas. Então, por que tentativas racionais de fazer um exame semântico nos ensinariam qualquer coisa de valor? É como tentar usar matemática para entender história. É como hipnotismo ou interpretação de sonhos. Posso garantir que não tinha nenhum desejo de ficar vendo uma pessoa louca dizendo besteiras por mais 24 horas. Mas havia outra coisa em jogo ali, uma coisa que parecia valer a pena investigar. Aquele era um homem que ouvia vozes de pessoas que não estavam por perto. Eram pessoas que ele não podia ver, porque elas não existiam. Mas e se ele ouvisse vozes de pessoas que não podia ver e *estavam* ali? Seria capaz de distinguir? Quer dizer, era um sujeito vivendo uma falsa realidade, não era? Que se comunicava com alguém que ele criou. Mas a criação em si era essencial para a conversa? Porque, se fosse, isso significaria, em algum nível, que ele tinha consciência da diferença entre ouvir uma voz dentro da cabeça e ouvir uma voz cuja presença não pode ser explicada.

Acho que eu só estava curioso.

Levantei da minha cadeira e fui para trás de onde o metade mexicano estava sentado. Por alguma razão, eu não queria que o som da minha voz partisse da minha cadeira... me pareceu melhor ficar de pé, bem atrás dele, numa posição um pouco mais elevada. De algum modo, me pareceu mais justo.

Eu estava preocupado. Estava nervoso. E se ele pulasse da sacada? Eu me lembro de ter pensado nisso. Mas ele não parecia ser do tipo que entra em pânico. Havia uma tranquilidade em sua figura, independentemente da idade. O homem da fotografia no banheiro ainda era o mesmo que estava na cadeira. Eu acreditava que ele conseguiria segurar as pontas.

Engoli em seco e disse:

— Quem vai ganhar essa partida de basquete?

Nenhuma resposta. Repeti:

— Quem vai ganhar essa partida de basquete?

— O negro não tem a menor chance — respondeu o metade mexicano. Fora essa frase, nenhum sinal de reação. Percebi que havia perdido muito tempo pensando se devia falar com ele e ao mesmo tempo me esquecido de avaliar o que eu diria. Agora não tinha conteúdo.

— Como se chama? — perguntei.

— O que está fazendo na minha casa? — devolveu ele.

Tentei soar tranquilo.

— Não lhe farei mal — respondi. Não sei exatamente por que comecei a falar como um personagem bíblico.

Vinte segundos de silêncio.

— O negro não tem a menor chance — insistiu ele. — Muito gordo. Tem uma vida muito confortável. A mulher deve cozinhar bem. O *güero* é meio medroso, mas é muito rápido.

— *Güero* — repito. — Você disse *güero*. Por acaso é do México?

— Não — respondeu ele. — Não sou do México. Só metade de mim. Minha mãe era mexicana. Meu pai era irlandês. E não era um bêbado; era um lutador.

— Tem uma bela casa. Como conseguiu uma casa assim?

— Eu fazia petróleo. Muito tempo atrás.

— Você fazia petróleo? Você *fazia*?

Não houve resposta.

Eu sabia o que ele queria dizer. Foi idiotice minha pensar em corrigi-lo.

Assistimos à partida de basquete por mais cinco minutos. Não dissemos nada. Ficamos apenas ouvindo os barulhos distantes da bola de basquete... as tentativas de drible e os arremessos errados. *Tum tum... tum TUM TUM... plec.* Começou a ficar escuro. Os dois amadores, todos suados, finalmente pararam de jogar. Ficaram agachados, sorrindo e resfolegando como cachorros de desenho animado. Não dava para saber quem havia vencido. Acho que nem sequer estavam marcando a pontuação.

— Não pode ficar aqui — disse o metade mexicano. — Não quero que durma aqui. Na minha casa, não. Tenho meus próprios problemas.

— Tudo bem. Vou embora. Quero ir embora.

Eu não queria ir embora.

— Saia pela porta dos fundos. E não me ligue mais.

— Nunca liguei para você — disse. — Não fui eu.

— Sim, foi você. Você me ligou e ficou me vendo comer. Duas vezes. Me viu comer duas vezes. É um pervertido.

— Posso usar o banheiro antes de ir?

— Não, não pode. Por que eu deixaria um pervertido usar meu banheiro? Por que acha que pode fazer tudo o que quer?

Como seu argumento era bom, fui embora. E nunca mais voltei lá, apesar de ter vontade. Quem sabe? Talvez eu volte lá amanhã. Havia alguma coisa naquele sujeito. Sei que ele é maluco, mas há muitas pessoas no nosso país que são muito mais malucas. Elas só estão mais socializadas. A América do Norte abriga mais malucos do que todos os outros continentes desenvolvidos juntos, à exceção, talvez, da Austrália. Estimo que 25 por cento da nossa população tenha a loucura no sangue. É genético. É histórico. Convenhamos: que tipo de gente migrou para o Novo Mundo? Tirando os escravos, foram apenas quatro grupos: pessoas que não achavam a Europa religiosa o bastante, pessoas que pensavam que poderiam ganhar muito dinheiro aqui, fracassados antissociais sem alternativa e birutas que acreditavam que arriscar a vida em terra estrangeira poderia ser uma aventura interessante. Esses são os quatro componentes do acervo genético americano, e essas são as quatro explicações para tudo de bom e de mau que ocorreu aqui desde então. Tudo. Não consigo pensar numa única exceção. Portanto, esse cara, esse velho metade mexicano, não é nada absurdo. Comparando, ele é quase normal. Provavelmente, é mais parecido comigo do que você.

Outro erro de julgamento

Assim que Y____ concluiu a história do velho cavalheiro birracial, lancei uma bateria de perguntas diretas sobre que significados ele via no ocorrido e por que aquilo lhe parecia relevante. Não houve resposta a nenhum dos itens. "Isso é autoevidente", foi o mais perto de oferecer uma explicação que ele chegou. Ele saiu do consultório por volta das 11 da manhã. Logo depois fui examinar minhas anotações da sessão, para tentar ligar os pontos. Àquela altura, eu já havia seguido Y____ até achar o fio da meada. Ainda trabalhava com o pressuposto de que toda palavra que ele dizia e todo pensamento que expressava tinham seu valor. Perto das onze e vinte, caminhei alguns quarteirões até o Caribou Coffee (agora fechado), com intenção de comprar um macchiato com caramelo e voltar ao trabalho. Meu paciente seguinte só chegaria a uma da tarde. Ao sair da cafeteria, me surpreendi ao ver Y____ sentado num banco em frente à loja, tomando uma Coca-Cola em garrafa de vidro. Nos cumprimentamos e comecei a me afastar. A exemplo de quase todos os terapeutas, não confraternizo com pacientes fora do ambiente do consultório. Porém, como nada na minha experiência com Y____ havia sido normal até então, ignorei minhas próprias regras. Parei, dei meia-volta e iniciei uma conversa casual. Achei que fosse durar no máximo um minuto e meio.

Devo admitir, envergonhada, que conversamos por quase uma hora e meia.

O tempo voou, mas a verdade é que eu podia ter passado a tarde inteira sentada ali.

Naturalmente, não gravei o encontro, já que tudo foi por acaso. Não me lembro de quase nada do que conversamos... foi uma conversa descontraída, mas grande parte girou em torno de assuntos mundanos, como os preços dos imóveis na cidade, os bairros de Austin que estavam melhorando ou piorando e todos os problemas na construção de estradas e avenidas. Também falamos sobre a própria cafeteria, sobre café em geral e sobre por que Y____ nunca tomava café, apesar de adorar o cheiro da bebida.

No entanto, três pedaços da nossa conversa permanecem vivos na minha memória.

O primeiro derivou de uma pergunta que fiz a Y____. O que lhe perguntei — reconheço que de modo bem sutil — foi se ele acreditava honestamente que precisava da ajuda de um terapeuta. "Em suma, você só fica falando sozinho por uma hora, e não parece especialmente interessado em qualquer coisa que eu diga em resposta", expliquei. Disse a ele que o objetivo da terapia é pegar o que discutimos nas sessões e aplicar no mundo exterior. E isso não parecia estar acontecendo. Admiti que, considerando todos os fatores, eu não tinha a qualificação necessária para trabalhar com alguém envolvido em seu tipo de vida e que nenhum terapeuta no mundo teria o treinamento adequado para ajudar um cientista criminoso dotado do poder da invisibilidade. Disse que adorava trabalhar com ele, mas ressaltei que me questionava se não seria mais proveitoso para sua saúde mental ele próprio escrever sobre suas experiências (se não por isso, pelo menos para criar um registro público do que vinha aprendendo com suas observações).

— Se eu escrevesse um livro, as pessoas odiariam — respondeu ele *(nota do autor: estou reformulando a maneira de descrever os sentimentos de Y____, mas posso garantir que minha memória é boa)*. — Há algo de errado no meu jeito de escrever. As pessoas sempre acabam me odiando. E você sabe que *haverá* um registro disso tudo, mais cedo ou mais tarde. Haverá um livro ou algo parecido com um livro. Mas isso levará anos. Provavelmente, décadas. Não tenho como fazer anotações durante meus períodos de vigilância, então não existem dados a serem relatados. Isso é um problema. Pense bem: imagine se Jane Goodall não tivesse acesso a papel e caneta quando esteve na Tanzânia. Imagine se ela não tivesse uma câmera e colegas. É assim comigo. Tudo o que posso fazer é tentar me lembrar do que vejo, contextualizar as imagens na cabeça e reconstruir minhas teorias vários dias depois, quando volto ao meu apartamento. E, mesmo assim, a maioria das coisas que escrevo no meu diário não é específica. A especificidade é supervalorizada. Desvia a atenção do tema. Os únicos detalhes que procuro gravar são incidentes que sugerem algo maior e mais significativo do que parece já estar sugerido na superfície. Além disso, eu não gostaria de escrever um livro antes de completar o projeto, e isso levará uma eternidade. Levará toda a minha vida adulta. Não pode haver um livro enquanto ainda houver algo para eu ver. Por isso, até lá, só preciso que alguém me lembre de que o que estou fazendo é essencial. É para isso que lhe pago. — E então ele riu de sua própria gracinha, como se fosse um convidado num programa de entrevistas.

Alertei Y____ de que esse não era o meu trabalho. Ele disse: "Bem, claro que não é, mas todos podemos ver uma mesma coisa de modo diferente, não é? É só que essa é uma parte importante."

O segundo item que discutimos foi algo em que andava pensando sem parar desde 9 de maio. Queria saber qual era a sensação de ficar invisível (ou o que eu considerava "invisível", já que tenho certeza de que, ao falar com Y____, usei a palavra *oculto*, para não provocar outra discussão). Lembro de que achei muito estranho discutirmos isso em público. As pessoas passavam ao nosso redor, completamente alheias à conversa sem pé nem cabeça que mantínhamos. Era como se nós dois já estivéssemos invisíveis.

— Não há sensação alguma — disse ele. — Veja bem. As pessoas não conseguem me ver, mas eu me vejo, mesmo que meus olhos digam outra coisa. Sei onde meu braço está. Quando estou com o traje e olho para o meu braço, ele está exatamente lá. Parece um contorno impreciso e tênue do meu membro. É como uma fotografia de um braço pendurada na parede da cozinha, só que coberta por quatro mãos de tinta. Um visitante nunca repararia, mas a dona da casa sempre vê de imediato. A única situação em que me sinto estranho é ao me olhar no espelho. Se olho diretamente para mim mesmo, vejo algo enlouquecedor, porque minha imagem fica se refletindo para lá e para cá, para lá e para cá, sem qualquer substância reconhecível. Vejo uma silhueta humana feita de luz e tenho de aceitar que essa luz sou eu. Em geral, evito os espelhos.

Respondi que achava aquilo bizarro, mas que não era o que eu queria saber. De fato, não tinha nada a ver com a minha pergunta. Eu queria saber a *sensação* de ficar invisível. Se ele gostava de ficar invisível ou se era apenas algo que tinha de fazer.

— Você tem uma obsessão pelo que sentimos, o que é natural, considerando sua ocupação. Você transita por sentimentos. E eu não sou um desses autômatos retrógrados que alegam ser imunes às emoções, até acabarem vítimas de um derrame. Não tenho desprezo pela emoção. Acontece que sua interpretação está equivocada. As pessoas pensam sobre si o tempo todo, mas não da maneira que você imagina. A única ocasião em que as pessoas têm consciência de como se sentem é quando algo as machuca. Na maior parte do tempo, nos condicionamos a ignorar todas as sensações. Claro que não acredito que se possa ser bem-sucedido em qualquer tarefa mais complicada deixando que os sentimentos determinem seu modo de viver. A impressão que eu tenho sempre é de que você está tentando me conduzir na direção de uma percepção grandiosa. A impressão que tenho é de que você quer que eu diga algo incisivo, como *Ficar invisível faz com que eu me sinta poderoso* ou *Ficar invisível faz com que eu me sinta solitário* ou *Ficar invisível faz com que eu me sinta especial.* Todas essas descrições são verdadeiras em algum momento. Mas nenhuma é verdadeira o tempo todo. No fim, tudo se torna normal. Na primeira vez em que me dei conta de que poderia entrar na casa de alguém, houve uma esperada sensação de poder. Houve um reconhecimento imediato de que eu poderia fazer o que quisesse. Poderia matar um homem e nunca ser pego. Poderia estuprar uma mulher e deixá-la achando que foi apenas um pesadelo terrível. Você pensa em coisas desse tipo quando é diferente do resto da sociedade. Pensa nessas coisas o tempo todo. A verdade, no entanto, é que *não sou um estuprador*. E o fato de, subitamente, deter os meios para me tornar um estuprador de primeira linha nunca mudaria isso. De alguma forma, sempre acabamos sendo nós mesmos. Eu já era quem eu era muito antes de me tornar conscientemente a pessoa que sou. Estar invisível faz com que eu me sinta diferente das outras pessoas, mas sempre me senti diferente delas. A invisibilidade não é a questão. A diferença é que sempre busquei com afinco tornar possível um cenário impossível. Detenho o poder de inventar minha própria vida. Mesmo que tivesse passado os últimos vinte anos sentado numa cadeira de praia e bebendo até ficar zonzo, ainda me sentiria poderoso e solitário e especial. Essas são apenas as qualidades intermitentes relacionadas a quem eu sempre fui, não importa como me sinta a respeito.

Fui contagiada pela pretensão ensaiada de Y____. Aquilo me lembrava a primeira vez em que me tornei amiga de verdade de um dos meus professores da universidade fora da sala de aula. Queria que ele continuasse falando, apesar de a conversa ser unilateral e pretensiosa. Sei que isso deve parecer masoquista, mas não existe influência mais poderosa que a força da personalidade; ela supera qualquer coisa, mesmo quando desafia o bom senso. Y____ tinha um jeito natural e espontâneo de explicar questões complexas e pessoais. Ele se opunha a mim com tanta frequência (e habilidade) que eu me sentia bem em qualquer momento em que ele concordava comigo. Atribuía aos seus raros elogios muito mais peso do que mereciam. Esse desequilíbrio deixava todas as nossas conversas meio tensas, o que talvez explique o que aconteceu em seguida. Essa foi a terceira parte do nosso bate-papo, e é a parte de que mais me lembro.

— Na verdade, há uma coisa sobre a qual eu gostaria de conversar com você — disse Y____. — Pode parecer inadequado, mas sinto que é necessário.

— Vá em frente. Não há nada que seja inadequado.

— Isso é o que você está dizendo agora. Mas vamos lá. Sei que é normal que pacientes de terapia cometam erros ao direcionar seus sentimentos. Sei que pacientes de terapia, com frequência, desenvolvem desejos sexuais por seus terapeutas, pelo simples fato de geralmente serem pessoas que nunca viveram uma experiência em que se sentiram abertos e vulneráveis perto de outra pessoa. Não é verdade?

— Sim — respondi. — Isso, às vezes, acontece. Às vezes, é um erro paternal ou maternal, e, às vezes, é íntimo ou romântico.

— Exatamente. Bem, o fato de eu mencionar isso provavelmente torna o que vou dizer óbvio até demais.

— Sim. Acho que sei aonde quer chegar.

— E aonde eu quero chegar?

— Acho que está tentando me dizer que nutre sentimentos românticos inapropriados em relação a mim.

— Isso. É tão óbvio. Todo mundo conhece esse clichê. Mas a minha verdadeira pergunta é a seguinte: esses sentimentos inapropriados podem criar um problema no contexto da nossa relação? Acha que pode lidar com essa atração inapropriada? Porque tenho certeza de que é inapropriada. Só pode ser.

Isso me deixou confusa. Me deixou confusa em dois sentidos, mas só comentei um deles.

— Bem, é você quem está vivendo essa atração. É *você* quem sente a atração e parece entender exatamente seu significado. Não me parece que esteja confuso em relação a isso. Nem é a primeira vez que passo por isso com um paciente. Portanto, não vejo qualquer problema, pelo menos da minha parte. Não é nada que não tenha vivido antes. O único problema seria você se sentir incomodado.

— Não, você não está entendendo — disse Y____. — Nunca vai ser um problema da minha parte. Porque os sentimentos não determinam meu comportamento. Não ajo dessa forma. O que me preocupa é a possibilidade de os meus sentimentos inapropriados se tornarem um incômodo para você. Quero saber se esse incômodo vai ter um impacto negativo na liberdade com que conversamos, se vai limitar as coisas que posso lhe dizer.

— Pode me dar um exemplo? Não estou entendendo.

Na verdade, eu *sabia* o que Y____ queria dizer com aquelas palavras. Estava entendendo. Estava entendendo perfeitamente. Mas fingi que não. Acho que só queria ouvir o que ele tinha a dizer. Às vezes, finjo não saber algumas coisas sobre mim mesma para forçar a outra pessoa a expressar claramente os elogios que preciso ouvir.

— Muito bem. Aqui vai um exemplo hipotético. Suponhamos que eu comece a pensar em você. Que eu comece a ter sonhos com você. Sonhos sexuais. Esse é um tipo de coisa que devo externar? Não se esqueça de que não sou uma pessoa sexual.

— Claro que sim.

— Isso é o que você diz agora. E se eu contasse que gosto de pensar em você enquanto me masturbo? E se eu dissesse que é com você que eu fantasio e que só consigo chegar ao orgasmo pensando em você?

— Nunca conversamos sobre suas fantasias — respondi. Eu estava meio perplexa com o nível a que aquela conversa estava chegando, basicamente porque não esperava que os termos usados por Y____ fossem tão explícitos. — Acredito que ficaria interessada na sua disposição em conversar sobre coisas desse tipo, já que até agora esses assuntos sempre estiveram fora de questão. — De repente me peguei desejando que aquela conversa estivesse acontecendo no meu consultório. Cheguei a me perguntar se Y____ teria de alguma maneira orquestrado aquele encontro para que a coisa ocorresse num lugar público. Senti uma espécie de paranoia espontânea.

— Então nada disso será um problema? — perguntou ele. — É tudo normal?

— Sim — respondi. — Quero que se sinta seguro.

— Mesmo que meus pensamentos sejam grotescos? Mesmo que sejam sombrios e repletos de detalhes? Mesmo que eu diga algo como: "Certo, nos vemos na próxima semana, Victoria. Agora vou para casa me masturbar. Vou me imaginar enfiando a mão por baixo da sua saia enquanto me masturbo. Vou imaginar que você está sem calcinha e que posso tocar seus pelos pubianos de leve com as pontas dos dedos. Até a próxima semana."? Está me dizendo que gostaria de ouvir coisas desse tipo?

— Não necessariamente — respondi no tom mais tranquilo que consegui. — Não *gostaria* que me contasse essas coisas. A não ser que acredite que tais detalhes são significativos ou que sinta uma necessidade de contá-los para se apropriar deles. Se esses pensamentos forem importantes para você, também serão importantes para mim. Mas o que eu *gostaria* não tem nada a ver com isso. Não é esse tipo de relação que mantemos.

Senti um calor no rosto. Talvez estivesse ficando vermelha. Rezei para que não fosse o caso. Aquilo já tinha ido longe demais.

— É bom saber disso, Vicky — disse Y____. — É reconfortante. Muito reconfortante. Você é uma profissional. E, como disse antes, sinto muito se tudo isso lhe pareceu inapropriado. Como disse, não sou uma pessoa sexual. Não sou um desses sujeitos sexuais que aparecem nas revistas. Só estava curioso, e isso me pareceu relevante.

Uns cinco minutos depois dessa parte, pedi licença e voltei ao consultório para esperar minha paciente. Y____ caminhou no sentido oposto, deixando sua garrafa de Coca no chão e deu tchau acenando com dois dedos. Eu me sentia bem e mal. Sabia que havia cometido mais um erro.

20 de junho:
Uma lembrança ou uma pista?

[Esta é apenas uma transcrição objetiva da sessão de 20 de junho. Fiquei esperando Y____ abordar a estranheza da nossa conversa do lado de fora do café, mas ele não fez isso. Não diretamente, pelo menos.]

Algumas vezes, eu seguia as pessoas em hotéis. Os hotéis são muito menos complicados que residências, por causa do acesso. Basta circular pelos corredores à tarde, achar uma camareira limpando um quarto recém-desocupado e entrar enquanto ela acaba o serviço no banheiro. Elas sempre lavam o banheiro por último. Fácil como roubar doce de criança. Também é mais fácil conseguir comida decente porque as pessoas deixam os restos dos pedidos do lado de fora. E, às vezes, eu pegava meus lanches do minibar mesmo. Os hotéis deixam as pessoas mal-acostumadas.

O problema, obviamente, é que as pessoas não são naturais quando estão num hotel. Não se trata de uma representação realista da vida. A possibilidade de simplesmente largar as toalhas no chão muda a maneira como as pessoas se veem. Faz com que todo mundo se comporte como se fosse rico. Além disso, a maioria das pessoas que se hospedam em hotéis estão na cidade a negócios, de forma que passam a noite sentadas, usando a internet. Deitam em cima dos lençóis e assistem à HBO. Normalmente, dá para saber a classe social de um hóspede com base no tempo que ele passa embaixo do chuveiro ou na sua satisfação com o colchão. Quando estão sozinhos, os homens inevitavelmente se masturbam;[10] já as mulheres só fazem isso na metade das vezes. Isso pode soar reducionista e exagerado, mas meus dados são irrefutáveis.

Outra desvantagem de trabalhar em hotéis, naturalmente, é a probabilidade inescapável de acabar num quarto com duas pessoas, em vez de uma. É aí que você vê *mesmo* pessoas que não se mostram como são de verdade. Quando se trata de um casal de férias, é possível descobrir muita coisa a respeito do seu relacionamento nos primeiros dez minutos. Se eles quase transam logo depois de entrar no quarto, há uma chance de 95 por cento de transarem mais tarde, à noite; se apenas largam a bagagem e saem para jantar, provavelmente vão passar o fim de semana inteiro sem transar. Para ser honesto, não aprendi muito analisando clientes de hotéis. Era mais ou menos como tentar estudar o comportamento natural dos elefantes africanos visitando um zoológico em Portland.

No entanto, me lembro de um episódio que aconteceu no Radisson, aqui mesmo na cidade. Não foi uma descoberta intencional e não serviu para alcançar meu objetivo original, mas me proporcionou um dia produtivo. Não sei se já esteve no Radisson que fica na Cesar,[11] Vicky... bem, por que se hospedaria num hotel na cidade em que vive? Eles têm um TGI Friday's no térreo. Vi uma mulher circunspecta, de uns quarenta e poucos anos, comendo por lá, sozinha numa tarde de sexta-feira. Ela não parecia ter nenhum motivo para se sentir grata a Deus. Minha suposição, evidentemente, era de que estivesse hospedada no Radisson. E havia certo distanciamento nela que me interessou. Seu comportamento antipático

---

[10] Seria uma tentativa abortada de dar sequência à nossa conversa anterior? Achei que poderia ser, mas estava errada. Ele nem olhou para mim ao dizer isso.

[11] Rua Cesar Chavez.

parecia proposital. Ela usava um terninho em tons de marrom e não tirava os olhos do jornal. Nem para passar seus pedaços de frango no molho de mostarda com mel. Concentração no trabalho, o tempo todo. Atraído por sua seriedade, decidi que seria meu alvo naquela noite. Parecia que ela não tinha paciência para ser uma pessoa diferente, mesmo estando longe de casa. Esperei que pagasse a conta; notei que ela não informou o número do quarto. Para ser mais claro, pagou em dinheiro, o que significava que não estava por conta da empresa. Foi a primeira pista de que havia algo acontecendo.

Então, ela deixa o TGI Friday's e sobe um andar de escada. O mezanino. O mezanino? O mezanino. Ela entra na sala de conferências. Aproveito que a porta fica aberta para segui-la. Há cerca de dez outras pessoas na sala. De início, penso: "Que desgraça. Entrei numa maldita reunião de negócios." Mas todos ali parecem muito diferentes uns dos outros. Um deles é claramente uma adolescente. Todos a cumprimentam com um gesto, mas ninguém menciona nomes ou se aproxima para um aperto de mão. Uns cinco minutos depois das cinco, eles fecham a porta e começam a conversar. Por um instante, acho que estou numa reunião do AA, o que seria só um pouco melhor do que uma reunião de negócios. Porém, ninguém fala sobre ficar bêbado ou sobre precisar de uma bebida ou sobre sentir falta das coisas que perdeu por causa do alcoolismo. As histórias não são tão diretas.

— Como sabem, tenho sido treinador de ligas infantis nos últimos três anos — começou um homem. Ele parecia um personagem de comercial da Nabisco: um sujeito entre atraente e muito atraente. Sem barba nem bigode. Camisa bonita, sem gravata. Voz monótona. Não quero atribuir estereótipos, mas me lembro de ter achado que ele parecia uma pessoa que costumava ir a shows do Jimmy Buffett na faculdade. Parecia ser um tipo de pessoa capaz de trocar seu utilitário por um Saab assim que o preço da gasolina passa de dois dólares o litro. Parecia ser um tipo de pessoa que odiava o Obama por motivos totalmente não raciais.

— Todos os meus jogadores têm 5 ou 6 anos — prosseguiu. — É uma liga no estilo treinador-arremessador. Isso significa que, como treinador, arremesso para os meus próprios jogadores. O treinador adversário também arremessa para os próprios jogadores quando é a vez deles de rebater. Antes usávamos um suporte para os meninos poderem bater na bola, mas a liga decidiu que esse formato seria melhor para o desenvolvimento deles. Basicamente, a ideia é que, como treinador, sei quais garotos são bons e quais são ruins, o que me permite desafiá-los ou ajudá-los de acordo com a necessidade. Queremos que todos os meninos possam ter a sensação de acertar a bola, mas também queremos que saibam o que significa a competição. É esse o conceito. Talvez seja um bom conceito.

"Estamos no meio de um jogo na tarde da última quarta-feira. Está disputado. Nossos jogos duram cinco entradas, e estamos perdendo por nove a sete na baixa da quinta. Dois eliminados, na melhor posição. Era a vez de um garoto chamado Tommy rebater. Tommy é um menino espetacular — tranquilo e educado. Joga de segunda base. Parece o Justin Bieber, e por isso os mais velhos não dão a mínima para ele. Arremesso uma bola pesada, e ele acerta a rebatida. Muito bem. Ótimo. Fico feliz por Tommy. O rebatedor seguinte é seu amigo Matt. Matt é uma peste, mas muito engraçado. Lê *Batman* durante os treinos, ou seja lá quem for o novo Batman. Conversa muito. Fala o tempo todo. Fala de coisas que não interessam a ninguém, como o livro sobre o Vietnã que seu avô lhe deu. Adoro o Mattie. Ele já se acha muito interessante. Lancei praticamente a mesma bola pesada e... *pou.* Outra rebatida simples. Portanto, agora Tommy está na segunda base e Mattie na primeira. A coisa começa a ficar emocionante, sabe? É o mais tenso que uma partida de beisebol entre crianças do jardim de infância pode ser. O terceiro rebatedor é Cory. Para ser sincero, a única coisa que sei de verdade a respeito da vida de Cory é que sua mãe é muito bonita para ter apenas 40 anos. Cory é um bom jogador, pelo menos para a sua idade, então resolvo desafiá-lo. Jogo a bola com um pouco de velocidade porque sei que ele sabe se virar. Ele manda bem para o alto, e parece que a partida vai acabar. Mas o terceira base — não se esqueça de que são crianças de 6 anos — erra totalmente a jogada. A bola o acerta na cabeça. Agora Tommy está na terceira, Matt na segunda e Cory na primeira. Todas as bases ocupadas. É um jogo para valer. De repente, os pais ficam interessados. Dá para notar porque eles tiram os olhos dos celulares por um instante.

"Agora é nosso quarto rebatedor, o Toby. Ele vai fazer 7 anos, mas parece que tem dez. É, de longe, o melhor jogador do time. Provavelmente, devíamos ter promovido o garoto para outra divisão. Posso apostar que, aos 16 anos, já vai ser uma estrela. Dá para ver seu futuro de atleta pelo jeito que anda. Mas, neste momento, ele tem apenas 6 anos. Apesar de ser alto, encorpado e habilidoso, age como um menino de 6 anos. E aqui está ele, com chance de se tornar um herói de 6 anos, em posição privilegiada para ganhar a partida e virar o protagonista da ida ao McDonald's depois do jogo. Torço para que isso aconteça. Quero que Toby acerte uma grande jogada, porque ele se lembrará para sempre, ou pelo menos até o ensino médio. Sou o técnico. Minha responsabilidade é seu desenvolvimento, mas algo sempre me impede de *sentir* isso, mesmo que minha cabeça tente resistir. Me lembro de quando estava no ensino médio, quando fui lançador nas finais estaduais. Todo mundo esperava que eu decidisse os jogos porque esse era o meu papel. Eu era o Mariano Rivera da segunda divisão da Liga Católica de San Antonio. Aquele era o meu papel, e me sinto assim até hoje. Sei que não sou mais a mesma pessoa, mas às vezes sinto que sou. E nessas horas — como quase sempre — deixo de me preocupar com o crescimento da minha corretora de seguros, com a minha maravilhosa esposa ou com os meus filhos. Só quero ser eu mesmo. Então, quando vi Toby enfiando as travas da sua chuteira tamanho 34 na terra, fiquei irritado. Que se foda o garoto. Que se foda. Não podia deixar Toby fazer aquilo. Não podia. Hora de fechar a porta.

"Arremesso a primeira bola no ângulo interno da base. Um foguete. Ainda estou em forma. Primeiro strike. Nosso receptor de 30 quilos quase caiu para trás quando a bola bateu na luva. Percebo que Toby fica meio assustado — não era esse o meu objetivo? Na sequência, mando uma bola que parece que vai sair, mas ele tenta rebater do mesmo jeito. Segundo strike. Sério: o que Toby sabe sobre bolas traiçoeiras como essa? Aposto que ele nem sequer consegue soletrar *traiçoeira*. Desperdiço a terceira bola num arremesso muito alto, mas depois arrebento o garoto jogando uma bola rápida, com os dedos separados, bem na sua cara. Terceiro strike. Jogo encerrado. Consigo um salvamento contra um menino do meu próprio time. Sou um monstro.

"Mais tarde, digo a Toby que ele não devia ter tentado rebater a segunda bola e que precisa ser mais paciente na base. Mas também garanto que, na próxima vez, vai se sair muito bem e se tornar o grande herói. Deixo que peça uma porção extra de McNuggets — enquanto todos os outros ganharam seis, deixo Toby comer dez. Para ser sincero, ele parece totalmente tranquilo com o ocorrido. Inabalado. Já eu me sinto péssimo. Do jeito que sempre me sinto quando isso acontece."

Enquanto o garoto-propaganda da Nabisco termina a história, vejo as outras pessoas em torno da mesa balançando a cabeça. Todos se identificam de alguma forma com a situação. Um homem de cabelos longos começa a falar em voz alta. Ele conta a história de como sua esposa recentemente compôs uma música ao piano. Não consegue parar de falar sobre como a música é bonita. Muito melhor do que qualquer coisa que ele tenha composto para sua banda. Muito mais sofisticado e cheio de nuanças que qualquer coisa feita por ele mesmo. Fica nítido que ele está orgulhoso da mulher. Mas ela nunca ficaria sabendo desse orgulho porque ele se recusava a lhe contar. Em vez disso, dizia a ela que a música era "razoável" e que parecia algo que poderia estar num dos últimos álbuns dos Wings, com participação da Linda McCartney. De novo, todos ao redor da mesa balançam a cabeça. A terceira a falar foi a adolescente. Ela contou que fazia pouco tempo tinha tirado 9,7 numa prova de trigonometria, mas que outras duas garotas da turma tinham recebido nota 10 porque demonstraram os cálculos. Aquilo a levou a odiar as duas colegas de classe. Não conseguia acreditar que elas estavam sendo recompensadas por colocar no papel algo que ela conseguia fazer de cabeça. Por causa disso, criou um perfil falso no Facebook e espalhou que as duas garotas eram lésbicas e que haviam até se beijado depois de um encontro de alunos de bom desempenho. Queria destruir a vida delas e impedir que entrassem na Universidade Rice. Disse que se sentia mal por causa disso, mas não muito.

No fim das contas, a verdade era que eu estava diante de um grupo de apoio para pessoas com "distúrbio de competição", uma desordem que escapava do meu conhecimento. Todas as histórias contadas expressavam uma ideia insuportável de estar impotente e sem saída. Todos os participantes queriam saber como era a vida sem uma obsessão por vencer. Conversavam sobre sua necessidade irresistível de molhar e aparar a grama. Conversaram sobre a necessidade de dirigir mais rápido que o fluxo do trânsito e sobre como sempre acabavam estragando o Natal ao reagir com exagero a pequenas violações de regras em jogos de cartas. A mulher que marquei no TGI Friday's foi a última a falar. Trabalhava para uma corretora de *commodities* e ganhava 400 mil dólares por ano. Mas seu salário não significava nada.

— Não gosto de gastar dinheiro. Só gosto de ficar vendo a poupança crescer.

Não tinha marido ou filhos. Sua vida social era em função dos colegas de trabalho, os quais, sem exceção, ela desprezava.

— Eles são tão desmotivados — disse ela. — Quando sorriem para mim, eu retribuo. Eles me convidam para almoçar e, às vezes, eu vou. Preciso comer como qualquer pessoa. Eles falam sobre o preço das coisas, sobre seus cachorros que se comportam como gatos, sobre quais dos nossos colegas parecem ser sexistas, racistas ou fãs da Elisabeth Hasselbeck. E todos tentam me convencer a conhecer suas igrejas que não praticam a confissão. É engraçado alguém mencionar o Facebook... dois anos atrás, todos eles me disseram que eu tinha de entrar no Facebook. Disseram que era ridículo eu ainda não fazer parte, principalmente depois de me divorciar. "As coisas são assim agora", insistiam. Argumentei que eu era muito velha para essa porcaria. Mas eles continuaram *repetindo* que era ótimo, que não era mais coisa apenas de jovens universitários, que era um instrumento subestimado de mobilização, que não era o que eu imaginava, que era uma distração maravilhosa e uma importante ferramenta de trabalho. Então, me rendi. Entrei no Facebook. E quer saber? Na verdade, eles só queriam que eu entrasse para poder me mostrar fotos de seus filhos sem precisar me perguntar se estava interessada. É por isso que o Facebook deu certo entre os adultos. O site foi planejado para pessoas que querem divulgar suas crianças sem o consentimento dos outros.

"Acho que não me incomodo com as conversas no trabalho. É indolor. Apenas repito o que as pessoas já disseram, com palavras diferentes, e geralmente isso basta para satisfazer a curiosidade delas. Consideram isso uma conversa. Elas costumam ficar satisfeitas. Ouço suas histórias e procuro pontos fracos. Tramo contra elas. Provavelmente, sabem que estou tramando, mas não se importam. Elas não têm sequer a tenacidade necessária para achar que sou uma piranha. Não se importam em perder. Sério mesmo: não se importam. Simplesmente voltam para casa e compartilham mais fotos das crianças. É insano. Uma insanidade completa. É esse o tipo de vida que eu deveria invejar? Não dá. Não dá para acreditar. Sinto vontade de dizer isso a elas. Quero dizer na cara delas — o que, imagino, não seja necessário. Suponho que não seja culpa delas. É inevitável que se sintam satisfeitas com quem são. E também não posso dizer que minha vida seja algo de que eu possa contar vantagem. Elas sabem o que eu faço na maioria das noites? Fico vendo *Sangue negro* no meu quarto. Não o filme todo. Só a parte do meio. A parte em que o cara do petróleo está conversando com seu falso irmão perto do fogo e diz: '*Sou competitivo por natureza. Não quero que ninguém tenha sucesso.*' Fico assistindo a essa cena várias e várias vezes. É a parte cinco no DVD. Me sinto muito bem depois dessa cena. Gosto tanto de ver essa parte que isso me deixa assustada. Sei que é patético, mas gostaria que aquele homem fosse meu colega de trabalho. Gostaria que fizesse parte da minha vida. Quero viver num mundo em que *aquele cara* seja comum. Quero dormir com *aquele cara*. Ele é a pessoa que invejo. E é por isso que estou tão mal. É por isso que estou aqui. Sei que é errado me sentir dessa forma, apesar de ser assim que me sinto."

O encontro durou cerca de uma hora. O grupo saiu todo de uma vez. Fiquei para trás, sem ser notado, meio perplexo com o que tinha ouvido. Nosso mundo está mesmo regredindo, Victoria. Olha o que a sociedade está fazendo: pegando as poucas pessoas que sabem como alcançar o sucesso e obrigando-as a se sentir mal por serem diferentes. Acho que se espera que todos sejam medíocres. Todos devem ser arrastados para o meio: derrubados do seu sucesso ou elevados de sua ineficiência autoimposta. Aquelas pessoas não precisavam de um grupo de apoio. Precisavam de alguém que lhes dissesse que não havia nada de errado com elas. Precisavam de alguém que lhes dissesse que a moralidade que tinham sido forçadas a aceitar é forjada e falsa. E que sua culpa é apenas uma punição por não serem fracassadas. Victoria, sabe quem foi o presidente mais inteligente do século XX? Sabe quem foi o maior intelectual do século XX? Nixon. Os historiadores bipartidários concordam de maneira unânime que foi Richard Nixon. Bill Clinton foi provavelmente o segundo. Ele ganhou uma bolsa para estudar em Oxford. Isso significa que os dois presidentes mais inteligentes do século XX foram o único forçado a renunciar e o único que virou alvo de *impeachment*. É assim que funciona. Sabe a adolescente? A que espalhou o boato das lésbicas? Ela poderia ser presidente. Tem potencial para ser presidente. Tem a inteligência e a coragem. Mas isso nunca vai acontecer. O mundo vai tratar de convencê-la de que é melhor perder, pelo menos metade das vezes, porque os fracassados despertam simpatia. Essa é a ideia. *Fracassados coitadinhos.*

Vou lhe contar uma coisa, Vicky: às vezes é assustador ver as coisas como elas são de verdade. Tenho vontade de sair correndo. Sei que nunca vou receber o crédito devido pelas coisas que fiz e pelas verdades que aprendi. Nós dois sabemos que não vou receber. As pessoas querem o Papai Noel, e eu não sou o Papai Noel. Estou mais para o cara que inventou o maldito trenó mágico. Sou o cara que faz as coisas impossíveis que precisam ser feitas, para que todas as pessoas normais possam dormir em paz.

[Um comentário pessoal]

Embora eu relute em discutir minha vida pessoal (mesmo quando existe uma interseção inevitável com o tempo que passei ao lado de Y____), preciso relatar alguns detalhes pertinentes sobre o que se passava comigo nesse período específico, apenas para garantir a devida transparência.

Serei breve.

Como disse antes, eu não havia contado a ninguém, nem ao meu marido, sobre o que estava acontecendo com Y____. Menti até para a minha terapeuta de muito tempo (a previamente mencionada dra. Dolanagra). Aleguei a ela que Y____ havia encerrado o tratamento em maio, sem dar explicações. Isso exigiu uma rede ainda mais complexa de mentiras. Passei a ter de inventar uma história por semana sobre o que supostamente ocorria na minha vida cotidiana para a dra. Dolanagra. No início, tentei fazer as habituais reclamações relacionadas ao casamento, mas isso me deixava mais chateada do que já estava. Depois tentei falar da minha infância, mas não conseguia identificar nenhum conflito (na comparação com a maioria, minha adolescência foi livre de adversidades). Por fim, inventei uma situação dramática envolvendo uma estudante fictícia a quem eu estaria dando conselhos e que andava pensando em fazer um aborto (criei uma "adolescente problemática" juntando partes de várias ex-pacientes e adicionei alguns elementos que me lembrava de *O preço de uma escolha* — batizei a garota de "Joan" e me concentrei nas implicações políticas de seu drama). Para minha surpresa, a dra. Dolanagra ficou totalmente desnorteada... até hoje me pergunta como Joan está se saindo. Acho que eu poderia dar aulas de improvisação.

Foi mais difícil enganar meu marido. Ele sentia que havia algo estranho sendo escondido; nossas interações agora eram marcadas por longos períodos de um silêncio nada natural. Desde 9 de maio eu era uma pessoa diferente. Passava mais tempo sozinha e só ia dormir duas horas depois de John ter caído no sono. Saí do clube de leitura. Parei de acompanhar o noticiário e passei a evitar os telefonemas. Tudo fora da esfera da minha imaginação parecia sem graça. O mundo dentro da minha cabeça era muito mais emocionante do que o mundo em que eu tinha de viver. Comecei a passar dias inteiros sem manter contato com ninguém. Caminhava em torno do lago na avenida do Congresso para observar os morcegos. Toda noite, milhares de morcegos mexicanos alçam voo saindo de baixo da ponte, encobrindo o céu como uma espécie de manto ondulante. Três mil morcegos se transformando num único supermorcego de proporções gigantescas, uma criatura celestial comedora de mosquitos. Fazia isso sempre ao anoitecer, dia após dia. Era uma desculpa para ficar sozinha e uma oportunidade para pensar em Y____. Ele havia se tornado o centro da minha vida profissional (e, em consequência, de toda a minha vida).

Nas semanas que se seguiram ao nosso encontro diante do Caribou Coffee, passei a questionar meus sentimentos em relação a Y____. Comecei a me perguntar se não estava ficando muito interessada por suas histórias (e se isso prejudicava minha capacidade de trabalhar com outros pacientes e de me comunicar com as pessoas). Quando nos encontramos, em 20 de junho, esperei para ver se ele ia voltar formalmente às questões "inapropriadas" que tínhamos discutido sem compromisso. Transferi para Y____ a responsabilidade de trazer o assunto à tona. Ao ver que ele me ignorava por completo, decidi que era hora de contar a John tudo o que estava acontecendo. Esconder essas informações parecia pior do que qualquer coisa que eu tivesse feito até então. Além disso, precisava saber se tudo aquilo era real. Será que eu estava perdendo a cabeça? Sabia que, se estivesse, John me diria com todas as letras. Ele não sentia nenhum constrangimento em me chamar de maluca.

Quando disse a John que precisava conversar com ele e que era melhor que se sentasse, sua reação inicial foi ao mesmo tempo insensível e previsível:

— Está tendo um caso? — perguntou sem se abalar.

Respondi que não.

— Está doente? — foi a segunda tentativa. — Está com alguma doença?

Mais uma vez, respondi que não.

— Nunca vai conseguir adivinhar o que vou contar — garanti. — Pode parar de tentar. Mas, não importa como vai reagir, saiba que essa informação deve permanecer apenas entre nós.

Contei quase tudo a ele.

Contei como minha relação com Y____ tinha começado e qual tinha sido minha suspeita inicial a respeito do problema dele. Contei sobre nossa primeira interação cara a cara. Naturalmente, a maior parte do que lhe contei estava relacionada à experiência de 9 de maio, e falar sobre aquilo em voz alta foi um alívio. Era como tirar um peso das minhas costas. Narrei cada detalhe de que consegui me lembrar sobre aquela manhã. No fim do relato, eu praticamente tremia.

Esperava que John não acreditasse na minha história, da mesma forma que eu em nenhum momento havia acreditado em Y____, até ele provar o contrário. Para minha surpresa, John não pareceu descrente (talvez estivesse, mas o fato é que isso não transparecia). Também esperava que ele tivesse milhões de perguntas, mas foram poucas.

— Então ele não é transparente? É isso mesmo? Ele pode ficar invisível, ou praticamente invisível, mas não é *transparente*. Certo? Quando ele come, não dá para ver a comida descendo pela garganta invisível e se acomodando em seu estômago invisível. Não dá para ver através da sua pele invisível. Entendi direito?

Respondi que a descrição era correta. Voltei a falar sobre como Y____ ficava irritado sempre que alguém se referia a ele como um homem invisível. Estranhamente (ou talvez previsivelmente), John se identificou com aquele sentimento.

— Existe alguma chance de isso não passar de algum tipo de fraude? — perguntou em seguida.

Eu disse que não podia *provar* que não se tratava de uma fraude, mas ressaltei que tinha 99,9 por cento de certeza de que Y____ era mesmo a pessoa que alegava ser. Eu havia não o visto com meus próprios olhos.

Foi a terceira pergunta de John que me pegou desprevenida.

— Afinal, quem é essa pessoa?

Disse a John que não tinha entendido a pergunta.

— Hoje em dia, ninguém consegue simplesmente virar um homem invisível — explicou ele. — Não sei se já foi possível, mas hoje certamente não é. Vivemos num pesadelo burocrático. Quer dizer, sabe se ele tem residência fixa? As pessoas não podem mais desaparecer de uma hora para outra. Ele tem um número de seguro social? Paga impostos? Simulou a própria morte? O que aparece quando você digita o nome dele no Google? É possível, pelo menos, checar seu histórico acadêmico ou seu trabalho no Havaí? Essa informação deve estar disponível na internet. Não estou certo? Claro que estou. Quem é essa pessoa? *Sério*, quem é essa pessoa?

Respondi a John que não possuía as respostas para nenhuma daquelas perguntas. Contei que nossa relação não tinha como foco aquele tipo específico de informação e que ele nem sequer havia preenchido o formulário do plano de saúde. Lembrei-o de que não sou da polícia e de que Y____ me procurou em busca de ajuda. Disse que todos aqueles detalhes técnicos, numa perspectiva maior, eram irrelevantes, principalmente quando comparados à experiência de estar numa sala com uma pessoa que não se pode ver. Acima de tudo, fiquei incomodada com a postura pouco solidária de John. Fiquei incomodada com ele. Por que minhas angústias pessoais não mereciam sua preocupação? Nunca vou entender por que sua reação imediata é sempre de fazer mais perguntas. É como se ele não fosse capaz de pensar sobre os problemas de nenhuma outra maneira.

— Você precisa se perguntar a respeito dessas coisas — disse John. — Se tudo o que está dizendo é verdade... e não tenho nenhuma razão para duvidar, já que você não é uma pessoa de ficar contando histórias... então é necessário que reconheça a importância da situação em que está metida. Não é verdade? É uma coisa incrível. É uma realidade totalmente inédita. Você é a confidente emocional de um *fenômeno*. Isso precisa ser investigado. Tem a responsabilidade cívica de investigar isso. Não estou certo? Claro que estou.

Discordei de John, pelo menos no início. Argumentei que minha responsabilidade primordial era em relação ao paciente e que eu não tratava clientes interessantes melhor ou pior que clientes desinteressantes (era mentira, mas foi o que eu disse). John parecia não estar preocupado com a razão de eu lhe contar a história de Y____. Ele nunca tenta ver as coisas da minha perspectiva. Não tem essa capacidade.

— Está raciocinando errado — disse ele. — Você é uma mulher inteligente, mas não está sendo inteligente agora. Não me entenda mal, mas é verdade. Está ignorando o óbvio. Não estamos falando de uma situação normal. Este é um caso único. As regras habituais não se aplicam. Preciso defender firmemente que você investigue quem ele é e o que está tentando de fato fazer. Pense bem. Esse cara não está participando das sessões por motivos convencionais. Não é verdade? Ao que parece, ele não está atrás de você nem mesmo pelas razões que ele próprio alega. Não é? Não é verdade? Você não está lidando com esse caso da maneira correta.

Eu estava chocada com a acusação. Era condizente com a personalidade de John, mas ele nunca tinha questionado minha capacidade profissional de um modo tão direto. Aquilo transformou nossa conversa numa discussão de proporções muito maiores, em grande parte atrapalhada por questões sem qualquer tipo de relação com Y____: a relutância de John em levar minha carreira a sério; nossa decisão malresolvida de não ter filhos; a forma como a diferença de idade e a questão racial entre nós criavam um desequilíbrio no nosso casamento (John é 13 anos mais velho do que eu e negro); seu ar quase sempre de superioridade diante de quase todos que conhecemos (principalmente os meus amigos mais próximos); e um monte de reclamações e acusações de que nem consigo me lembrar. Brigamos a noite inteira e, embora ambos tenhamos pedido desculpas na manhã seguinte, aquilo produziu uma tensão que não existia em nosso relacionamento. Aquilo deu início, seguramente, à fase mais problemática do nosso já problemático casamento.

Quando ficamos noivos, eu sabia que éramos pessoas muito diferentes. Cheguei a falar sobre isso no nosso casamento; todo mundo fez as gracinhas previsíveis sobre como "os opostos se atraem" e brindaram a nós. No entanto, nos revelamos incrivelmente parecidos, pelo menos em aspectos sem a menor importância. Eu estava errada em relação a pequenas diferenças que imaginava poderem se tornar causa de atrito. Nossas visões políticas eram divergentes, mas nossa percepção fundamental de justiça era a mesma; gostávamos de livros e filmes diferentes, mas tínhamos ideias semelhantes em relação ao que tornava um livro ou um filme bom; e, apesar de virmos de lugares distintos, compartilhávamos o mesmo entendimento de como nossa criação havia nos moldado. Assim, no dia a dia, nosso casamento tem sido mais tranquilo do que jamais imaginei. Contudo, uma coisa de que não me dei conta no dia do meu casamento — e que John continua negando, até hoje, mesmo depois de tudo o que aconteceu — é que somos profundamente diferentes num aspecto: não há nada mais importante para mim do que os sentimentos dos outros, enquanto John não liga a mínima para isso. Ou para ser mais clara: não há nada mais importante para mim do que como as pessoas (e principalmente John) se sentem em relação às suas vidas e não há nada que desperte menos o interesse de John do que como as pessoas (eu inclusa) se sentem em relação a qualquer coisa que não lhe diga respeito diretamente. Não tem nada a ver com o meu amor, ou o amor dele, ou com amor em geral, ou com níveis de amor. São só o meu jeito de ser e o jeito dele de ser. Todos os meus amigos percebiam isso quando ainda éramos namorados. Mas eu não percebia. E ninguém me contou.

Levei um tempo para aceitar isso. Talvez ainda esteja tentando.

Estou relatando essas coisas não para constranger John, ou a mim mesma, nem por sentir qualquer necessidade de tornar pública a minha vida. Estou relatando essas coisas porque elas tiveram impacto no que viria a acontecer depois.

Pseudo-historiografia

[O que se segue é um trecho do encontro de 27 de junho. No início, a sessão se arrastava, com Y____ parecendo menos falante que de hábito. Aproveitando uma pausa na conversa, perguntei a Y____ algo que me deixava curiosa: o que, exatamente, ele acreditava estar aprendendo com suas observações, já que se mostrava sempre tão convicto do componente pedagógico de sua invisibilidade? Em outras palavras, tirando alegadas revelações científicas, o que ele estava aprendendo pessoalmente sobre si? Ele imediatamente se ressabiou ao ouvir a pergunta e se transformou no Personagem Y____, iniciando um discurso em seu estilo afetado e de autoexaltação. Ao ler a transcrição agora, a fala me soa bastante ensaiada, além de não passar nem perto de responder à minha pergunta. No entanto, se o discurso seguia um roteiro (sem qualquer relação com a pergunta), por que ele esperou para usá-lo justamente no momento em que apresentei minha pergunta?]

Pessoas que moravam juntas produziam situações estranhas. Isso se tornava um problema sempre que eu tentava observar alguém de vinte e poucos anos. Depois de selecionar um alvo, eu passava a segui-lo em sua vida privada, apenas para descobrir que ele não morava sozinho. E, então, mergulhava numa experiência claustrofóbica, com duas, três ou quatro pessoas interagindo num pequeno ambiente fechado. Era tudo formal e completamente falso. Além disso, as chances de ser descoberto cresciam significativamente. Com uma pessoa sozinha, há margem para erro.

Há margem para mais erros do que se deve cometer. Você pode espirrar, e a pessoa vai ouvir seu espirro, e você vai ver a pessoa ouvindo seu espirro. Vai ficar completamente claro que ela ouviu um barulho inexplicável. Ela vai se agitar e dar uma olhada ao redor. Vai dar uma geral no ambiente. Mas para por aí: ela percebe algo e depois volta ao que quer que estivesse fazendo antes. Pensa que estava apenas ouvindo coisas. Volta a um estado de não percepção. Agora, quando há duas pessoas no lugar, qualquer barulho é implacável. Se você espirra, a dupla se entreolha e se pergunta silenciosamente: "Ouviu isso?" E aí começam a pensar nisso. As pessoas confiam nos amigos mais do que em si mesmas. Foi algo em que reparei desde o início. Você poderia imaginar que isso as deixaria mais seguras, mas não. O efeito é o oposto: a confiança incondicional destrói relacionamentos. Duas pessoas, ao se conhecerem, são estranhos de mente aberta. À medida que passam a gostar uma da outra, tornam-se mais próximas. Se sentem bem com isso. Baixam a guarda. Em algum momento, esses dois estranhos se tornam amigos. Contudo, quando essa barreira da desconfiança é retirada, um começa a perceber quem o outro é de verdade, e então tem início o rancor. Eles acabam se sentindo mais distantes como amigos do que eram como estranhos. Já vi isso ocorrer milhões de vezes.

Mesmo assim, tenho de ser honesto: às vezes eu gostava de observar colegas de quarto, mesmo quando contradiziam minha premissa. Passei tanto tempo observando pessoas solitárias sem nada para fazer que a dinâmica de grupo representava uma boa mudança de ritmo. Dito isso, é meio surpreendente constatar a raridade das conversas entre pessoas que moram na mesma casa. Principalmente entre homens. Homens conseguem passar cinco horas trancados no mesmo espaço sem dizer uma palavra. Tendem a ter zero interesse pela vida do outro. Já as mulheres conversam sobre o que está passando na TV, sobre namorados e namorado em potencial, sobre as diversas preocupações em relação ao corte de cabelo. É perturbador verificar como os estereótipos de gênero tendem a ser precisos. Eles se autoperpetuam. Nos esforçamos tanto para questionar os estereótipos de gênero e apontar os equívocos desses clichês e, no fim, isso só serve para mostrar como esses sentimentos são perenes. Argumentar que são falsos, na prática, chama mais atenção para a sua verdade. Sabe, é só observar um marido discutindo com a mulher sobre algo insignificante. Ouça o que eles estão dizendo e depois veja como as emoções residuais se manifestam quando a briga acaba. É um lugar-comum tão previsível que ninguém teria coragem de recriar essa situação num filme. A cena seria ridicularizada pela crítica. O cineasta acabaria tachado de medíocre por nem sequer tentar fazer algo novo. É por isso que os filmes têm muito menos valor do que pensamos... os filmes não podem mostrar a realidade porque representações honestas da realidade ofendem as pessoas inteligentes.

A realidade a que tive acesso não era uma "realidade de cinema". A realidade a que tive acesso era só a realidade, sem aspas. Quer saber o que aprendi de verdade? Aprendi que as pessoas não consideram o tempo que passam sozinhas como parte de suas vidas. Estar sozinho é só um momento de isolamento do qual elas querem fugir. Vi muita gente tomando vinho, muita gente usando drogas compulsivamente, muita gente dormindo com a TV ligada. Era algo menos festivo do que eu havia imaginado. Sempre achei que me sentia mais vivo quando estava totalmente sozinho, porque esses eram os únicos momentos em que podia viver sem medo de ter minhas ações examinadas e interpretadas. O que acabei descobrindo foi que as pessoas *precisam* que suas ações sejam examinadas e interpretadas, para acreditar que o que fazem tem importância. Momentos reservados e solitários são como o piloto de uma série que acaba nunca indo ao ar; simplesmente não contam. Acho que isso explica o desejo inevitável de casar e ter filhos e até a necessidade de se sentir popular e respeitado. Somos autocondicionados a querer uma audiência, ainda que não estejamos fazendo nada de relevante ou interessante. Tenho certeza de que isso começou nos anos 1970. Tenho certeza. Acho que os americanos começaram a criar seus filhos com a percepção implícita de que *precisavam* lhes dizer: "Você é incrível, pode fazer qualquer coisa que quiser, é uma pessoa especial." Acreditavam que seriam maus pais se não fizessem isso. Sentiam-se responsáveis por oferecer um apoio emocional incondicional. No entanto, se você parar para pensar, esse apoio emocional só se aplica à experiência de viver em público. Não temos como quantificar conceitos como "incrível" ou "bem-sucedido" ou "adorável" sem a reação de uma plateia. Ninguém fica sentado, sozinho numa sala, e pensa: "Eu sou incrível." É impossível imaginar como isso poderia funcionar. Mas ser "incrível" deveria representar o sentido da vida. Como resultado, os períodos que as pessoas passam sozinhas se tornam experiências sem significado que não valem para nada. Servem só para passar o tempo. São as cenas excluídas do filme.

De vez em quando, eu me deparava com alguém que ficava realmente feliz quando estava sozinho. Era uma cena de certa forma bonita, mas que também me confundia. Sabe quem parecia mais feliz sozinho? Os consumidores. Não eram as pessoas que liam os melhores livros ou que tinham mais hobbies. Eram as pessoas que compravam mais porcarias. Sei que existe uma imagem no nosso inconsciente coletivo de um milionário deprimido numa torre de marfim, se embebedando com uma garrafa de vinho de 4 mil dólares, tentando comprar um trenó que marcou sua infância, na esperança de sentir algo real. Mas isso é uma mentira. Na verdade, esse milionário solitário é muito mais feliz que um pobre solitário. Não dá nem para comparar. E a explicação é óbvia: os homens ricos podem comprar coisas, e essas coisas tiram sua atenção da solidão. Os ricos podem viajar de férias. E isso nem é tão essencial para a felicidade cotidiana quanto o processo de *planejar* todas as férias que serão desfrutadas no futuro. Eles têm móveis mais confortáveis e TVs melhores, e são esses objetos que formam o santuário do homem solitário. Não precisam cozinhar, de forma que, quando cozinham, fica claro que se trata de uma atividade espontânea e exótica. Já os pobres odeiam cozinhar — é só mais uma tarefa de que precisam cuidar ao chegar em casa do trabalho que odeiam. Os abastados adoram cozinhar. Eles se sentem capazes e com os pés no chão. Obviamente, as pessoas ricas não gostam de fazer faxina, por isso contratam empregadas para cuidar disso. Essa é outra coisa que separa os felizes dos infelizes — a limpeza da casa e o esforço despendido para mantê-la dessa forma. Vi muitas pessoas ricas chegarem a uma casa imaculada sem terem contribuído em nada para isso — a criadagem havia cuidado de tudo durante sua ausência. Dá para notar a satisfação em seus rostos quando abrem a porta e sentem aquele cheiro perfumado. Esse cheiro os lembra de que são ricos. E, nesse ponto, tudo remonta à questão da criação. É a minha teoria. O erro fundamental cometido pelos pais é dizer às crianças que ganhar dinheiro não é tão importante quanto ser feliz, como se as duas coisas fossem, de alguma forma, contrárias ou desconectadas. Os filmes e os programas de TV perpetuam esse sentimento porque ele possibilita tramas contraintuitivas e finais mais felizes. O que os pais *deveriam* dizer aos filhos é que as duas coisas *estão* relacionadas. Deveriam dizer que a maneira mais fácil de ser feliz é ganhando um caminhão de dinheiro. Se o dinheiro não garante felicidade, a pobreza não chega nem perto disso. Claro, muitas pessoas ricas são infelizes. Mas, às vezes, elas nem se dão conta de como são infelizes porque estão muito ocupadas fazendo compras on-line. Estão muito ocupadas tentando melhorar uma receita de paella. E também é *possível* comprar o amor. Não completamente, mas em parte. É possível, e nunca se deixe convencer do contrário.

Os caras pesados

[Este foi o ponto da virada. Desde o momento em que Y____ entrou na sala, nossa sessão de 11 de julho foi instável (não havíamos nos encontrado em 4 de julho por causa do feriado). Nada estava sendo fácil. Y____ se sentou, se levantou, se sentou de novo, se levantou de novo, andou pelo consultório e contou algumas histórias nada pessoais que me pareceram irrelevantes e fora de propósito. Ele estava agitado. Começava uma história, depois parava e a toda hora se repreendia por estar desperdiçando meu tempo. Era uma coisa incomum: Y____ raramente se preocupava com meu tempo. Me perguntei se ele teria consumido alguma espécie de estimulante naquela manhã. Seu comportamento sugeria isso. Passados uns 12 minutos de sessão, ele voltou a se sentar, respirou fundo e mudou completamente de atitude. Começou a contar outro tipo de história. Seu tom era suave, mas os detalhes eram contados com intensidade. Levou quase duas horas, mas preferi não interromper.

A forma como Y____ contou esta história não foi nem de perto cronológica. Ele iniciou pelo meio e foi oferecendo a contextualização pontualmente, em alguns casos repetindo uma informação várias vezes, desvirtuando seu próprio padrão de fala. Com o propósito de garantir maior clareza, reorganizei a história numa narrativa linear e excluí lacunas e repetições. O horário preciso de cada informação encontra-se entre parênteses. Ao lado, apresento a sequência em que foi relatada originalmente.]

1 Venho querendo discutir isso com você há algum tempo. Das coisas que me incomodam, é isso o que me incomoda mais. Quer dizer, sei que o que houve não foi por minha culpa, menos ainda do que no caso Valerie, mas isso não sai da minha cabeça. Diferentemente do caso Valerie, essa experiência só teve resultados negativos. Se eu pudesse voltar atrás, acho que voltaria. Na verdade, tenho certeza. **(12h40 [29])**

2 Viajar de avião havia se tornado muito arriscado. Eu já tinha passado por um aperto. Entrei de fininho num voo da American Airlines para Boston — foram duas vezes —, e tudo começou a dar errado. Houve um momento em que achei que fosse ocorrer um confronto físico dentro do avião porque uma comissária sabia que algo incomum estava acontecendo ali. Posso dizer exatamente o que ela estava pensando: "Tem um terrorista escondido na fuselagem." Dava para ver em seu rosto. Ela tinha sido treinada para pensar exatamente aquilo. Minha única opção era engatinhar até a última fileira e esperar. Foram duas horas terríveis. Depois desse episódio, passei a ir a todos os lugares de carro, mas isso teve um impacto no processo. Meu meio de transporte ditava indiretamente quem eu observava. As amostras ficaram contaminadas porque comecei a dirigir a lugares aonde já havia ido. Resolvi que uma estratégia melhor seria pegar carona com pessoas de passagem por Austin, escolhidas ao acaso. Parecia mais equilibrado. Era como eu pensava na época. **(11h14 [1])**

3 Você liga para música? Você liga *minimamente* para música? Pelo menos lê o caderno de cultura do jornal? Costuma dar uma olhada na programação musical? Bem, mesmo que não costume, deve saber a respeito do festival de música que acontece aqui em março. É impossível morar aqui e não saber disso. Não há como ignorar. Por isso, vou partir do pressuposto de que sabe do que estou falando. Sei que, como moradora, você deve ficar incomodada. Eu ficava. Mas se trata de um ótimo fim de semana para os meus objetivos, porque pegar carona com alguém se torna superfácil. Durante um fim de semana, todos os anos, a cidade é invadida por centenas de furgões e caminhonetes, que estacionam no centro, cheios de equipamentos — guitarras, baterias, amplificadores, tudo. E, como as bandas tendem a fazer três ou quatro apresentações no fim de semana, os furgões são carregados e descarregados a todo instante. Simplesmente fico perambulando pela rua seis no domingo à noite e entro escondido na parte de trás de um furgão fedido qualquer. Quando era um furgão caindo aos pedaços, eu já sabia que o pessoal da banda não tinha dinheiro. E se a banda não tinha dinheiro, eu já sabia que eles iam embora na mesma noite, porque todos os hotéis de Austin jogam os preços dos quartos lá para cima durante o festival. Na segunda-feira, invariavelmente, eu estava num lugar diferente. (11h23 [4])

4 Há um clube na rua Red River que se chama Red Eyed Fly. Sabe? Fica na Red River com a rua oito. É um péssimo nome para um bar. Não consigo entender qual é a relação. Mas isso não importa. Havia quatro bandas tocando lá no domingo. Uma se chamava Suicide by Antelope. Uma era a Something-Somebody-Somewhere Blues Band, ou algo parecido. Não consigo lembrar o nome da terceira. Claro que não assisti ao show de nenhuma dessas bandas. Só estou tentando me lembrar do que estava no letreiro. Além disso, a única banda que interessava era a quarta, por ter carregado o equipamento por último. O nome era Jooky MaGoo. Eu me lembro porque havia adesivos vermelhos e brancos com a inscrição JOOKY em todas as guitarras. (11h20 [3])

5 Os integrantes da Jooky MaGoo, por alguma razão, não viajavam no furgão do grupo. Eram três palhaços magricelos e uma mulher gostosa que iam num carro azul-piscina. O furgão era levado por

dois *roadies*, um de uns 20 anos e outro que talvez já estivesse nos 40. Foi com eles que peguei carona. Seguimos sem parar na direção norte, pela I-35, por quase 19 horas. A jornada transcorreu num silêncio sepulcral. Acho que os dois caras não pronunciaram mais do que 15 palavras durante toda a viagem, e o furgão não tinha rádio. Essa era provavelmente a razão de a banda seguir num carro separado. Quase pulei fora algumas vezes, quando eles paravam para encher o tanque, mas queria seguir com meu plano. Parecia um plano muito bom. Já no fim da noite de segunda, chegamos à periferia de Minneapolis. Depois de ficar sentado numa caixa de som por 19 horas, era bom estar em algum lugar. Mas eu não estava preparado para a temperatura. Não havia previsto que ainda estaria gelado em março e, por isso, não tinha me vestido adequadamente. Caminhar seria um problema: meu traje não funciona como corta-vento. Decidi continuar dentro do furgão. O *roadie* mais novo parou para deixar o mais velho numa casa de subúrbio e disse:

— Cara, valeu pela ajuda.

Essa era a intimidade entre eles — não faço ideia de como acabaram trabalhando juntos. Eles mal pareciam se conhecer. O mais velho entrou em casa e o mais novo foi embora, levando o equipamento — e a mim — para seu apartamento, no norte da cidade. Àquela altura já devia ser meia-noite. Lembro que passamos por uma rua chamada Hennepin e acho que também por um pequeno lago congelado. Estava muito escuro para ter certeza. Nada de lua. Acabamos na avenida Pleasant, que é um nome fácil de lembrar. Quando finalmente chegamos à casa do garoto, ele teve de carregar todo o equipamento por dois lanços de escada, sem ajuda alguma. Fui atrás dele e entrei pela porta da frente, tudo muito fácil. Ele deixava todo o material no meio da sala, o que não era bem um inconveniente, pois não havia muitos móveis no lugar. Ele morava num desses estúdios com muito espaço e aluguel barato que parecem existir apenas em bairros voltados para pessoas moderninhas. Havia um colchão no chão e um aparelho de som num canto. Um monte de caixas de som verticais da Bose. Nada nas paredes — nem mesmo tinta. Discos de vinil em caixotes espalhados. Muitos discos de vinil. Uma mesinha de café com tampo de vidro e nenhuma cadeira ou sofá. Estranhamente, havia uma sacola com tacos de golfe de segunda linha. O lugar parecia ao mesmo tempo um sótão e um porão. Depois que acabou de descarregar o equipamento, ele tirou a camiseta e os óculos, e desabou no colchão. Só foi acordar às três da tarde. Dormi por uma ou duas horas. Eu estava mentalmente esgotado **(11h33 [7])**

6 E esse garoto. Quero falar uma coisa sobre esse garoto. Seu nome era Dave. Ele sorria enquanto dormia. Essa é, e sempre será, sua característica mais marcante para mim. **(11h18 [2])**

7 Eu tinha quase certeza de que odiaria o garoto. Ele tinha o jeito de alguém que eu poderia odiar. Parecia alguém que se esforçava muito para ficar à toa. O fato de não haver falado uma única vez durante a viagem de 19 horas me fez achar que era um metido, um chato ou um drogado. Ou talvez os três. Mas, assim que ele acordou, na segunda-feira, tudo ficou diferente. Ele parecia extremamente delicado. Dobrou cuidadosamente a camiseta suja e a guardou numa caixa de papelão que usava como gaveta. Vestiu uma camisa que o deixava com aparência de caubói. Saiu do estúdio por um instante e atravessou o corredor para bater à porta do vizinho. Uma mulher jovem apareceu e imediatamente lhe entregou um gato gordo de pelos castanho-claros. Devia ser a babá do bichano. Ele voltou ao apartamento carregando o gato e conversou um pouco com a bola de pelos. Deve ter passado uns vinte minutos acariciando a cabeça daquele gato. Mexeu em suas orelhas, perguntou como tinha sido seu fim de semana e encheu uma vasilha de água para ele. Depois, ficou segurando o gato diante da janela para que ele pudesse ver o lado de fora. Era um relacionamento muito sério. (11h32 [6])

8 Por volta das cinco e meia, Dave pega o celular e liga para a namorada. Fica claro que é a namorada porque ele a chama de "gatinha" quase tanto quanto de "Julie" e não demora para dizer que sente muito sua falta. E reitera esse sentimento toda vez que a conversa começa a perder o ritmo. Naturalmente, só consigo ouvir um lado do diálogo, mas a maior parte é rotina e fica fácil juntar as peças. *[Y____ põe a mão junto à orelha com o dedão e o mindinho esticados e os outros dobrados, encenando uma conversa telefônica.]* "Não acredite no pessoal do contra. Austin ainda tem presença." "Eles fizeram um show bom e três ruins." "Foi legal. Um monte de gente estava usando bermudas cáqui." "A melhor opção é o Iron Works." "Era para ele nos encontrar no show do Sword, mas estava bêbado demais." "Tina tomou conta do Murray para mim. Tina. Do apartamento da frente. A ruiva." Só coisas absolutamente normais, o tipo de coisa que qualquer um poderia dizer a uma namorada vivendo em outra cidade. Eles conversaram por uma hora. Ela falava mais. Houve apenas uma coisa que Dave disse no fim da ligação que me pareceu mais obscuro. *[Novamente, Y____ leva a mão à orelha, imitando um telefone.]*

— Eles são realmente uns caras pesados. São os caras mais pesados que já vi. — Ele continuou falando sobre isso, mas nada de muito diferente. Soava incrivelmente empolgado. — Eles vêm mesmo para cá hoje à noite... É isso aí... Eu sei, Julie! Mas... mas... exatamente. Quer dizer exatamente isso: eles são tão pesados. Nunca saí com esse tipo de pessoal. Eles são mais pesados que qualquer outra coisa. São os caras mais pesados que já conheci.

Ele não parava de repetir aquela expressão: caras pesados. Seria uma banda de metal pesado que ia tocar em seu modesto apartamento? Me deixei envolver por aquilo. Mentalmente, eu estava envolvido. (11h35 [8])

9 Sei o que está pensando, Vicky. O objetivo que me levou a me dedicar a esse projeto era poder observar pessoas quando estivessem sozinhas. Já repeti essa explicação inúmeras vezes. Mas, lembre-se, todas as regras de que lhe falei são regras minhas, criadas por mim, com meus próprios motivos. Posso desrespeitá-las na hora que quiser. Qualquer regra autoimposta pode ser suspensa sem maiores explicações. As pessoas se esquecem dessa possibilidade. E você também, Victoria. **(11h27 [5])**

10 Dave limpa seu apartamento, ou pelo menos limpa tudo o que pode vir a ser tocado. No banheiro, a situação é tão repugnante que não há salvação. Mas ele consegue deixar o resto do apartamento habitável e organizar metade dos discos espalhados. Ouve um piano de jazz enquanto faz a faxina — aquela música do Charlie Brown que deixa todo mundo alegre. Depois, sai por uns vinte minutos e volta com uma caixa de Guinness e outra de Bass. Lava seus copos de cerveja mais bacanas — e os maiores — e os seca com uma toalha. Conversa com o gato.

— Não deixa esses caras pesados te assustarem, Murray. Eles são apenas pesados.

O gato fica olhando para ele por um longo tempo. Parece um gato de comercial de ração. Um gato ator. Penso comigo mesmo: "Esse gato devia estar na TV." (11h37 [10])

11 Por volta das nove, um bando de homens começa a chegar ao apartamento, alguns sozinhos, outros acompanhados. E são *homens* pra valer. Todos têm em torno de 1,90 ou 1,95 de altura. A maioria pesa algo próximo a 130 quilos. Todos são barbados. Alguns têm rabo de cavalo. Três estão usando macacões e botas. De repente, o apartamento vazio de Dave não tem mais nenhum canto livre. Agora é um ambiente tomado por dez homens gigantes, sentados confortavelmente em amplificadores Marshall desligados, bebendo cerveja nos copos enormes de Dave. Havia ali duas toneladas de carne e osso — e cabelo. "Então era isso que Dave estava dizendo", pensei. "Eles são literalmente pessoas pesadas." Nessa hora, eles ligam o som, e percebo que só gostam de certos tipos de música. Na verdade, um único tipo. Tocam *Master of Reality*, do Black Sabbath. Tocam *Live Rust*, do Neil Young. Ouvem um monte de grupos de que ninguém conseguiria gostar... bandas com nomes monossilábicos como Sleep, Tool e Karp. Ouvem a música "I Want You (She's So Heavy)" duas vezes seguidas. Ouvem Electric Wizard e classificam todas as bandas influenciadas pelo Blue Cheer como "vendidas". E agora eu penso: "Foi *isso* o que ele quis dizer. É por *isso* que eles são pesados." Mas isso é só uma parte da história. Por volta das 21h45, os gorilas do acid rock começam a comer cogumelos. Punhados de cogumelos marrons secos alucinógenos. Eles oferecem a Dave, mas ele diz que "vai ficar na cerveja". Era uma loucura. Mas o que deixava a coisa ainda mais insana era que os cogumelos não pareciam surtir qualquer efeito. Nenhum deles estava viajando. Ou, pelo menos, não se comportavam como se estivessem viajando. Talvez os cogumelos não funcionassem. Isso é mais comum do que se pensa. O fato é que suas personalidades permaneciam inalteradas. Se eu não os tivesse visto comendo os cogumelos, nunca saberia que algo havia acontecido. A única coisa que mudou foi que eles começaram a falar

sobre um assunto. Então, finalmente, entendi o que Dave queria dizer. (11h42 [11])

12 Não sei se aquilo era uma organização, um clube ou só uma reunião de um grupo específico de amigos. Isso não estava claro. Em nenhum momento ficou bem-definido. Claramente, eles se conheciam, embora provavelmente não fossem muito íntimos, já que todos se cumprimentaram ao chegar e de novo ao ir embora. No entanto, qualquer que fosse a desculpa para reunir aqueles sujeitos, não passava disso — uma desculpa. Aqueles caras só queriam uma coisa: sentar em algum lugar e entrar num clima pesado. Eram as conversas mais pesadas possíveis, conduzidas pelos seres humanos mais pesados possíveis, mantidas nas circunstâncias mais pesadas possíveis. Eles só discutiam porcarias sombrias e pesadas. A viabilidade de um mundo sem moral. Justificativas éticas para a vingança. O conceito de genocídio como derivação necessária do darwinismo. Alguém fazia uma pergunta, outra pessoa respondia com uma pergunta diferente, e esta se transformava numa terceira pergunta. Era como ter aula de filosofia com um rebanho de minotauros. Eles debatiam educadamente, quase nunca se interrompendo e sempre cedendo em aspectos menores. Mas também se ofendiam, de maneira direta e sem pudores. "Isso é muito ingênuo", diziam entre si. "Suas colocações são divertidas, mas você pensa como se fosse uma criança." **(11h40 [9])**

13 Parte de mim quer chamar esses caras pesados de "brilhantes", mas não sei dizer se isso é verdade. Com certeza, todos liam muito, assim como todos tinham muitas opiniões. Porém, isso não é exatamente sinônimo de *inteligência*, entende? Há uma relação, mas não é a mesma coisa. Por exemplo, todos ali tinham propensão a acreditar em teorias da conspiração. Sempre que alguém começava a me impressionar, a conversa se desdobrava em algo estúpido. Numa hora, uma determinada música começou a tocar, e eles passaram a conversar sobre como eram as gravações na década de 1950. Um dos caras se mete a falar de Pro Tools e de tecnologia de estúdio; ele tem uma espécie de obsessão pelo fato de os produtores poderem cuidar da maior parte da edição apenas acompanhando as ondas sonoras num computador. Não parecia contra ou a favor disso — só achava aquela observação relevante e incrivelmente profunda.

—Agora medimos a qualidade do som por meios visuais — disse. — Isso significa que um produto destinado a atingir um sentido específico é desenvolvido com base em critérios medidos por outro sentido totalmente diferente. Significa que algo para os nossos *ouvidos* é criado pelos *olhos* de alguém. É um salto e tanto. Seria como se, de repente, descobrissem que a forma mais precisa de se avaliar a qualidade de um vinho fosse a sensação provocada pelo líquido ao ser esfregado entre os dedos, o que levaria todos os sommeliers do mundo a passar a usar as mãos, em vez de suas bocas e narizes. Avaliar um vinho se tornaria uma atividade tátil, exatamente como avaliar um som se tornou uma atividade óptica.

Quando ele fez essa comparação, fiquei impressionado; me parecia uma nova maneira de se pensar no som. Mas ele continuou falando, e sua lógica se tornou delirante. Ele falou e falou e falou, insistindo na existência de um imenso cofre subterrâneo na zona rural do Novo México, de propriedade da Igreja da Cientologia. Dentro desse cofre haveria uma picape à energia solar, com pictogramas explicando como ele funciona. Os pictogramas foram criados, aparentemente, para o caso de a linguagem escrita desaparecer com o tempo. O cara garante que o cofre foi construído como precaução, em caso de um holocausto nuclear, porque ninguém tem como saber o que vai acontecer à rede de distribuição de energia americana se detonarem um conjunto de artefatos nucleares ao nível do mar. A hipótese mais provável, ou a hipótese mais provável para *ele*, é a de que nossos discos rígidos vão pegar fogo espontaneamente, a internet vai entrar em colapso e todos os arquivos digitais existentes vão ser apagados ou automaticamente corrompidos. Portanto, quando a sociedade humana tentar se restabelecer num futuro distante, esse abrigo antibomba subterrâneo vai ser a única fonte de sons gravados. Os cientologistas vão ser donos do único aparelho não digital em funcionamento na Terra. Assim, os cientologistas vão controlar toda a música do mundo. O cara estava bem preocupado com isso. **(11h48 [12])**

14 Naturalmente, a pergunta na minha cabeça enquanto eu assistia a tudo isso — e provavelmente a pergunta na sua cabeça agora — era: "Por que essas pessoas estão no apartamento de Dave?" Dave era magro, não tinha jeito de filósofo, não falava muito, não representava, não botava banca e não se drogava. E parecia gostar do pianista Vince Guaraldi. Mas estava óbvio que *queria* a presença daqueles caras em seu apartamento; ele ouvia as conversas com um interesse autêntico. Era um ouvinte. Mexia muito a cabeça para demonstrar sua concordância. E ficava claro que tinha algum tipo de relação preexistente, fora daquele círculo, com Zug. Isso dava para perceber desde o início. Era Zug quem determinava as coisas. **(12h44 [30])**

15 Zug era uma espécie de líder. Digo que era "uma espécie" porque acredito que ele mesmo talvez não se definisse dessa maneira. E *tenho certeza* de que nenhum dos outros caras pesados se referia a ele assim. Mas, na prática, ele era o líder. Zug era o que mais falava e o mais disposto a mudar o rumo das conversas. Tinha lido mais que os outros, ou pelo menos se mostrava mais propenso a citar livros que teria lido. Era a maior pessoa no lugar, do ponto de vista físico, e era o mais peludo. Era o que consumia mais cogumelos. Zug era o mais pesado dos caras. (11h50 [14])

16 Eu não gostava da atitude de Zug em relação a Dave. Sempre que Dave tentava entrar na conversa, ele jogava a cabeça para trás e dava uma risada. Às vezes, surgia por cima de Dave e olhava fixamente para ele. Eles deviam gostar um do outro, de alguma forma, mas Zug menosprezava Dave. Era cruel com ele e sem motivo aparente. Você viu o filme *Os bons companheiros*? Lembra-se da cena em que o Joe Pesci atira no pé do garoto? Era bem parecido com isso. (12h46 [31])

17 Houve uma discussão. O que posso dizer? Foi uma discussão sem importância, mas na hora não me pareceu tão sem importância. E certamente não parece sem importância agora, à luz do que houve depois. (12h20 [22])

18 Era tarde. Já passava de uma da manhã. Eles conversavam sobre "culturas de honra" — sociedades em que tudo se baseia no status, apenas com uma noção coletiva e reconhecida de que qualquer tipo de ameaça ou ação negativa deve ser respondida imediatamente com violência. É assim que funciona na prisão, por exemplo, e, aparentemente, era assim também na Islândia, no século X. Não sei onde haviam aprendido aquelas coisas, mas todos pareciam deter um conhecimento absurdo sobre a Islândia do século X. O ponto principal, segundo Zug, é que nas culturas de honra há mais grandeza que nas culturas que não são de honra, por serem mais igualitárias, mais funcionais e, no fim das contas, até mais educadas. Se todos têm a possibilidade de se transformarem em justiceiros, todos se tornam iguais. Só pelo fato de não parar de franzir a testa e de balançar a cabeça, dava para perceber que Dave se incomodava com aquilo. Depois de cinco minutos ouvindo besteiras, ele finalmente interrompeu o discurso de Zug. Disse que o conceito soava ingênuo e anti-intelectual, que Zug parecia estar glamorizando um mundo primitivo que ele não gostaria de conhecer de verdade e que toda aquela teoria era basicamente uma forma complicada de afirmar: "Olho por olho, dente por dente." Bem, se qualquer pessoa tivesse feito esse comentário, creio que Zug reagiria de um modo civilizado. Mas, como veio de Dave, Zug começou a falar mais alto.

— Você não percebe que a frase 'olho por olho' é, de fato, um argumento pela restrição?

Dave respondeu que não queria perder tempo com semântica. Ele parecia nervoso, talvez até com medo. Zug prosseguiu:

— Olha, tenho certeza de que já leu os livros de William Henry Miller [sic][12] sobre esse assunto, não é mesmo?

Ele sabia perfeitamente que Dave não tinha qualquer razão para conhecer um acadêmico de quem ninguém havia ouvido falar. Assim, Dave disse que não sabia quem era aquela pessoa, o que imediatamente levou Zug a fazer uma cara de desdém. Dave comentou calmamente:

— Agora você só está querendo aparecer.

---

[12] Acredito que "Zug" estivesse tentando se referir a William Ian Miller, da Universidade de Michigan. Isso se considerarmos que Y____ contou a verdade sobre aquilo de que se lembrava.

E foi nessa hora que Zug começou a gritar. Ele perdeu toda a calma que talvez ainda tivesse.

— Você é um idiota. Vá se foder e deixe os adultos conversarem.

E outras coisas do gênero. Muito alto. Alto num nível constrangedor. Constrangedor mesmo. (12h23 [24])

19

Dave simplesmente ficou parado ouvindo. E aquilo não acabava nunca. (12h24 [25])

20

Alguém bateu à porta logo depois da gritaria. Era a ruiva do apartamento da frente. Dave abriu a porta. Todo mundo ficou em silêncio — aquele tipo de silêncio forçado que acontece quando a polícia aparece no meio de uma festa. Claro que ela queria saber a respeito da gritaria, ainda que não desse para ouvir o que ela estava dizendo. Dave finalmente voltou e avisou:

— Acho melhor vocês irem embora. Está mais tarde do que eu pensava.

Ninguém tentou argumentar. Os caras pesados desceram dos amplificadores e fizeram fila para sair. Ao se despedirem, apertavam a mão de Dave e diziam que tinha sido muito divertido. Todos saíram ao mesmo tempo. Menos Zug. Zug ficou. Ele foi até a geladeira e pegou outra cerveja. Ninguém achou aquela situação inusitada. Eu estranhei, mas fui o único. (12h27 [23])

21

Dave começou a arrumação do apartamento colocando os copos vazios na pia. Zug estava encostado na bancada da cozinha. Tinha espuma de cerveja no bigode.

Então ele diz:

— Foi mal ter gritado com você, D.

Dave responde alguma coisa mais ou menos assim:

— Só não consigo entender por que você faz isso.

Zug pede desculpas mais uma vez. Porém, logo em seguida, começa a passar um sermão em Dave.

— Você precisa ter ideias mais sofisticadas — insiste. Afirma que Dave não lê o suficiente e que os poucos livros que ele lê são superficiais, e que, às vezes, fica envergonhado com as coisas que Dave diz. Zug não grita, mas fala como se fosse um pai.

— Todas as suas opiniões são mero senso comum. Se não tem uma ideia original, é melhor ficar apenas ouvindo o que os outros têm a dizer.

Era um papo muito cruel e paternalista. Estarrecedor. Fiquei estarrecido. Mas Dave não pareceu dar importância nem respondeu. Ele agia como se estivesse mais preocupado em arrumar, ainda que contrariado, seu apartamento totalmente imundo. Por fim, Zug parou de falar. Tomou metade da sua cerveja num só gole. E então aconteceu uma coisa peculiar. Dave virou para ele e perguntou casualmente:

— Você vai passar a noite aqui?

Zug tomou mais um gole e respondeu:

— Vamos ver. **(12h31 [26])**

22

O que estava acontecendo ali? Não sei. Tenho uma suspeita, é claro, mas não creio que seja relevante. **(12h30 [27])**

23

Fiquei contrariado. Não gosto de admitir quando fico contrariado, mas foi assim que me senti. Ele era uma pessoa terrível. Me arrependo pelo que aconteceu, mas só em relação à última parte. Não me arrependo muito da primeira parte. Talvez um pouco, mas tenho dúvidas. Consigo perceber o absurdo no que houve depois. Reconheço a ironia da coisa. Provavelmente, não foi a pior coisa que já fiz na vida. (11h53 [13])

24 Zug caminha pelo apartamento, dando uma olhada nas guitarras enquanto termina sua bebida. Observo esse sujeito enorme, peludo e pesado, e sinto que simplesmente o odeio. Sou muito bom em julgar o caráter das pessoas. Todo mundo pensa isso de si mesmo, mas no meu caso é verdade. Sou diferente. Zug era um covarde. Não estava fazendo nada pelo bem do mundo, nem produzindo nada de relevante. Era apenas um cretino bem-educado tirando vantagem de pessoas como Dave, provavelmente se aproveitando de um modo perverso de suas várias fragilidades psicológicas. Eu só pensava em como Zug tinha feito todo aquele discurso furado sobre a nobreza das culturas de honra e como tudo havia se tornado tão óbvio. Algumas vezes é errado permitir que as pessoas saiam impunes com esse tipo comportamento. (11h56 [16])

25 Eu só pretendia dar um belo susto nele. Minha intenção era exclusivamente essa. Achei que pudesse apenas assustá-lo, brincar com sua cabeça, perturbar sua realidade, deixá-lo numa posição de submissão. Estava saindo do meu papel ao fazer isso? Sim. Mas era pelo Dave. Dave merecia minha ajuda. (11h55 [15])

26 Não pensei muito antes de agir. Era apenas uma reação correta ao que estava acontecendo naquele momento. Então, Dave entra no banheiro e fecha a porta. Vejo a luz passando pela fresta e ouço o exaustor funcionando. A essa altura, já tenho um plano: vou me aproximar de Zug, dar um cutucão bem no seu peito e dizer que ele é um covarde. Vou dizer que ele é uma fraude e que todos que ele conhece são uma fraude e que tudo em que ele acredita a respeito do mundo está errado. Quero que ele, no mínimo, ache que está no meio de uma viagem muito alucinada. Depois vou simplesmente sair pela porta e passar a noite no corredor. Ele vai surtar. Era isso o que eu esperava. (12h50 [32])

27

Certo, já entendi. Já entendi. Você ainda não conseguiu captar a coisa. Vou tentar simplificar a situação. Dave continua no banheiro. Ele está dando um jeito lá dentro. É nojento. Zug está de pé, parado, no meio da sala, olhando para a cozinha. Sua posição me parece perfeita. Me aproximo até ficar bem de cara para ele. Sei que não consegue me ver — e, mesmo que pudesse, estamos falando de um sujeito que consumiu provavelmente umas dez ou doze cervejas e uma tonelada de psicotrópicos. Penso em várias coisas brilhantes para dizer, mas não digo nenhuma delas. Fico engasgado. Tudo o que consigo dizer é:

— Vá se foder, meu irmão.

Bem rápido, quase como se fosse uma única palavra. E dou uma cutucada no meio do seu tórax. Bem forte. Dou uma cutucada bem forte no seu tórax. Mas, sabe como é, foi só uma cutucada, e ele era um homem imenso. Numa situação normal, acho que não conseguiria derrubá-lo nem com um soco no meio da cara. No entanto, a cutucada o deixou *realmente* espantado. Ele ficou totalmente surpreso com aquilo. Uma expressão muito engraçada tomou conta de seu rosto, como se tivesse acabado de se lembrar de algo terrível. Abriu os braços. Seus olhos pareciam as rodas de uma bicicleta. Ele tentou recuar e caiu. Caiu de costas e rápido. E aquela cabeça de merda bateu em cheio naquela porcaria de mesa. Seu crânio atravessou o tampo da mesa como uma bala de canhão. O vidro se quebrou em um milhão de pedaços. Minha primeira reação foi pensar: "Isso não é nada bom." Então, vi o sangue. Estava jorrando de trás de sua cabeça. Parecia uma bomba pneumática. Uma poça se formava sob seu pescoço, se espalhando pelo chão em todas as direções, se entranhando em sua barba. Seu cabelo lembrava uma esponja vermelha. Meu segundo pensamento foi: "Não há como ficar pior." (12h39 [28])

28 Sua cabeça bateu numa das pernas de metal da mesa, o que provocou uma perfuração do crânio. Abriu um buraco do diâmetro de uma bola de golfe. Essa foi a descrição exata publicada pelo jornal *Pioneer Press* — o repórter fez um relato exageradamente pormenorizado, quase como se sentisse prazer em expor todos os detalhes. Você pode ler por si mesma. Os detalhes estão na internet, se tiver curiosidade. O arquivo do jornal é gratuito. Parece que o nome verdadeiro de Zug era Marion. O mesmo nome do John Wayne! (11h59 [17])

29 As lembranças são bem vívidas. Vívidas, vívidas, vívidas. Basta fechar os olhos para tudo voltar a acontecer. Ouço o barulho da descarga, e Dave sai correndo do banheiro, sem afivelar o cinto. Ele não grita. Diz apenas:

— Meu Deus!

Tenta ajudar Zug, mas o que ele pode fazer? Suja as mãos de sangue, suja a camisa de sangue, suja a calça de sangue. Agora, a sala se resume a sangue e amplificadores. Parece um ensaio fotográfico da revista *Vice*. Dave procura seu celular freneticamente. Liga para a polícia e explica a situação da forma mais clara que consegue. Na verdade, sua explicação é bem calma. Sua voz está totalmente serena. Depois, aquilo voltaria para assombrá-lo. Sei que repetiram a ligação diante do júri numa tentativa de retratá-lo como uma pessoa insensível. (12h10 [19])

30 Foram 15 minutos muito estranhos à espera da polícia. Dave ficou simplesmente parado ao lado do corpo de Zug, meio que abraçando a si mesmo. Aquele cara estava nitidamente morto. Ficou branco depois de sangrar. Quando o gato começou a lamber um pouco do sangue, Dave o pegou e passou a acariciar sua cabeça, de um jeito bem carinhoso. O gato não ligava para Zug. Ele entendia. Animais são assim. (12h12 [20])

31 Assim que a polícia chegou, eu fui embora. Uma sala cheia de policiais não é um bom lugar para se esconder, mesmo que você seja o melhor do mundo nesse ramo. Como as pessoas não paravam de entrar e sair, não foi difícil deixar o local. Depois, li que eles conversaram com a ruiva, Tina, na manhã seguinte, e ela contou sobre a discussão acalorada. Todos os outros caras pesados também deram depoimento. O jornal não fez referência direta à natureza da relação entre Zug e Dave, mas vários dos caras pesados insinuaram que era complicada. Foi essa a palavra que usaram: *complicada*. Como estava muito frio para sair andando pela rua, resolvi passar o resto da noite na escada do segundo andar. Eles levaram Dave para a delegacia às três e meia da manhã. Não o algemaram, mas o acusaram de homicídio assim que chegaram lá. Eu o vi saindo conduzido por dois policiais. Ele parecia culpado. Parecia mesmo. Pouco antes de descerem as escadas, perguntou a um dos policiais se podia voltar e entregar o gato à mulher do apartamento em frente, mas eles responderam que cuidariam de tudo. Dave disse:

— Obrigado. Agradeço por isso. (12h15 [21])

32 Estou vendo que tem perguntas, Victoria. Vejo isso no seu rosto. Mas me deixe terminar. Não me importo se passarmos da hora. Pode me cobrar a mais. Vamos deixar suas questões para a próxima semana. Na próxima semana, você pode me perguntar tudo o que quiser. Mas agora preciso ir até o fim. (12h04 [18])

33 Como deve imaginar, estou acompanhando o caso de perto pela internet. Os jornais diários não falam muito do assunto, mas algumas das publicações semanais relatam quase todos os detalhes. Pessoalmente, não acho que ele vá para a cadeia. Talvez seja denunciado por homicídio culposo, mas nunca por homicídio doloso. Embora esta seja a vontade da promotoria, vejo vários buracos na argumentação. Por que alguém mataria uma pessoa empurrando-a contra uma mesinha de café? Será mesmo possível fazer uma coisa dessas de propósito? Além disso, o nível de álcool no sangue de Zug estava lá em cima, e ainda havia alguns cogumelos prontos para consumo *no seu bolso*. Sem dúvida, o fato de ter ocorrido uma briga atrapalha. O testemunho de Tina foi um problema. E, evidentemente, o advogado de Dave não permite que ele se pronuncie, o que faz a coisa parecer menos um acidente e mais um *incidente*, ainda mais com todo o papo de "relacionamento complicado" que os caras pesados não param de repetir. Se não soubesse exatamente o que houve, eu mesmo ficaria desconfiado. Vi uma foto de Dave na sala de audiência, vestindo um terno grande demais, dando a impressão de que não dormia havia semanas. Ele não tirava a mão da boca. Sua aparência era pior do que a do corpo de Zug. Espero não ter estragado sua vida. Claro, sei que isso não pode ter melhorado sua vida, mas gosto de imaginar que pelo menos o deixou mais forte. (12h58 [34])

34

Parte de mim queria entrar no apartamento de Tina só para dar uma olhada no gato. Era como se eu devesse aquilo ao Dave. Devo muito a ele. Mas agora o risco é grande demais. Nunca mais vou voltar a Minneapolis. Tem muito maluco naquela cidade. Muita gente esquisita. Vou ficar por aqui mesmo. **(12h51 [33])**

Os caras pesados
Parte II (O questionamento)

[Tenho evitado transcrever diálogos completos neste manuscrito, em parte porque prefiro manter o foco nas palavras de Y____, mas primeiramente porque não me sinto à vontade com minha maneira de falar. No entanto, vou suspender essa regra temporariamente para poder ilustrar o porquê de certas coisas haverem sido ditas na sessão de 18 de julho. Minhas questões foram simplificadas para aumentar a clareza. Esta não é a íntegra da conversa; incluí apenas os 13 primeiros minutos. Me sinto um pouco constrangida diante de algumas das minhas falas no diálogo, mas lembro que isso se deu num momento confuso.]

VV: Na semana passada, você disse que estaria aberto a responder a perguntas sobre o que houve em Minneapolis. Continua aberto a isso?

Y____: Sim. Chegou a ler sobre o caso na internet? Estou curioso em saber se ficou curiosa.

VV: Não, não li. Isso parece importante para você. Quer que me sinta interessada pelo caso? Acha que é necessário que eu saiba a respeito?

Y____: Não preciso que saiba a respeito de nada. Só estava curioso. Fico curioso em relação às coisas que despertam seu interesse.

VV: Muita coisa do que contou me pareceu interessante. E...

Y____: E o quê?

VV: Perturbador.

Y____: Entendo. Mas o que você acha perturbador? Estou aberto a tudo isso. Quero que compreenda, Victoria. Não *preciso* que compreenda, mas quero. E devo admitir que... estou meio surpreso por você não ter pesquisado na internet. E por que não? Só estou curioso. Eu teria feito isso na mesma hora se estivesse no seu lugar.

VV: Queria conversar sobre o assunto, antes de fazer qualquer outra coisa. Queria perguntar se isso realmente aconteceu.

(Longa pausa.)

Y____: Não entendi.

VV: Isso aconteceu de verdade?

Y____: O que está querendo dizer? É uma pergunta não literal? Ou algum tipo de baboseira de Descartes?

VV: Minha pergunta é autoexplicativa.

Y____: Acabei de sugerir que entrasse na internet para dar uma olhada na história. Não seria uma coisa meio idiota para eu dizer se fosse tudo invenção minha? Não entendo aonde pretende chegar.

VV: Ah, claro, tenho certeza de que o evento que você descreveu aconteceu. Não duvido que, se eu procurasse na internet, encontraria uma história muito semelhante à que descreveu. Mas quero saber se você realmente esteve lá. Quero saber se realmente teve um papel em tudo o que aconteceu, ou se apenas assistiu ao fato, ou se talvez simplesmente leu a respeito e resolveu que daria uma boa história. Não estou tentando identificar algum tipo de mentira. Só quero estabelecer o motivo de ter me contado essa história.

Y____: Então... apesar de já ter me visto oculto e apesar de acreditar que sou capaz de me tornar o que classifica de "invisível" e apesar de eu ter ficado na sua frente e você não ter me visto... ainda desconfia do que digo. Desconfia da minha história.

VV: Não tire conclusões erradas do que estou dizendo. Não estou fazendo acusações. Eu o vi quando você não podia ser visto. Sei que isso é real. Sei que tem a capacidade de não ser visto. Mas isso não significa que *tudo* o que me conta é verdade. Às vezes, as pessoas contam histórias a respeito de si mesmas que, embora sejam verossímeis, não são verdadeiras. Entende o que estou dizendo? Não estou sugerindo que seja um mentiroso ou que não imagino como isso possa ter acontecido. Só estou perguntando se tudo o que me contou ocorreu desse jeito mesmo. Basta responder que sim e seguiremos adiante.

(Pausa.)

Y____: Já entendi o que está fazendo, Victoria. *(Outra pausa.)* Admito que é até meio elaborado. Não posso negar que você deve ter pensado bastante. Dou valor a isso. Acho que parece um pouco coisa de televisão. Certo? Da sua perspectiva, minhas histórias são como um *reality show*: parte-se de uma ideia de que o que se vê é real, embora todo mundo na audiência em casa saiba que não passa de entretenimento fabricado. No entanto, existe outro nível, um nível em que uma realidade de fato emerge da realidade simulada. Todos os relacionamentos falsos se tornam relacionamentos reais. E depois surge um terceiro nível, o nível da realidade *aceita*, em que toda a falsidade universal acaba se mostrando mais próxima da realidade formal do que o programa pretendia originalmente. É impressionante, Victoria. Deviam lhe oferecer um emprego na MTV.

VV: Isso significa que não vai responder à minha pergunta?

Y____: Já sabe a resposta para a sua pergunta. Está gravando estas conversas, não está? Então volte e me diga que partes você considera inverídicas. Seria um prazer ouvir que partes considera inventadas. Seria realmente um prazer.

VV: Por favor, não se sinta ofendido. Não é por isso que estou fazendo essas perguntas. Foi você quem disse que estaria aberto a qualquer coisa que eu perguntasse... Sabe, estou curiosa a respeito de outra questão: já ouviu falar da Teoria da Mente?

Y____: Claro que sim.

VV: Claro que você ouviu.

Y____: E daí? Por que a pergunta?

VV: Me explique o que significa.

Y____: Está falando sério? Você não sabe o que significa? É uma idiotice.

VV: Me dê essa honra.

Y____: Ok, tudo bem, como quiser. *(Um suspiro demorado.)* A Teoria da Mente. A Teoria da Mente[13] descreve, essencialmente, a capacidade de compreender o que uma pessoa está realmente pensando. É algo que os autistas não têm.

VV: Continue.

Y____: Ahn, bem... meu Deus, não esperava um teste de conhecimentos hoje... uma maneira de entender a teoria... Certo, vou começar do zero. É a capacidade de saber o que outras pessoas querem dizer quando falam alguma coisa. A capacidade de compreender como suas próprias palavras são recebidas pelos outros. A capacidade de compreender como as palavras e as ações são entendidas de maneiras diferentes por pessoas diferentes. Era isso o que esperava? Não sei... quer dizer, eu sei o que é a Teoria da Mente. Mas provavelmente não sei explicar da maneira que você quer. Não sou redator da Wikipédia.

VV: Ah, então você entende. Você entende. Entende perfeitamente. Mas às vezes acho que você entende tão instintivamente que usa isso para manipular os outros. Para me manipular.

---

[13] Tecnicamente, a Teoria da Mente trata da capacidade de perceber a atividade mental de outras pessoas; trata, em particular, de como as crianças conceitualizam a atividade mental em outras crianças, como atribuem intenções e como preveem comportamentos nos outros.

Y____: É mesmo?

VV: Suas histórias, em vários aspectos, são sempre as mesmas. Na verdade, são tão parecidas que desconfio que você antecipa minhas reações para me fazer concluir determinadas coisas a respeito de quem você é e do que essas histórias representam. Os Beatles, por exemplo. Sempre que fala sobre observar pessoas, inevitavelmente utiliza uma referência musical, e essa referência, inevitavelmente, são os Beatles. Não há nenhuma possibilidade de ser apenas uma coincidência. Isso me leva a pensar que você supõe que os Beatles são tão conhecidos que qualquer um — até eu — vai interpretar essa repetição de forma metafórica. Isso me leva a pensar que está *tentando* me induzir a concluir alguma coisa, embora eu não saiba que coisa é essa.

Y____: Os Beatles são populares.

VV: Como é que é?

Y____: Os Beatles são populares pra caramba. As pessoas estão sempre ouvindo músicas deles. Todo tipo de pessoa. De todas as gerações, de todas as culturas. Eles são onipresentes. Falando sério, o que estamos discutindo aqui? Eu gosto de música. Estudei piano por dez anos e violão clássico por outros quatro. Todo matemático adora música. Não me identifico com pessoas que não adoram. Além disso, não me leve a mal, mas se lembra de quando lhe contei sobre observar um menino pela janela do quarto dele? O que eu disse que ele estava ouvindo? Rush. Estava ouvindo Rush. Então: por que será que não menti *nesse caso*? Por que não disse que ele estava ouvindo "Strawberry Fields"?

VV: Mas é exatamente disso que estou falando. Essa história, essa do menino, da janela, do Rush... tenho certeza de que é uma história autêntica. Não tenho dúvida alguma. Acho que seria quase impossível inventar essa história. Mas essa história é diferente de outras que me contou. Essa história é uma lembrança pura. Não tem uma intenção.

Y____: Preciso dizer uma coisa, Vicky. Isso *não* é o que achei que fosse me perguntar quando vim para cá hoje. Eu mato um cara acidentalmente e você quer conversar sobre os Beatles.

VV: Mas você *realmente* matou alguém? Isso é importante. Temos de enfrentar essa questão. Você realmente o matou?

Y____: Bem... eu não o *assassinei*, se é isso que quer saber. Não tive a *intenção* de matá-lo. Não era minha intenção. Simplesmente acabou acontecendo.

VV: É só que não consigo acreditar que você matou alguém, Y____. Ou, para ser mais precisa, não consigo acreditar que matou alguém e depois simplesmente seguiu com a vida. Não acho que seja capaz de matar alguém e não sentir nada, nem que possa fazer piadas sobre alguém que você matou por acidente. Não acredito que seja esse tipo de pessoa.

Y____: E de que tipo de pessoa você está falando? Já disse que não matei o cara. Não sou um assassino. Não sou *esse* tipo de pessoa, se é isso que está sugerindo. É muito pior querer matar alguém e não conseguir do que efetivamente matar alguém por acidente. E eu sinto culpa. Nunca disse que não me sentia culpado. O que eu disse foi que... não acho que eu *deva* sentir culpa, razão pela qual vim atrás de você, em primeiro lugar. Porque não fiz nada de errado.

VV: Nem eu estou dizendo que você fez algo de errado. Não acredito que seja capaz de fazer as coisas que disse ter feito. Acho que você é capaz de fazer coisas ruins e que ultrapassou alguns importantes limites sociais. Acho que você, como todas as pessoas, tem fantasias sobre fazer coisas terríveis. Mas não acredito que seja capaz de acabar com a vida de um estranho... e de destruir a vida de um segundo estranho... sem sentir um desgosto profundo. Você acha que não o conheço, mas, em alguns aspectos, conheço, sim. Sei que não é a pessoa que espera que eu pense que é.

Y____: Acho que quero que goste de mim, Victoria.

VV: Sei disso.

Y____: Mas não tanto a ponto de mentir para você.

VV: Tente ver a situação da minha perspectiva, só por um instante. Você vai parar num apartamento com um monte de homens grandes e cabeludos. Se não me engano, se referiu a eles como "gorilas". De acordo com a sua descrição, todos eram praticamente idênticos. Porém, não sabe dizer o motivo de se encontrarem nesse apartamento, nem quem são essas pessoas, nem por que essas coisas estão acontecendo. Não percebe por que

tudo isso parece implausível? Parece mais simbólico do que factual.

Y____: Tenho certeza que sim. Mas isso não é um joguinho. Não lhe parece evidente? Se nada disso tivesse acontecido, se fosse apenas algo inventado pela minha mente, eu teria pensado num motivo para aqueles caras estarem no apartamento. Poderia dizer que era um aniversário, um encontro de anarquistas ou de One Percenters[14] ou algum tipo de orgia. Poderia dizer centenas de coisas diferentes. Se eu estivesse mentindo, teria a resposta para cada pergunta sua. Mas, Victoria, não posso controlar as partes da história que desconheço. Às vezes, as coisas acontecem e nunca descobrimos por quê. Essa é a diferença entre a ficção e a não ficção. Somente histórias ficcionais exigem uma explicação. Somente histórias ficcionais são livres de acidentes.

VV: **Você é um incrível contador de histórias. É mesmo. Podemos desenvolver esse aspecto.**

Y____: Não preciso de elogios, Victoria.

VV: **Discordo. Acho que você precisa de elogios tanto quanto qualquer outra pessoa, talvez até mais.**

---

[14] Os "One Percenters" se referem a uma facção de gangues de motoqueiros que se envolvem regularmente em atividades criminosas. O termo vem da alegação (provavelmente apócrifa) de que a Associação Americana de Motociclistas teria afirmado, em certa oportunidade, que 99 por cento dos motoqueiros não eram criminosos. Os membros do grupo One Percenter abraçam a ideia de que são o "um por cento" que leva uma vida de crimes.

Y____: Isso é ridículo. Dá um tempo. Vamos falar sério. Não pode simplesmente pegar tudo o que digo e fingir que a "verdade real" é, de fato, o oposto. Isso não é terapia. Mais uma vez, está agindo como uma psiquiatra de televisão.

VV: **Não é verdade. Você está errado. Esse é um ponto em que está invariavelmente errado, Y____. Você precisa de elogios. Precisa deles urgentemente. Mas não consegue** ***aceitar*** **meus elogios porque tem medo de que isso me leve a deixar de fazê-los. E talvez seu temor seja justificado.**

Y____: Victoria, estamos desviando totalmente do assunto. Não foi para isso que vim aqui. Não estou interessado em discutir o que é e o que não é real, nem como tudo o que é direto e objetivo, na verdade, não passa do seu contrário.

VV: **Não estamos discutindo nada. Só quero que saiba que é um bom contador de histórias e que gosto disso. É parte de você.**

Y____: Certo. Maravilhoso. Estou com bolhas nos dedos.

VV: **O que disse?**

Y____: Exatamente isso.

Um incidente?

No domingo seguinte à nossa sessão de 18 de julho, viajei ao Missouri para uma rápida visita à minha mãe (que estava com herpes). Por volta das onze da noite, meu marido me ligou no celular. Foi uma surpresa, já que John raramente liga para mim (ou para qualquer outra pessoa), mesmo quando passo semanas fora. Nosso relacionamento não é do tipo que exige conversas ao telefone. Mas, naquela noite, ele ligou e falando de um jeito nervoso e abrupto.

— Alguém esteve aqui em casa — disse. — Seu paciente esteve na minha casa. Tenho certeza.

Embora John seja naturalmente imune ao pânico, pude perceber sinais de alarme. Perguntei por que ele achava aquilo.

— Porque um homem invisível esteve nesta casa, e você mantém um relacionamento com um homem invisível. Não chega a ser um grande enigma. Não preciso de um Sherlock Holmes para me explicar o que acabou de acontecer.

John contou que estava trabalhando no escritório, no andar de cima, quando "sentiu" *(palavra dele)* a presença de outra pessoa. Insistia que tinha "sentido" *(palavra dele)* a "presença" *(palavra dele)* de alguém. Era uma escolha vocabular estranha para John, uma pessoa que costuma criticar o uso de palavras desse tipo na argumentação dos outros, principalmente em textos históricos ou persuasivos. Ele disse que ligou todas as luzes no segundo andar e perguntou em voz alta:

— Quem está aí?

Segundo ele, repetiu a pergunta umas dez ou quinze vezes. Passados vários minutos sem resposta, pensou em chamar a polícia.

— Vou ligar para a polícia — disse em voz alta, apesar de eu duvidar muito que estivesse realmente disposto a fazer isso. Depois, voltou ao trabalho. Foi então que ouviu alguém (ou alguma coisa) caindo pela escada. Saiu correndo e olhou para baixo. (A escada tem uns 20 degraus acarpetados e leva até a sala de estar.) John não viu nada. Desceu os degraus, pegou um atiçador de fogo ao lado da lareira e começou a espetar o chão da nossa sala. Ele garante que enfiou o atiçador em cada centímetro do chão da sala. Então, ouviu (ou achou ter ouvido) alguém saindo da nossa casa pela porta da cozinha (que dá para o quintal). O problema é que, quando foi verificar, viu que a porta estava trancada por dentro.

John estava enfurecido com o que acreditava ter ocorrido. Seu tom misturava cobrança e afetação. Lembro que, na hora, achei um pouco de graça em sua raiva.

— Você tem de terminar seu relacionamento profissional com essa pessoa — exigiu. — Tem de acabar com isso nesta semana.

Eu disse que não podia fazer aquilo. Contei que não acreditava que Y____ tivesse entrado na nossa casa.

— Então me explique o que houve hoje à noite — reagiu ele.

— Não houve nada hoje à noite — respondi. — Se eu não tivesse contado nada a respeito de Y____, toda essa alucinação nem sequer teria acontecido.

— Você está ignorando o óbvio — disse John. — Se recusa a ver a situação clara que temos aqui. Uma pessoa perturbada esteve na nossa casa, e a culpa é sua. Se alguma coisa acontecer, a culpa será sua.

E desligou o telefone. Liguei de volta logo em seguida, mas John não atendeu.

Não consegui dormir muito naquela noite. Estava incomodada com John e desconfiada de seus motivos (e cansada de sentir aquelas coisas com tanta frequência). Não acreditava que Y____ tivesse entrado em nossa casa. A certeza só não era absoluta porque tudo é possível. Não podia descartar por completo aquela possibilidade. Mas parecia improvável. Eu me recusava a acreditar que ele tivesse entrado lá.

Foi nesse ponto que percebi a ironia e me senti meio envergonhada: não tinha como explicar racionalmente *por que* não acreditava naquilo. Principalmente considerando que invadir casas de estranhos era a principal atividade daquela pessoa, até onde eu sabia. Ele havia me contado dezenas de histórias que ou eram mentiras descaradas ou verdades perturbadoras, e, mesmo assim, eu me via confiando mais nele do que no meu marido. Me sinto tentada a dizer que isso se devia ao fato de estarmos (finalmente) alcançando um progresso real na nossa terapia e Y____ (finalmente) estar me vendo como alguém quase do seu nível. Mas, agora, ao repensar a situação com um novo olhar, percebo que esses argumentos contradizem a veracidade da minha negação; a melhora da nossa relação provavelmente reforçava a probabilidade da invasão. Por mais deprimente que seja, possivelmente achei que Y____ fosse inocente apenas porque John acreditava no contrário. John é o tipo de pessoa que sempre tem convicção a respeito de suas percepções; o fato de ele *suspeitar* da presença de Y____ lhe bastava para transformar aquilo em verdade. John nunca se questiona. Tenho de reconhecer que sua arrogância não é totalmente infundada; ele é um homem brilhante e não costuma fazer acusações sem embasamento. Mesmo seus críticos mais incisivos na academia admitem isso. Seu brilhantismo, contudo, pode tornar o irreal verossímil. Eu acreditava que John era inteligente o bastante para estar totalmente errado.

Voltei do Missouri na terça-feira à tarde. John pediu desculpas pela maneira com que tinha falado comigo ao telefone, apesar de ainda querer que eu encerrasse meu trabalho com Y____. Respondi que pensaria no assunto, mas não sem perguntar diretamente a Y____ a respeito do suposto incidente. Minha intenção era fazer exatamente aquilo quando o encontrasse na sexta-feira. No entanto, no instante em que o vi, no dia 25 de julho, tive certeza de que ele não havia feito nada de errado. Caso tivesse estado em nossa casa no domingo anterior, seu comportamento seria diferente. Ou teria me contado de imediato que havia estado lá, ou teria agido de um jeito nervoso e evasivo, ou teria tentado se mostrar à vontade e despreocupado. Ele teria apresentado um álibi sem qualquer pedido nesse sentido. Com certeza teria feito *alguma coisa*. Eu teria notado *alguma coisa*. Mas ele parecia o mesmo. No máximo, aparentava estar mais animado e particularmente educado. Nem toquei no assunto.

Quando voltei do trabalho, à noite, John perguntou o que Y____ tinha respondido à minha pergunta sobre sua visita à nossa casa. Disse que naquele fim de semana Y____ havia ido até a cidade de Corpus Christi para observar um grupo de trabalhadores da indústria do petróleo. Cristãos renascidos espiritualmente sobre os quais tinha lido no jornal. Y____ havia retornado com terríveis queimaduras de sol e passado a maior parte da nossa sessão arrancando pedaços de pele morta dos braços e dos ombros.

— Foi meio nojento — comentei. — Foi constrangedor. Ficaram pedaços de pele no carpete do consultório todo. Tive de passar o aspirador depois que ele foi embora.

Na hora, John acreditou totalmente em mim, ou pelo menos foi o que disse.

Agosto

Houve uma verdadeira explosão nuclear, e por minha culpa. Uma superestrutura de sentimentos superficiais desmoronou, reduzindo-se a um único sentimento profundo, e nós dois perdemos a consciência de quem éramos e do que estávamos fazendo. Não gosto de pensar sobre isso, mas agora é preciso.

— A televisão é uma forma de entretenimento de uma só via — disse Y____ no meio da nossa sessão de 15 de agosto.

O que tornou o mês de agosto tão conturbado foi o fato de termos parado de conversar sobre problemas e passado a simplesmente *conversar* — sobre nada e sobre tudo, exatamente como naquela tarde, na frente do café. Não se parecia em nada com terapia. Mas não me dei conta de como as coisas haviam mudado até resolver ouvir as gravações. "A televisão é uma forma de entretenimento de uma só via, mas não é assim que as pessoas querem pensar nela. Querem acreditar que estão envolvidas de alguma forma. É por isso que conversam com a TV. É por isso que ficam contrariadas quando alguns personagens não se comportam de forma agradável. É por isso que reclamam quando as histórias se afastam de sua concepção do que seja interessante. É por isso que criticam episódios chatos, na internet, e esperam que os roteiristas analisem suas opiniões e deem importância ao que pensam. É por isso que adoram programas que envolvem votações. Acreditam que suas experiências pessoais com a televisão produzem um efeito no que a televisão é. Mas essa crença só existe em relação à televisão.

Em suas vidas reais, elas se sentem impotentes. Acham que votar não tem valor. Pensam que se importar com algo é um risco. Presumem que não exercem controle sobre nada e por isso nem tentam. Percebem a realidade ao contrário."

Embora não veja muita televisão, eu sabia do que Y____ estava falando. Era aquilo que eu estava fazendo com ele (e tenho certeza de que foi por isso que o assunto surgiu). Y____ era um programa de TV. Ele aparecia toda semana, falava comigo de sua vida e me tratava da maneira que queria (sem se importar com o que eu achava). E eu aceitava aquele tipo de tratamento porque acreditava, por alguma razão, que minhas reações influenciavam os episódios seguintes. Com o tempo, passei a encará-lo como um programa de TV mal-escrito de que eu queria gostar — eu mudava os significados das coisas que não podia controlar e ignorava as coisas que podia.

Ao longo de nossas cinco sessões de agosto, Y____ não parou de me contar histórias sobre estranhos que ele observava e sobre os dados que já havia coletado. Mas não fazia mais discursos para mim. Agora, soltava fragmentos no meio da conversa, como pequenos pedaços de carne e eu abocanhava todos como um filhotinho que acabava de ganhar uma recompensa. Houve a história de um homem chamado Byron que perdeu o emprego porque não resistia a fazer brincadeiras de mau gosto no escritório. Foi demitido depois de encher a mesa de um colega de absorventes (o colega estava de licença para se submeter a uma cirurgia de mudança de sexo). Y____ também mencionou uma mulher que toda noite jogava seu gato pela janela do terceiro andar, aparentemente porque o gato gostava (ele interpretava essa história como uma espécie de alegoria da economia). Contou detalhes sobre os padrões do sono humano e reproduziu vivamente o som do ranger de dentes; contou inúmeras histórias a respeito do comportamento de pessoas sob efeito de Ambien, a mais incrível sobre uma mulher que se servia de copos cheios de vodca e dizia ao namorado que era "água de dormir". Ele ridicularizava impiedosamente todas as pessoas que adotavam os princípios do feng shui na arrumação de suas casas. Gastou vinte minutos de uma sessão para apontar os pontos fortes e fracos de diversos aeroportos americanos (os de Pittsburgh e Portland eram os seus favoritos). Minha história preferida é uma sobre uma mulher obesa que se masturbava mentalmente assistindo a corridas de cavalo na televisão.

— Ela sequer se tocava. Não era preciso — contou Y____. — Nunca consegui entender o que provocava seu prazer. Os cavalos? Os jóqueis? Talvez fosse até a própria corrida, porque ela sempre parecia chegar ao orgasmo no exato momento em que o cavalo na liderança se aproximava da linha de chegada. 'Lá vêm eles pela reta final' ou qualquer coisa parecida. Acho que ela era de Saratoga. Devia ser algum trauma de infância.

Todas essas pequenas histórias, contadas nos mínimos detalhes, podem ser acessadas nos arquivos da Universidade do Texas. Algumas são mais divertidas que outras, e me sinto tentada a compartilhar as melhores aqui. Mas isso seria uma trapaça. Não seria nada mais que uma forma de evitar ter de escrever sobre o que realmente estava acontecendo entre Y____ e eu, o que provavelmente venho evitando desde que iniciei este projeto.

Não estávamos apaixonados.

Não me apaixonei por Y____. As pessoas vão me acusar disso, exatamente como John fez, e às vezes me pergunto se não reclamo em excesso dessa reação. Mas posso garantir que o que houve entre nós não pareceu em nada com amor. Foi um tipo diferente de problema, acompanhado de um tipo diferente de interesse. Quero ser bem clara a respeito disso. Não quero que as pessoas fiquem dizendo que me apaixonei por um paciente. Não me apaixonei. Não sei por que isso é tão importante para mim. Simplesmente é. Minha nova terapeuta me fez perguntas como: "Como pôde gostar de algo numa pessoa tão cruel? Foi pura apofenia?"[15] Mas essas perguntas me parecem impertinentes e injustas. Honestamente: Quantas pessoas racionais acabam em relacionamentos irracionais? Quantos casos extraconjugais são resultado de uma reflexão profunda? Tome como base seu próprio círculo de amizades... quantos dos seus amigos se envolveram em casos amorosos que contradizem a lógica? O erro que cometi não foi ver uma bondade inexistente — todas as pessoas românticas fazem isso. Meu erro foi permitir que algo profissional se tornasse algo pessoal, unicamente porque meu cliente se recusava a estabelecer uma distinção entre essas duas línguas.

Ele falava comigo de um jeito diferente. Esse foi o ponto central. Y____ conversava comigo da mesma maneira que John, mas com um tipo mais profundo de autoridade. Era mais absorvente. Mais flexível. John é uma pessoa capaz de se lembrar num instante de cada passagem de cada livro que leu na vida. E essa lembrança instantânea é a base de quem ele é. Ele é uma máquina de lembrar permanente. Y____ não era assim. Ele era o tipo de pessoa que dizia: "Conheço esse livro. É um bom livro. E você pode perfeitamente ler esse livro, se quiser. *Mas eis a verdade sobre ele.*" Y____ não precisava conhecer um assunto para se mostrar confiante. Bem, é claro que esse é um estilo de vida arriscado. É essa forma de pensar que leva às guerras. Mas também era essa confiança autodidata que tornava a conversa tão boa. Toda vez que John considera algo que eu disse *interessante*, é praticamente como se estivesse comentando: "Eu mesmo poderia ter pensado isso."

[15] Experiência de estabelecer conexões profundas e/ou ver padrões significativos em dados aleatórios.

Já quando Y____ comentava que eu era interessante, significava que ele estava realmente entretido. Tratava minhas palavras como pensamentos novos. Algumas vezes, era cruel, mas só porque me respeitava. Sei que parece uma frase dita por uma mulher que apanhou em casa, mas não era assim. Y____ não era um intelectual arrogante, ainda que fosse arrogante e intelectual. Eu estaria mentindo se dissesse que essas características me levaram a gostar menos dele.

E ele me fazia elogios muito específicos.

Eram comentários constrangedoramente detalhados. "Gosto quando usa esses saltos grossos de cinco centímetros", era capaz de dizer. "Você fica com um ar mais descontraído do que quando usa salto agulha. Quando está de salto agulha, sempre sinto que está pensando demais nos próprios pés. Parece até nervosa quando se levanta para me cumprimentar." Bem, nem sei se tudo isso era verdade, mas que importância tem? Era algo maravilhoso de ouvir. Se alguém fizesse cem perguntas a John sobre os meus sapatos, ele não conseguiria responder a uma sequer. Talvez saiba dizer quando os tamancos se tornaram populares nos Estados Unidos, mas não se eu sou dona de um par.

Tudo bem. Não vamos fingir que esta é uma leitura objetiva do que aconteceu. Sou culpável. Eu acreditava no que Y____ dizia sempre que suas palavras o humanizavam ou quando eu conseguia torná-las humanas do meu próprio jeito. Isso ficou mais evidente durante nossa conversa sobre os "caras pesados", mas na verdade era uma coisa frequente. Nos primeiros dias depois de 9 de maio, eu não sabia o que pensar de Y____. Era insuportável saber do que ele era capaz. Ele parecia capaz de qualquer coisa. Porém, algo começou a mudar à medida que fomos nos expondo, exatamente como acontece em qualquer relacionamento construído com base em palavras, e não em ações. Suas parábolas sociopáticas ficaram neutras.

Era quase como se quisesse que eu acreditasse que era perigoso, justamente para compensar o fato de que não era. Foi assim que escolhi enxergá-lo. Digeri todas as histórias como biografias metafóricas. Ele nunca admitia que estava errado. Nunca admitia que fingia observar estranhos por todas aquelas razões moralmente elevadas e altruísticas, mesmo que não estivesse aprendendo nada de importante. Seu projeto, ou pelo menos o projeto que alegava estar empreendendo, foi um completo fracasso. Nenhuma de suas supostas descobertas melhoraram minha compreensão da condição humana. Na minha opinião, Y____ me contava histórias de outras pessoas para que eu pudesse conhecer segredos sobre ele mesmo. Decidi não acreditar nas coisas que me incomodavam a seu respeito; via esses detalhes como parte de sua vida imaginária e (infelizmente) como uma forma patética de me impressionar. Durante um tempo, cheguei a cogitar a possibilidade de Y____ não ter entrado em *nenhuma* daquelas casas e estar apenas projetando o que supunha que seu poder da invisibilidade lhe permitiria fazer. Por que achava isso? Não sei. Por que as pessoas se irritam com a TV?

Ao reler as conversas que reproduzi nestes manuscritos, vejo Y____ do jeito que as outras pessoas vão enxergá-lo. Desconfio que todas as pessoas vão enxergá-lo de um modo mais transparente do que eu. Mas ele não era um monstro unidimensional. Não era. Às vezes, eu via sinais de uma pessoa vulnerável, e isso me fazia repensar tudo o que havia me passado pela cabeça antes. Lembro-me de ouvi-lo dizer uma vez, meio de brincadeira, ao se levantar para ir embora:

— Sabe, já estive em todas as partes do mundo. Andei por todos os Estados Unidos, por toda a Europa. Passei algumas semanas na Austrália. Viajei pela Ásia durante o ensino médio e pela África quando estava na faculdade. Fui a todos os lugares a que podia ir. E quer saber de uma coisa? Acho que nunca encontrei uma pessoa que quisesse voltar a ver.

Até os invisíveis são inseguros. É o problema mais universal que existe. É tão universal que talvez nem deva contar como um problema.

Na nossa última sessão de agosto, perguntei a Y____ algo que estava na minha cabeça desde a primavera: por que eu?

— Você não foi a primeira terapeuta que procurei — disse ele. — Foi a quinta. Mas os quatro primeiros deixaram a desejar. Na verdade, estou sendo muito benevolente... eles eram horrorosos. Nem chegávamos a concluir a conversa inicial pelo telefone. Eram inflexíveis. Controladores. Autoritários. Os terapeutas se esquecem de que também têm seus problemas.

Então, perguntei no que eu era diferente. Estava certa de que não tinha menos problemas que os outros. Talvez tivesse até mais.

— Você não tirava conclusões logo de início. Fazia perguntas, mas não agia como se já soubesse as respostas — disse ele. — Nenhum dos outros aceitou bem com o fato de eu me negar a fornecer algumas informações. Sempre presumiam que minha relutância em contar alguma coisa era uma tentativa inconsciente de contar algo mais profundo.

— Me dê um exemplo — pedi.

— Ah, você sabe do que estou falando — respondeu Y____. — Veja bem: você tem um marido negro. Não é isso? E tenho certeza de que o fato de ter se casado com um homem negro deixou algumas pessoas desconfiadas em relação aos seus motivos. Tenho certeza de que pessoas de mente fechada presumiram que a cor dele foi parte do que a atraiu, ou que teve alguma coisa a ver com seu pai, com sua criação, com sua educação ou com uma culpa liberal, ou ainda que esse relacionamento era em alguma dimensão *político*. Mas alguma dessas suposições tinha um fundo de verdade? Você deveria ser instada a negar essas acusações para que não se tornassem senso comum? Não posso aceitar que alguém me *force* a explicar como me sinto apenas para me opor a um preconceito aplicado de forma errada.

— Entendo o que está dizendo. Conheço esse sentimento. Mas quando foi que falei com você a respeito do meu marido?

— Naquele dia em que nos sentamos no banco — lembrou Y____. — Na frente do café. Falou do seu marido. É um acadêmico, não é? Historiador? Um grande especialista no século XIX?

Não me lembrava dessa parte da nossa conversa, mas é possível que tenha acontecido. É provável. Embora minha memória seja boa, a dele era sempre melhor. Provavelmente aconteceu. Vou acreditar que aconteceu.

Às vezes, ele era muito estranho.

— Nunca fala de relacionamentos amorosos — comentei um dia. — A maioria dos meus pacientes fala desse tipo de coisa a todo momento. Mas você não. Já esteve envolvido num relacionamento sério?

— Ah, para dizer a verdade, não — respondeu ele. — Namorei com uma pessoa na faculdade... Alejandra Llewellyn. Era metade argentina e metade britânica. Tinha belos olhos, com um ar de superioridade. Ouvia música tecno e gostava de preparar belos bifes. Só ficamos juntos por 74 dias. Era como transar com a Guerra das Malvinas.

— Vamos lá. Me conte a verdade.

— Homens que contam detalhes de suas vidas sexuais não são homens de verdade. Não sou um rapper nem um escritor judeu.

Hoje me parece evidente — e, para ser sincera, me *pareceu* evidente já naquela época — que Y____ nunca teve uma namorada e provavelmente é virgem. O fato de ter pulado dois anos escolares durante a adolescência certamente contribuiu para isso; não é incomum homens academicamente adiantados entrarem na faculdade carregando um estigma de assexuados.

Com frequência, aceitam esse inconveniente como outra personalidade. A aparência física incomum de Y____ e sua falta de habilidade para compreender o comportamento humano (em particular, as necessidades do sexo oposto) agravavam o problema exponencialmente. Eu sentia pena dele. Era irônico: muitos dos meus pacientes inseguros pareciam se divertir com suas aventuras sexuais fora dos limites; de alguma forma, encontrar parceiros para sexo sem compromisso era a única coisa em que conseguiam ser bem-sucedidos. Com o tempo, esses pacientes sexômanos inevitavelmente acabavam aceitando que o contato físico desprovido de sentimento complicava suas mentes e depreciava sua autoestima. Era um impulso que eles tinham de controlar. Mas lá estava o paciente mais autoconfiante e complicado que já conheci... e, em seu mundo, o ato de intimidade física era tão aterrorizante que ele se recusava a se ocupar do conceito em qualquer nível. Não conseguia nem falar do assunto. Pelo contrário, fingia que não se importava. Fazia piadas e tentava me colocar como uma pessoa devassa e intrometida. Era difícil suportar aquilo. Eu queria ajudá-lo. Aquilo me fazia pensar que seus problemas eram profundos, mas ainda solucionáveis. Talvez só faltasse aquela peça.

Quando nossa última sessão de agosto terminou, Y____ começou a arrumar suas coisas para ir embora (às vezes ele levava uma sacola, normalmente cheia de cadernos e garrafas-d'água pela metade). Nós dois estávamos sorrindo; nossa conversa tinha sido animada. Nossos encontros não eram mais trabalho, e eu me sentia mal por cobrar dele. Já não pensava como terapeuta. Queria que Y____ me visse como uma pessoa espontânea e despreocupada. Queria que gostasse de conversar comigo, e por isso fiz uma pergunta idiota.

— Quando vou não ver você de novo?

— Como?

— Quando vou não ver você de novo? — repeti. Na hora, achei aquilo uma ótima sacada.

— Nos vemos na semana que vem — respondeu Y____. — Espero que nos vejamos.

Ele não estava entendendo. Ele não me entendia.

— Claro. Mas quero saber quando *não* vou ver você de novo. Vou ter uma nova chance de vê-lo oculto? Naquela primeira vez, foi tudo muito intenso. Não consegui segurar as pontas. Não consegui aproveitar. Acho que agora eu conseguiria. Adoraria não o ver de novo. Ou seria muito transtorno? Entendo perfeitamente que não queira vir aqui usando o traje. É só curiosidade.

(Não faço ideia do que eu pretendia. Qualquer crítica ao meu discernimento é justificado. Eu estava perdida na minha própria cabeça.)

Y____ ficou me olhando por um longo tempo. O sorriso sumiu de seus lábios, mas ele continuava sorrindo com os olhos. Parecia um supermodelo.

— O que vai fazer amanhã à tarde? — perguntou finalmente.

— Amanhã? O que vou fazer amanhã? Nada.

— Vamos nos encontrar ao meio-dia — disse ele.

— Onde? Aqui?

— Não, aqui não. Em outro lugar.

— E onde seria?

— Não sei. Que tal no Capitólio? Vamos nos encontrar na frente do Capitólio, onde os turistas param para tirar fotos — disse Y____.

— Por que no Capitólio?

— Porque é um bom lugar — respondeu ele. — Apenas apareça por lá. A não ser que esteja brincando... Eu a encontrarei. Tente não se misturar com as outras pessoas. Não fique no meio de aglomerações. E, claro, vá sozinha.

— Claro — repeti.

— Tem certeza de que quer fazer isso? — perguntou Y____. Seu sorriso estava de volta. — Se eu aparecer e você não estiver lá, vou ficar arrasado. Vai estragar meu fim de semana.

— Não se preocupe. Não sou do tipo de pessoa que não aparece.

Hoje, transcrevendo os termos daquela conversa e pensando nas escolhas que estava fazendo, sinto ânsia de vômito. É como alguém lembrar que esqueceu um bebê no banco de trás de um carro. Porém, naquela sexta-feira de verão, eu estava empolgada. Foi uma das maiores empolgações que já senti. Passei as 24 horas seguintes pensando somente naquilo. Era o que eu queria, e eu era quase capaz de entender por que eu queria.

Trinta de agosto

Faltavam vinte minutos para o meio-dia quando cheguei à região do Capitólio. John não perguntou aonde eu ia quando saí de casa. Ele sempre acha que existe uma razão previsível para tudo o que faço. Y____ tinha me orientado a evitar aglomerações. Não chegava a ser um problema; não havia praticamente mais ninguém por lá. Me sentei num banco de ferro e fiquei observando a cúpula branca de longe. Lembro de ter pensado: "Por que existem tantos capitólios exatamente iguais? Quem toma esse tipo de decisão?" Também me lembro de ter pensado outra coisa: "Este lugar é tão pitoresco. É tão deslumbrante. Por que nunca vim passear aqui?" E me lembro de ter pensado: "O céu está meio nublado. Pode ser que chova. Será que ele vai furar se chover?" E, de repente, eu já não estava mais sozinha com meus pensamentos.

Ele estava no banco.

— Boa-tarde — disse Y____, com a voz um pouco abafada pelo tecido que cobria seus lábios. Olhei na direção de onde o som vinha. Não vi ninguém, mas vi *alguma coisa*. Imagine um filme num cinema com a parte central da tela levemente fora de foco. Essa era a impressão. Tentei identificar seus olhos, mas foi impossível. Toquei sua perna com as costas da da mão para saber sua posição. Estava exatamente onde eu tinha previsto. Olhei para a área em que devia estar seu colo; não vi nada além da estrutura do banco e a grama embaixo (o verde parecia esmaecido, mas só dava para perceber a diferença porque eu estava me esforçando para identificá-la). Era incrível, mas não como antes.

— Oi — disse finalmente, me virando na direção do corpo que não estava lá.

— Nós dois chegamos cedo.

Então, me dei conta de que, para o restante do mundo, eu estava conversando com minha imaginação. Era uma esquizofrênica. Peguei o celular e o levei ao ouvido. Eu estava sorrindo. Suponho que Y____ também estivesse.

— Isso é incrível — disse ao telefone. Me sentia uma espiã. — Não importa o quanto me lembro de que é capaz de fazer isso. Nunca acredito de verdade.

— Pois pode acreditar. Acredite.

Ele não falava num sussurro forçado, mas sim num registro vocal baixo, que soava como um debate no rádio ouvido através das paredes finas de um hotel.

Imaginei estranhos olhando para nós, do outro lado do gramado, completamente entediados com sua realidade sem graça, sensatamente supondo que eu estava apenas numa conversa telefônica em público. Eu fingia que conseguia ver Y____, apesar de não conseguir; recriei sua expressão facial e a intensidade do seu olhar. De alguma forma, minha projeção era mais atraente do que a versão real. Na minha cabeça, ele já não era Ichabod Crane. Agora era o Conan O'Brien ou talvez o Adrien Brody.

Conversamos por uns dez ou quinze minutos sobre nada que valha a pena mencionar — temas reciclados dos últimos quatro meses. Eu queria dizer coisas inteligentes, mas minhas palavras pareciam tijolos. Ele fez um comentário elogioso sobre minha idade, o que deve ter sido uma dica. Como falava muito baixo (e como não havia gestos físicos para interpretar), não posso dizer com convicção que Y____ não estava nervoso, mas considerei minha insegurança uma prova de sua tranquilidade. Ele também elogiou meus óculos de grau, o que me levou a tirá-los imediatamente do rosto. Eu era uma verdadeira adolescente.

— O que vamos fazer? — perguntou ele. — O que vamos fazer hoje?

Eu não tinha nenhuma ideia. Perguntei se ele planejava observar alguém. Ele respondeu:

—Não, hoje não. Hoje é apenas diversão. É exclusivo para você.

Nós nos divertimos pensando nas possibilidades. Ele sugeriu que fôssemos até a BookPeople ou a Waterloo Records, duas lojas que ficam bulevar North Lamar, a uns 15 minutos dali. Já era alguma coisa. Começamos a caminhar. Desliguei o telefone, mas mantive o aparelho no ouvido. Ao andar, Y____ desaparecia completamente no ar. Não adiantava tentar olhar de perto nem apertar bem os olhos; a combinação de movimento e refração o fazia se dissolver em nada. Passamos por dezenas de pessoas na calçada. Ninguém percebeu nada. Um buldogue olhou para ele, intrigado, mas não chegou a latir. Era uma experiência divina. Eu me sentia divina. Ou apenas num encontro com alguém que se comportava como um deus insolente.

Nós conversávamos enquanto andávamos, mas só esporadicamente. Ele era cuidadoso e admitia, meio envergonhado, que nunca tinha ficado oculto ao lado de uma pessoa que entendia de verdade o que estava acontecendo. Comentei como era difícil conversar com alguém que eu não podia ver: não dava para saber como minhas palavras eram recebidas. De certo modo, era mais complicado do que pelo telefone.

— Em 25 anos, todo mundo vai falar assim — disse ele. — As crianças já vivem dentro dos computadores. Por fazerem amigos pela internet, não entendem como funciona a comunicação não verbal. Não entendem a linguagem corporal ou o sarcasmo casual. Adoram ironia, mas nunca entendem uma brincadeira que não tenha sido feita por eles próprios. Em cem anos, ninguém mais será capaz de falar em público. Conversar vai ser uma atividade ultrapassada.

Ele estava no controle. Eu era apenas a coadjuvante.

Chegamos à loja de discos e entramos (senti sua presença atrás de mim quando empurrei a porta, apesar de não termos mantido qualquer contato físico). Fazia anos que não entrava numa loja de discos de verdade. Mas notei imediatamente o odor de patchuli, um odor familiar e que me transportava para outra época. O lugar estava cheio de pessoas que não pareciam comprar nada. A música era distorcida e ensurdecedora. Não dava para conversar e eu também não estava interessada em fazer compras. Folheei uns pôsteres de mulheres posando ao lado de logotipos de cervejas e tentei agir naturalmente. Meus olhos não paravam de vasculhar a loja, tentando descobrir onde Y____ estava. Várias vezes achei que soubesse, mas talvez estivesse errada em todas essas vezes. Depois de uns cinco minutos, senti um puxão na manga da minha camisa.

— Lá fora — foi tudo o que ele disse.

Enquanto atravessávamos a rua para ir à BookPeople, Y____ chegou bem perto da minha orelha e perguntou:

— Está se divertindo? Ou está achando chato?

Respondi que era muito mais que divertido. Entramos na livraria e ficamos perambulando pelos corredores, evitando seções mais movimentadas e potenciais pontos de aglomeração, fingindo um interesse por livros de filosofia, sexo e publicidade. Aqui e ali, Y____ tirava um livro qualquer da estante, só para me ver dar um pulo de surpresa. Nós dois achávamos graça.

Descemos as escadas até o subsolo da loja. Era um cenário desolador. Estávamos praticamente sozinhos, à exceção de uma funcionária atrás da caixa registradora. De repente, Y____ me cutucou no ombro, duas vezes.

— Escute isso — disse.

Eu ouvi. Havia uma música tocando no sistema de som. Achei que fosse só música ambiente, mas então ouvi duas vozes melodiosas. Uma feminina e outra masculina. Só reconheci a primeira (e mesmo assim vagamente). Embora a música me parecesse familiar, não conseguia identificá-la.

— Que música é essa? — sussurrei.

— Pergunte para ela — respondeu Y____.

A garota ectomórfica atrás do balcão tinha um piercing no nariz ligado por uma corrente folgada ao lóbulo da orelha. As luzes no seu cabelo eram de um verde bem claro. Ela estava lendo uma revista chamada *Decibel.*

— O que é isso? — perguntei. — O que está tocando?

— É um serviço de música — respondeu a ectomórfica. — É tipo um... sei lá... rádio via satélite ou alguma coisa assim. O substituto do rádio via satélite. Rádio Pandora? Sei lá.

Ouvimos juntas por mais uns dez segundos. De repente, percebi em seu rosto que ela havia reconhecido.

— Na verdade, é até uma coincidência, mas acho que eu tinha esse disco no ensino médio. Acho que é a trilha sonora de *Uma lição de amor*.

Ela olhou para o teto e ouviu por mais uns três segundos.

— Sim, lembro de ter comprado isso. Que vergonha.

— E qual é essa música? — perguntei. — Você se lembra?

— É a Aimee Mann com o marido dela, ou talvez o ex-marido dela, ou um cara qualquer aí — disse ela. — O nome é... ai, cara... o nome é "Two of Us". Toda a trilha sonora é de péssimos covers dos Beatles. Não. Para ser justa, isso não é completamente verdade. Tem uma música boazinha do Grandaddy perto do fim. E mesmo essa música é só razoável. Quer dizer, não tem problema você gostar dela.

E a funcionária voltou para a revista, sem demonstrar maior interesse pelo meu interesse.

— Obrigada — agradeci e me afastei do balcão, voltando para onde achava que Y____ estava. E calculei certo. Lá estava ele esperando por mim.

— Viu? — disse ele, tão baixo que a funcionária nem levantou a cabeça. — Viu? O que eu disse? Os Beatles são populares. Nem tudo é uma representação simbólica de outra coisa. Nem tudo é uma metáfora. Algumas vezes a música é só música.

— Tem certeza? — A funcionária ergueu a cabeça quando falei. Tinha saído mais alto do que o necessário. Ela cravou os olhos em mim como se eu estivesse pelada.

Saímos da loja logo em seguida. Era pouco mais de uma da tarde. Perguntei qual era a próxima atividade. Y____ respondeu:

— Vamos procurar um bar.

Achei a sugestão surpreendente e lhe contei isso.

— Só por dez minutos — disse ele.— É só para dar uma olhada no jogo dos Longhorns. Quero ver o placar.

Nunca havia me ocorrido que Y____ poderia ter interesse pelo time de futebol da universidade local, mas, pensando bem, ele era um homem que morava no Texas.

Andamos até um bar que passava a partida em seis televisões. Estava muito cheio. Havia outro bar no mesmo quarteirão, com uma única TV, mas apenas um quarto do ambiente ocupado. Era o ideal.

— Venha comigo — disse ele.

— Como? — perguntei.

Ele pegou minha mão esquerda. Senti a aspereza lambuzada da sua luva. Me lembrei de que aquela situação era mais arriscada do que eu vinha me permitindo admitir.

Y____ me levou até uma mesa e se sentou, de frente para uma TV atrás do bar. Me sentei do outro lado.

— Não — sussurrou ele. — Sente-se aqui, ao meu lado.

Obedeci à ordem imediatamente.

— E se alguém conhecido inexplicavelmente entrar no bar? — lembrou ele. — Ou se um solteirão qualquer resolver bater um papo com a torcedora dos Longhorns bebendo sozinha no meio da tarde? Ele viria até aqui e se sentaria. E se sentaria bem no meu colo. Assim é mais seguro. Quanto mais perto estiver de mim, mais seguros estaremos.

Ficamos sentados do mesmo lado do estofado de vinil, só nós dois, como na música dos Beatles. A Universidade do Texas estava jogando contra Rice. Era o primeiro jogo do ano e faltavam dois minutos para o intervalo. Os Longhorns já estavam trinta pontos na frente.

— Vamos assistir só até o fim do primeiro tempo — disse Y____. — Vamos ver se os Owls conseguem mostrar alguma coisa.

Me perguntei se John estaria assistindo ao mesmo jogo em casa. Provavelmente, não. Provavelmente, nem sabia que a partida estava acontecendo. E, se soubesse, provavelmente estaria com raiva.

Uma garçonete apareceu na nossa mesa. Ela poderia reparar em algo? Ela poderia *sentir* que havia duas pessoas sentadas àquela mesa? Ela poderia reparar que a sombra imprecisa e imprevisível projetada na parede não era por acaso e que aquele era um momento diferente de qualquer outro que viesse a experimentar na vida? E que eu estava num bar com um homem invisível que não era o meu marido?

Claro que não.

— Quer pedir alguma coisa? — perguntou.

Pedi uma Coca Zero.

— Quer um cardápio?

Eu não queria. Ela se afastou. Eu estava sozinha naquilo.

Senti um calor no rosto. Havia algo de errado comigo. Parte de mim estava extasiada e parte de mim se sentia humilhada. Minha Coca Zero chegou. Estava horrível: sem gosto, quente, muito doce. Faltava ou sobrava algo em todos os aspectos.

Voltei a levar o celular ao ouvido.

— Gosta de futebol? — perguntei a Y____. — Nunca pensei que gostasse de futebol.

— Não sei se realmente *gosto*, mas acompanho — respondeu ele. — Acompanho os Longhorns, os Aggies, o time da Texas Tech. Também vejo os Cowboys aos domingos e às vezes tento ir até Lake Travis, sexta à noite, para ver o time da escola. É uma distração. Está sempre nos jornais, e eu leio os jornais. E você, gosta?

— Ah, eu nunca vejo futebol — respondi. — Mas não faço nenhuma objeção, ahn, *ética* à ideia. Não sou desse tipo de pessoa. Meu pai amava. Acho que me falta é tempo. E as regras me parecem mais complicadas do que o necessário.

— E o seu marido? — perguntou Y____. — Ele gosta de assistir?

— Ah, não. Acho que ele não gosta de futebol. Quer dizer, talvez goste, mas duvido.

Só então me dei conta de que não sabia a resposta para a pergunta.

— Do que ele gosta? — perguntou Y____. — Quais são os interesses dele?

— O interesse dele é pelo trabalho — respondi. — Ele tem muito, muito interesse por história. Muito interesse. Se pudesse ler o dia inteiro, a semana inteira, todos os minutos de todos os meses, ficaria em êxtase. Ler é sua atividade favorita, seguida de escrever a respeito de qualquer coisa sobre a qual tenha acabado de ler. Gosta de ver documentários sobre a

Reconstrução. Gosta de olhar aqueles mapas da internet que tentam prever como cada estado vai votar no colégio eleitoral. Gosta de conferir informações de artigos da Wikipédia. Ouve jazz, mas só as primeiras gravações conhecidas. É um homem muito intenso. Seus interesses são intensos.

— Deve ser fascinante viver com uma pessoa tão recôndita — comentou Y____.

— Nem tanto. Nem sei dizer o que, exatamente, significa *recôndita*, mas sei que não é algo que torne um marido fascinante. Ele era diferente quando eu o conheci. Quer dizer, era exatamente a mesma pessoa, mas ainda assim diferente, de alguma forma. É difícil explicar. Falávamos das mesmas coisas de que falamos hoje, mas os diálogos se pareciam mais com conversas normais.

O primeiro tempo acabou. Rice ainda não tinha marcado nenhum ponto.

Olhei para Y____. Ele ainda não estava lá.

Observei minha mão direita, que descansava sobre a mesa. Eu podia vê-la, mas a imagem era um pouco embaçada. Ela parecia envolta em algo. Havia outra mão por cima dela.

— Não acho que seu marido seja uma boa pessoa — disse Y____. Sua voz era praticamente inaudível. Tive de chegar mais perto. — E não acho que seja tão inteligente quanto você pensa.

— Não, você está errado. Não sabe do que está falando — reagi, falando ao telefone e ainda olhando para a TV, que agora mostrava um comercial de ração de cachorro. — Se lesse os livros dele, não teria coragem de dizer isso. Ele criou um estilo de escrever sobre a Guerra Civil. Ele *criou* esse estilo. Sabe como isso é raro? Criar um estilo de escrever?

— Não foi isso o que eu quis dizer — disse Y____.

Eu sabia o que ele queria dizer.

Tirei a mão de cima da mesa. Podia ver resíduos na parte de trás, os resíduos deixados pela luva. Limpei a mão na perna da calça.

— Preciso ir para casa — comentei. — É hora de ir para casa.

— Por quê? — perguntou ele. — O que tem para fazer hoje? Por que não vamos até o meu apartamento? É perto daqui. Uma pequena caminhada. Não vou tentar nada inapropriado. Não sou uma pessoa sexual.

— Preciso ir para casa — comentei de novo. — Talvez possa fazer uma visita outra hora.

— Por quê?

— Só preciso ir para casa agora — insisti.

— Por quê? Me dê a resposta verdadeira.

— Minha resposta é a minha resposta.

— Isso não é resposta. Não fale como se fosse uma criança.

— Isso é indelicado. E inapropriado. Não sou obrigada a lhe dar uma resposta. Não entendo por que de repente começou a agir dessa forma. Estava sendo tão gentil.

— Eu não estava sendo nada diferente do que sempre sou — disse ele. — Tudo o que quero saber é por que resolveu ir embora. Existe uma razão? É para que o seu marido possa explicar por que você está sempre errada? É para poder continuar levando uma vida que considera insatisfatória?

— Você não sabe nada a respeito da minha vida — respondi.

— Victoria, sei tudo a respeito da sua vida.

Aquela frase bastou para me lembrar de como aquele homem era perturbado e como eu tinha me comportado de maneira estúpida por tempo demais.

Deixei três dólares sobre a mesa e saí do bar. Era uma caminhada de dez minutos até o meu carro. Mas eu ando rápido. Se Y____ me seguiu? A sensação que tive foi essa. Na minha imaginação, ele nunca estava a mais de dez passos atrás de mim. Mas como eu poderia saber? Assim que entrei no carro e tranquei as portas, comecei a socar os bancos de trás e do carona, só para me certificar de que estava sozinha. Minhas mãos tremiam quando segurei o volante. Estava tão nervosa que a coluna de direção inteira balançava.

Ao chegar em casa, John estava no escritório, trabalhando num ensaio sobre Jefferson Davis. Ele só me perguntou aonde eu tinha ido durante o jantar, enquanto atacávamos uma comida chinesa para viagem. Mal ouviu a desculpa esfarrapada que apresentei. Perguntei se ele tinha assistido a algum pedaço do jogo. Ele respondeu:

— Teve algum jogo hoje?

Período sabático

Deitada na cama naquela noite de sábado, percebi claramente que precisava tomar algumas decisões sobre como levaria a situação adiante.

Se não me sentisse segura na companhia de Y____, não poderia mais atendê-lo. Isso era óbvio. A pergunta era se eu realmente me sentia "insegura". Talvez tivesse exagerado na minha reação daquela tarde. Y____ não havia tentado nenhum contato físico e, como ressaltado por ele mesmo, seu linguajar e sua postura não tinham se mostrado mais ou menos duros do que no dia em que nos conhecemos.

Se fui, em parte, responsável pelo que ocorreu? Claro. Certamente não era incomum pacientes se sentirem atraídos por seus terapeutas, mas eu tinha potencializado o risco ao sugerir um encontro fora da nossa zona de segurança estabelecida. Eu havia permitido que nossa conversa se tornasse íntima demais e passado a ver Y____ de um modo diferente na comparação com meus outros pacientes. Eu era responsável pelos meus próprios atos.

Mas aquela situação *era* diferente. Era mesmo.

Y____ tinha problemas subterrâneos que transformavam seus problemas comportamentais praticamente em preocupações secundárias. Não estávamos enfrentando as questões centrais. Vejamos: eu tinha um paciente com quem eu conversava toda semana fazia seis meses e nós mal havíamos tocado no assunto do seu uso habitual de drogas. Seus outros problemas eram tão profundos que não parecia valer a pena abordar seu estado de negação em relação ao vício em estimulantes! Havia cada vez mais evidências de que eu não estava ajudando Y____ em nada. Ele tinha me procurado expressamente para conversar sobre seu sentimento de culpa, mas àquela altura eu não passava de uma caixa de ressonância. Estava validando seu solipsismo. As condições socioculturais pelas quais ele fingia ser obcecado não tinham uma fração da importância de seu desejo de ser visto como uma pessoa inteligente. Ele não queria mudar. Era mais provável que quisesse ser cada vez mais ele mesmo.

Ainda assim, havia outras questões a serem consideradas, muitas das quais relacionadas à minha própria ambição como psicóloga profissional. Me perguntava se um dia teria outro paciente tão interessante. Nunca. Era como ser a terapeuta do Hitler, do Bruce Springsteen ou do Super-Homem. Era uma oportunidade de trabalhar com uma variedade rara de pessoa que vive o que os outros apenas sonham. Além disso, o tempo com Y____ tinha mudado minha forma de encarar meu valor no mundo; eu ainda achava importante ajudar universitárias bulímicas e corretores de commodities frustrados, mas agora isso me parecia mais ordinário. Seus dilemas soavam tão previsíveis... tão autocomplacentes... tão tradicionais. Lidar com Y____, por outro lado, era um *trabalho real*. Se eu conseguisse matar aquela charada, quem poderia prever o resultado? E se Y____ evoluísse de um egoísta para um homem que quisesse tornar o mundo melhor? Haveria algo mais valioso que eu pudesse fazer por uma pessoa? Haveria algo mais valioso que eu pudesse fazer pela sociedade como um todo?

Ou eu me afastava de Y____ ou acolhia suas imperfeições traiçoeiras. Só havia duas opções, e eu precisava fazer uma escolha.

Então, evidentemente, tentei escolher as duas.

Esse era o meu plano: ligar para Y____ e cancelar nossa sessão seguinte (nem apareceria no consultório naquele dia, para o caso de ele se recusar a aceitar o cancelamento). Diria que naquele momento era impossível prosseguir com nosso trabalho. Se ele tivesse sentimentos românticos por mim (o que parecia inegável), precisaríamos de um distanciamento físico para restabelecer os limites; eu acreditava que qualquer atração indevida se dissiparia se removêssemos a intensidade estrutural do nosso diálogo. Então, se ambos compreendêssemos qual era de fato a relação entre nós e se Y____ estivesse disposto a aceitar uma comunicação bilateral e métodos terapêuticos tradicionais, poderíamos retomar nossas sessões em seis semanas. Aquele me parecia um prazo adequado: longo o bastante para proporcionar uma mudança, mas não longo demais a ponto de perdermos qualquer progresso que tivéssemos obtido. No domingo de manhã, enquanto tomávamos café, expliquei tudo isso a John, do jeito mais natural e tranquilo que consegui. Ele concordou que era a decisão apropriada.

— Essa é a escolha mais inteligente — disse por cima do jornal aberto à sua frente. — Está sendo muito inteligente.

Na segunda de manhã, liguei para Y____ para conversar sobre isso. Ele não atendeu. Liguei de novo à noite. Como mais uma vez ele não atendeu, deixei um recado pedindo que retornasse assim que pudesse. Voltei a ligar na terça e nada de resposta. No dia seguinte, depois de ligar pela quarta vez, resolvi deixar uma mensagem de voz com um resumo do meu plano. Não há nada no parágrafo anterior que eu não tenha dito diretamente a Y____. Disse que ele poderia me ligar se quisesse conversar a respeito e que eu entraria em contato num prazo de cinco semanas para saber se ainda estaria interessado na minha proposta de recomeçar. Voltei a ligar na sexta de manhã para me assegurar de que tinha recebido o recado, mas a ligação nem sequer foi completada. O número do celular dele havia sido desativado.

Às 4h04 de sábado, recebi a seguinte mensagem de voz, de um número restrito:

"Victoria, é o Y____. Recebi sua ligação e seu recado... estou decepcionado. Estou muito decepcionado... se soubesse que nossa tarde juntos acabaria de maneira tão negativa, nunca teria concordado com o encontro. Peço desculpas pelo que aconteceu, seja lá o que você ache que aconteceu... Ainda não estou muito certo de como se sente em relação à nossa situação. Tenho a impressão de que está com dificuldade de separar nossa relação pessoal da nossa relação profissional... Quero que saiba que meus sentimentos por você são muito verdadeiros e muito importantes para mim, mas também têm um fundo ideológico. Isso deve significar algo para você. Compartilhamos ideologias e [*inaudível*], e isso faz diferença. Como já disse, não sou uma pessoa sexual... sinto muito ter dito aquelas coisas sobre seu marido, ainda que seja tudo verdade e você saiba disso... Talvez possamos retomar minha terapia em duas ou três semanas, dependendo de como estivermos nos sentindo. Mas acho ótimo cancelarmos nossa próxima sessão. Ambos precisamos de tempo para reorganizar nossos pensamentos e decidir o que queremos, e ando muito ocupado neste momento. Mas voltarei a vê-la. E você voltará a me ver. Obrigado por assistir ao jogo comigo. Gostei muito. Não deixe de usar os óculos escuros. Este é um recado do Y____."

Pela minha experiência, pacientes que decidem suspender o tratamento temporariamente quase nunca voltam ao mesmo terapeuta (com frequência, desistem por completo da terapia). Se fosse o caso, eu me perguntava se aquela mensagem teria sido minha última interação com Y____. Ao ouvi-la de novo, tive a impressão de que tudo estava acabado; ele falava de um jeito nervoso e envergonhado, como um homem que sabe que vai se atrasar para o jantar, mas não consegue admitir logo de cara. Me sentia aliviada e, ao mesmo tempo, um pouco triste. Devo reconhecer, com algum constrangimento, que Y____ estava certo em pelo menos um ponto: depois que ele sumiu da minha vida, voltei a ser apenas uma pessoa.

Uma coisa que pode ter acontecido (11 de setembro)

Eram dez da noite. Eu estava de roupão, vendo televisão (o canal E! passava uma retrospectiva sobre teóricos que acreditam que o 11 de Setembro foi planejado pelo governo americano). John estava no escritório, conversando no Skype; era uma entrevista a distância para um escritor australiano sobre as consequências de longo prazo da Doutrina Monroe. Apesar da porta fechada, eu conseguia ouvir a fala firme de John, assim como a voz meio digitalizada do australiano. As informações do programa de TV eram repetitivas. Comecei a cair no sono. Nada parecia estranho, até que o sofá mudou.

O sofá mudou.

Eu estava sentada numa das extremidades. É um sofá todo chique e caro: revestimento de microfibra plush, três almofadas, sem divisão, bom para dar um cochilo. Você afunda na maciez, como dizem nos comerciais. Acontece que, de repente, e de modo *quase* imperceptível, a gravidade do sofá mudou. Parecia que minha almofada tinha subido um centímetro, do jeito que ocorre quando alguma coisa pesada é posta na outra ponta. Girei a cabeça e olhei para a almofada mais distante de mim. Estaria levemente afundada? Haveria uma pessoa que eu não conseguia ver sentada a um metro de mim? Não fazia a menor ideia, mas foi isso que passou inicialmente pela minha cabeça. Como nunca havia estado num sofá com uma pessoa invisível, não sabia qual seria a sensação. Tentei me lembrar da sensação de me sentar naquele banco de vinil, no bar, mas não consegui invocar uma lembrança. Peguei uma almofada e joguei na direção da extremidade oposta. Ela caiu suavemente sobre o braço, de um jeito que sugeria não haver ninguém no caminho.

É assim que a insanidade se manifesta?

Não que eu tivesse me esquecido da sensação de estar sozinha, mas eu nunca havia pensado sobre como seria a sensação de estar sozinha, até aquele momento.

Estava com medo (não aterrorizada, só nervosa o bastante para me lembrar de como era). Queria gritar e pedir ajuda a John, mas ainda dava para ouvir sua voz atrás da porta ("Uma política de não intervenção no Ocidente parece reacionária hoje em dia..."). Ele ficaria irritado se eu interrompesse a entrevista, principalmente se tudo não passasse de obra da minha imaginação. Em vez disso, resolvi andar pela sala, tentando me lembrar de como era a sensação diante da atmosfera vazia da vida. Dei uma olhada nas trancas das portas e das janelas. A certa altura, disse "Alô" em voz alta, mas não numa altura suficiente para John ouvir. Por volta das onze da noite, me servi uma xícara de café e comecei a assistir a dois episódios de *Project Runway*, seguidos de dois capítulos em preto e branco de *Além da imaginação*. Nada mais aconteceu. Até hoje não achei qualquer evidência de que uma pessoa além de mim tenha estado naquela sala.

Normalmente, eu encararia isso como um problema de nervos. É o que eu diria a outra pessoa. É fácil acreditar que há um monstro embaixo da cama depois de passar seis meses discutindo com um monstro. Talvez eu estivesse sendo ridícula. Mas, provavelmente, não estava sendo tão ridícula quanto eu gostaria. Provavelmente, eu não estava sendo nem um pouco ridícula.

Uma coisa que provavelmente aconteceu (15 de setembro)

— Ele esteve aqui de novo.

Foi isso que John me disse assim que cheguei do trabalho. Minha reação instintiva foi perguntar: "Quem esteve aqui de novo?" Mas, antes mesmo que essas palavras acabassem de sair da minha boca, eu já sabia de quem John estava falando.

— O homem invisível — disse ele. — Seu namorado invisível.

— Ele não é um homem invisível — corrigi. — É impossível uma pessoa ficar invisível.

— Chega de semântica — disse ele. — Eu não o vejo. Certo? Você não o vê. Certo? Então, ele é invisível. E está sempre aparecendo na nossa casa. Precisamos tomar alguma providência. Isso é um crime. Ele é um criminoso.

Eu não havia contado a John sobre o que (eu achava que) tinha acontecido algumas noites antes, e aquele não me parecia um momento particularmente bom para tocar no assunto. Mas fiquei preocupada. Não sabia se algo estava de fato acontecendo; só sabia que as coisas não podiam continuar daquela forma. Era hora de pensar como uma vítima. Pedi a John que me explicasse o que tinha acontecido.

— Esbarrei nele. Literalmente bati de frente com ele. Eu estava na sala e comecei a andar na direção da escada, mas me lembrei de que havia esquecido os óculos na mesinha de café. Então, dei meia-volta. Suponho que tenha sido um movimento repentino da minha parte. Bati de frente com ele. Tenho certeza. Sei qual é a sensação de trombar com uma pessoa, e foi exatamente o que senti. Ele devia estar logo atrás de mim. Estava me seguindo. É a única explicação possível.

Perguntei o que houve depois.

— Eu o encarei.

— Como você o encarou?

— Deixei bem claro que sabia quem ele era, que sabia tudo a seu respeito e que ele estava fazendo uma coisa ilegal. Lembrei-o de que invadir a casa de uma pessoa anulava sua proteção constitucional. E deixei claro que eu estava *extremamente* insatisfeito com a situação.

Aquilo me pareceu muita informação para se passar de uma vez só. Perguntei a John com que palavras havia expressado esses sentimentos.

— Não interessa com que palavras me expressei. Tenho certeza de que o seu namorado captou o sentido correto.

E Y____ tinha respondido?

— Não. Não houve resposta. Cheguei a jogar o braço na direção em que achava que estivesse, mas só acertei o ar. Mas ele estava nesta sala. Sei disso. Ele estava aqui. Ao que me consta, *ainda* pode estar. E isso é um problema. Finalmente vai reconhecer que isso é um problema?

John e eu discutimos nossas opções. Procurar a polícia era a atitude mais lógica, mas parecia inútil (e meio ridículo). Não havia como explicar a situação a uma autoridade policial; não saberia nem por onde começar. Não havia uma forma de fazer aquilo soar normal. Quem eu acusaria de estar por trás daquilo? Não estava certa sequer de que sabia o nome real de Y____. Não sabia onde ele morava ou como encontrá-lo. Seu celular tinha sido desligado. Na prática, estaríamos fazendo um boletim de ocorrência com o seguinte teor: "Um homem que não conseguimos ver e que não sabemos como encontrar pode (ou não) estar invadindo nossa casa para não roubar nada e não machucar ninguém." É difícil conseguir uma ordem de restrição contra uma pessoa que não existe.

Concordamos em passar a prestar atenção redobrada a portas e janelas. Mas aquela era uma solução limitada. Se um homem praticamente invisível quer entrar na sua casa, não há como impedi-lo. Pensamos em instalar um alarme com detector de movimento. O problema era que não sabíamos se os "movimentos" de Y____ podiam ser "detectados". Tentamos definir a gravidade daquela ameaça e cogitamos se Y____ não seria apenas uma chateação assustadora. Também nos perguntamos se aquilo estava realmente acontecendo. E se nossa ansiedade conjunta estivesse nos levando a achar que qualquer momento meio estranho fosse um encontro com Y____? Ainda era uma opção racional considerar a possibilidade de estarmos errados, por mais verdadeiras que nossas sensações parecessem. Mas John estava quase sucumbindo.

— A partir de agora, eu estou assumindo o comando — disse John. — Não vou deixar que essa pessoa se intrometa nas nossas vidas. Não vou mesmo. Você diz que ele é inofensivo, mas eu discordo. Se ele aparecer aqui de novo, vou cuidar dele. Vou dar um jeito nele.

— Como? — perguntei.

— Com isso aqui — disse John, mostrando um martelo.

Eu nem sabia que ele tinha um martelo em casa. Sabia que havia quadros nas paredes, mas nunca havia pensado em como tinham sido colocados em seus lugares.

— Não pode estar falando sério.

— Estou falando tão sério quanto Truman. Já aguentei o suficiente. Estou quase torcendo para ele aparecer hoje à noite. Não me assusto com violência. Já vi muita violência. Já senti violência na pele. Conheço os meus direitos.

Ele deixou o cabo do martelo deslizar pela cintura e me olhou bem nos olhos, com um ar desafiador. John já havia se decidido.

— Vou arrancar a cabeça desse cara.

Era naquilo que minha vida tinha se tornado. Estava casada com um historiador envelhecido que carregava um martelo para todo lado, com o único objetivo de atacar um homem invisível, como punição por se apaixonar por mim.

Diferentemente do resto da minha vida, era algo louco demais para ser lamentado. Era algo que eu simplesmente tinha de engolir.

Um caminho sem volta

Os dois dias seguintes passaram sem sobressaltos. Eu ainda estava chateada e contrariada, mas, a cada dia, as coisas ficavam mais tranquilas. Comecei a me perguntar se todos nós não teríamos exagerado. John havia ligado para a empresa de segurança um dia depois da suposta colisão, e agora não sabíamos mais se a visita era necessária. Quanto mais eu pensava no assunto, menos perigoso Y____ me parecia. Talvez ele fosse apenas um sujeito solitário e eu tivesse me tornado sua única amiga. Talvez eu o tivesse iludido. Talvez tivesse lhe passado uma impressão errada a respeito das minhas intenções. Talvez eu estivesse com medo só porque ele era esperto o bastante para conseguir fazer o impossível. E talvez o estivesse punindo só por ser diferente das outras pessoas.

Eram essas coisas que não saíam da minha cabeça, pelo simples fato de eu ser inteligente, inteligente a ponto de me tornar uma perfeita idiota.

Era quinta-feira. Eu estava com uma paciente. Não posso escrever muito sobre essa pessoa porque ela tem direito à privacidade e porque eu tenho a obrigação de preservar esse direito. De qualquer maneira, os problemas dessa paciente são tão comuns que seria impossível associá-los a uma pessoa em particular. Era uma mulher jovem e atraente com preocupações irracionais a respeito de seu corpo. Não sabia o que queria fazer profissionalmente. E, com frequência, ficava arrasada por causa de comentários anônimos postados em seu blog. Na época, eu devia ter uns cinco pacientes idênticos. Ela falou sobre sua vida durante quarenta minutos, eu respondi com cinco minutos de conselhos óbvios, e ela foi embora. Assim que a porta do consultório se fechou, comecei a registrar alguns poucos detalhes da sessão num e-mail direcionado a mim mesma. E então, do outro lado da sala, ouvi a voz.

— Ela é terrível.

Levei um susto. Mas eu já estava me acostumando a levar sustos. Estava cansada de levar sustos. Na verdade, fiquei mais nervosa do que surpresa. Respirei fundo e tentei agir com maturidade.

— Não acredito — disse calmamente. — Não acredito que tenha coragem de fazer isso. Não acredito que tenha coragem de interferir no meu trabalho. Não acredito que tenha coragem de desrespeitar completamente minha vida profissional. E não acredito que possa julgar uma mulher absolutamente normal, com problemas compreensíveis, dessa forma. Mas suponho que tudo isso não passe do seu jeito de ser. Não consigo acreditar que tenha vindo aqui. Saia daqui. Agora. Não quero mais nenhum contato com você. Saia do meu consultório, senão vou chamar a polícia.

— Ah, para de fingir que se importa — disse Y____. — Não pode me enganar. Conheço você. Quer me convencer de que está preocupada com essa mulher? *Essa* mulher? Acredita sinceramente que eu ou você aprendemos algo de relevante com essa vida artificial? Bem, pelo menos você foi paga. Eu podia dar um diagnóstico em dois minutos. Ela enfrenta problemas com seu corpo porque tem um corpo: diga para cancelar as assinaturas de revistas. Não consegue escolher uma carreira porque não tem interesse em trabalhar. E as pessoas escrevem coisas cruéis em seu blog porque ela é uma preguiçosa que vive atrás da atenção de estranhos autodestrutivos. Ela percebe todas essas coisas instintivamente. Não notou que ela sempre responde às próprias perguntas? Tudo o que ela quer é uma amiga temporária para lhe dizer que não é diferente de ninguém. E ela sabe que você vai ser essa pessoa enquanto o pai dela mandar os cheques.

— Vou chamar a polícia — repeti, pegando o telefone.

— Ligue o gravador — disse Y____.

— Como é que é?

— Ligue o gravador. Vamos gravar essa conversa.

Era a cara de Y____ fazer um pedido daquele tipo. Era a cara dele exigir atenção. Meu gravador estava em cima da mesa. Peguei o aparelho e o apontei para Y____ como se fosse uma arma. Com o dedão, apertei o botão de gravar. Não sei por que fiz um gesto tão dramático. Tenho certeza de que pareceu ridículo, mas foi inevitável. Eu queria dar um tiro nele.

Gravei apenas um minuto e 14 segundos. Este é o único registro da nossa interação que não se resume a uma reconstituição com base na minha memória.

Y____: A luz vermelha está acesa? Está, sim. Ótimo. Sabe, não que eu tenha algo a ver com isso, mas acho que devia comprar um gravador digital, Victoria. Em poucos anos, vai ser impossível encontrar fitas. Mas estou divagando. Victoria, por favor explique ao júri por que se encontrou comigo numa tarde de sábado, num momento de lazer, sem avisar ao seu marido com quem estava. Ou melhor, com quem *não* estava, já que esse é o tipo de coisa que você diria para soar inteligente.

VV: Dá um tempo. Está falando sério? É isso o que você quer?

Y____: Está negando que estivemos juntos?

VV: E o que isso tem a ver?

Y____: Só estou curioso por saber se você encara o tempo que passamos juntos como uma atividade social ou profissional. Porque, sabe como é, você não me cobrou nada. Não conversamos sobre minha vida ou sobre meus problemas. Fomos a uma loja de discos, a uma livraria e a um bar. Fomos a um bar. Esse é o tipo de procedimento-padrão para terapeutas registrados no estado do Texas?

VV: **Quer saber? Você é patético. É deprimente.**

Y____: Não. Na verdade, não. Deprimente, não. Curioso. Curioso para conhecer a sua versão da história. É evidente que a nossa relação acabou. Só estou tentando entender quem foi o responsável. Quero ouvir ambos os lados. Sou um cara de mente aberta. Você age como se essa situação fosse totalmente previsível. Me parece que...

[Desliguei o gravador. Tinha de parar de lhe dar exatamente o que ele queria.]

— Fique longe da nossa casa — avisei no tom mais ameaçador que consegui. — Nunca mais entre na nossa casa. Não estou brincando. Fique longe da nossa casa.

— Nunca estive na sua casa — disse Y____ (ou alguma coisa parecida). — Por que acha que estive na sua casa? Nem sei onde você mora. Qual é seu endereço?

— Fique longe da minha casa! Meu Deus! Você é surdo? Fique longe do meu consultório e fique longe de mim. — Eu estava perdendo o controle. Respirei fundo e tentei agir da maneira que se esperava de uma terapeuta. — Você não pode continuar entrando na nossa casa. Não pode. Meu marido vai machucá-lo. Ele está mais irritado do que imagina. Essa situação não é engraçada, nem curiosa, nem nada que você possa achar. É uma situação muito séria.

— Seu marido vai me machucar? *Seu* marido? — Ele pretende me dar um tiro de mosquete?

— Não entre mais na nossa casa. Estou lhe implorando. O que preciso fazer para convencê-lo a ficar longe de nós? Quer que volte a atendê-lo profissionalmente? Se eu *tiver* de continuar me encontrando com você, *aqui*, no consultório, tudo bem. Mas fique longe da minha casa.

— Então você *quer* passar algum tempo comigo. Isso contradiz o que acabou de dizer, Victoria. Tem certeza de que seus pensamentos e seus sentimentos estão de acordo? Afinal, você nunca acredita que os meus estejam.

Não adiantava. Eu nunca conseguiria convencer Y____ de nada, e ele só ficaria rebatendo tudo o que eu dissesse, numa tentativa desesperada de manter a conversa em andamento. Na cabeça dele, essa era a única forma de evitar o fim do nosso relacionamento. Enquanto ouvia seus argumentos, tive um *flashback*, do meu tempo de caloura na faculdade: lembrei-me de como tinha sido quase impossível terminar com meu namorado da escola e de como ele parecia acreditar que provocar uma briga pelo telefone, toda noite, não era muito diferente de estarmos juntos. Me dei conta de que aquilo já havia ido longe demais e de que a única solução era destruir tudo o que podia servir de ligação entre nós. Escolhi a opção mais radical. Disse a Y____ que amava meu marido, ainda que nosso casamento não fosse perfeito. Disse que meu interesse por sua vida era apenas uma consequência do que ele tinha alcançado cientificamente (e nem de longe estava relacionado às suas qualidades como homem). Disse de modo seco: "Você não é uma boa pessoa." Expliquei que não sentia atração física por ele e que não era por acaso que ele precisava estar invisível para que pudéssemos circular juntos em público. Disse que, às vezes, gostava de conversar com ele, mas não o bastante para me acostumar aos seus pensamentos e atitudes.

Disse que não queria descobrir quem ele realmente era porque essa pessoa provavelmente seria pior do que quem ele fingia ser.

Eu não podia ver como ele estava recebendo aquelas palavras. Não podia ver seu rosto. Mas eu sabia. Eu o via na minha mente.

Depois que encerrei meu discurso, houve um silêncio que falava mais alto que a própria conversa. Finalmente, ouvi alguns ruídos vindos do outro lado do consultório (ele devia estar sentado no chão, encostado na parede, e agora tinha resolvido se levantar). Por um momento, achei que ele pudesse simplesmente ir embora, sem dar um pio. Mas, obviamente, não fazia seu estilo. Ele tinha de dizer algo. Era inevitável.

— Fui muito bonzinho com você — disse. — Você gostou quando fui desrespeitoso. Porque você gosta de homens que a tratam como lixo. Esse é o seu problema. Assim que comecei a tratá-la como uma pessoa de verdade, perdeu o interesse por mim. Sei que também tenho problemas, mas os seus são piores.

Dito aquilo, a porta do meu consultório se abriu sem nenhum mistério e se fechou da mesma forma.

— Ainda está aí? — perguntei em voz alta. Precisava ter certeza de que ele havia ido embora, embora fosse impossível saber ao certo. Porém, ao não ouvir uma resposta, resolvi acreditar. Foi um tipo sofrido de alívio; eu me sentia mal e ao mesmo tempo me sentia melhor que antes. Estava acabado. Eu realmente acreditava que sim. Não sei por quê; apenas acreditava. Acho que sempre vou ser uma otimista, mesmo que isso me faça parecer uma idiota.

A pior das hipóteses

O que aconteceu na noite de 18 de setembro é, por motivos totalmente compreensíveis, algo doloroso de relembrar. Embora tenha durado apenas alguns minutos, aquele episódio se tornou a principal ferida na minha existência. Agora vejo minha vida dividida em duas partes. E, provavelmente, vai ser assim para sempre. Espero estar errada, mas duvido muito.

Sempre que descrevo casualmente o que aconteceu naquela noite, as pessoas perguntam a mesma coisa: "Parecia um filme?" Entendo perfeitamente o que querem dizer e também entendo por que fazem essa pergunta. Nossa exposição aos meios de comunicação faz todo mundo se considerar capaz de conceituar impossibilidades populares. Todos nós já vimos tantos filmes com "homens invisíveis" que nos achamos capazes de imaginar o inimaginável. Mas não foi desse jeito. Não foi como num filme, exceto pelo fim. Então, minha resposta-padrão para essa pergunta é a seguinte: "Não mesmo. A não ser quando parecia." Isso permite que as pessoas riam de algo que não tem nada de engraçado.

Depois da conversa perturbadora com Y____ no meu consultório, atendi mais dois pacientes e voltei para casa. Assim que cheguei, contei a John o que havia acontecido. Ele não ficou surpreso. Quando disse que estava tudo acabado para valer e que talvez eu tivesse (finalmente) magoado Y____ de modo irreconciliável, ele desdenhou:

— Vamos instalar um sensor de movimentos aqui na semana que vem. O pessoal da empresa de segurança vem na segunda de manhã. Já marquei o horário.

John sabia menos a respeito de Y____ que eu, mas, em vários aspectos importantes, ele o compreendia melhor.

O começo da noite foi bom: para ser sincera, extraordinariamente bucólico. Preparei um frango refogado, e depois John e eu lavamos os pratos juntos. Perguntei se ele tinha de trabalhar. A resposta foi: "Hoje não". Demos uma caminhada perto de casa ao pôr do sol. Depois que voltamos, assistimos a um documentário chamado *Visions of Light*, no canal IFC. Acho que fomos para a cama por volta das onze. Ficamos lendo por cerca de uma hora, antes de dormir. Enquanto esperava o sono, lembro-me de sentir uma surpresa agradável pelo fato de quase não haver pensado em Y____ naquela noite. Parecia mesmo ter acabado. Minha mente estava livre. Dormir era fácil.

Mas alguma coisa me acordou.

Não sei dizer o que foi. Pode ter sido um barulho, pode ter sido uma sensação de que havia alguém me observando. Ou as duas coisas. Só sei que algo me acordou e fiquei imediatamente desnorteada. Me sentia como uma pessoa prestes a sofrer um acidente de carro. Resolvi me sentar. Olhei na direção da porta do quarto, que estava aberta. Não havia nada no vão, mas aquele vazio não me parecia normal. Num quarto totalmente escuro, o vão da porta estava *ainda mais escuro*. A escuridão cintilava. Peguei meus óculos. O cintilar desapareceu, mas a escuridão não. Senti minha cabeça fervendo. As palmas das minhas mãos estavam suadas.

— John — chamei. — John.

Ele acordou como um paciente recém-saído de uma cirurgia.

— Há alguém aqui, John.

Num instante, ele ficou alerta. Pegou os óculos e procurou o martelo embaixo da cama. Finalmente, saiu debaixo do lençol e disse:

— Onde? Onde?

Aqui há um detalhe um pouco embaraçoso, que, no entanto, precisa ser dito pelo bem da transparência: John dorme pelado. Eu costumo usar uma calça de moletom, mas fico sem nada na parte de cima. Quando olhei para John, a cena me pareceu meio tragicômica — lá estava um homem velho, pelado, de óculos e com um martelo na mão, em posição, com os joelhos flexionados, como se fosse um jogador do time de beisebol da escola. "Isso não vai acabar bem", pensei comigo mesma. "Não estamos preparados para isso." Mas não havia escolha. Aquilo já estava acontecendo. Pulei da cama e apontei na direção da porta.

— Ali. Ele está ali. Ou lá fora. Ou está ali ou lá fora.

John correu até a porta e golpeou com o martelo no vazio. Não acertou nada. Deu um novo golpe, mais raivoso, e nada de novo. Então passou pelo vão e foi até o patamar da escada do segundo andar. Agora, dava golpes em todas as direções. E nada. Acendi a luz de cabeceira e fui atrás do meu marido.

Por que acendi a luz? Não faço ideia. Acho que foi a força do hábito. Mas fez muita diferença. Aquela luminosidade fraca que saía do nosso quarto projetou sombras enormes pelo resto da casa. Meu corpo de 1,65 metro de altura lançava uma sombra enorme no piso do andar de baixo. A sombra de John era do mesmo tamanho. E, agora, víamos uma terceira sombra, maior que as nossas. Segurei John pelo braço e disse:

— Olhe as paredes!

Por um momento, achei que fosse uma sacada genial. Eu tinha decifrado o enigma. Mas, logo em seguida, Y____ disse calmamente:

— Estou bem aqui.

Era uma voz tranquila e próxima de nós. Ele devia estar a, no máximo, três metros de distância, também no patamar da escada, olhando para duas pessoas que já não sabiam mais o que fazer.

— Liga para a polícia — disse John.

Como eu tinha deixado o celular na cozinha, fui obrigada a descer correndo a escada. Apesar de tudo o que estava acontecendo, ainda consegui me sentir incomodada com o fato de Y____ me ver com os seios à mostra; algumas inseguranças nunca desaparecem. Eu ouvia meu marido gritando com Y____ lá em cima, despejando uma torrente de palavrões que nunca tinha escutado de sua boca. Também ouvia Y____ rindo e fazendo comentários sarcásticos sobre o martelo. Liguei para a polícia e pedi ajuda. Quando a atendente perguntou qual era a emergência, respondi apenas:

— Tem um homem na nossa casa. Por favor, venham rápido.

Não faria sentido tentar explicar.

Eu devia ter pegado uma faca ou um rolo de macarrão antes de sair da cozinha. Mas não peguei. Na hora, a ideia nem sequer passou pela minha cabeça. Voltei correndo para a sala e olhei para a balaustrada no segundo andar. Parecia que John havia consumido LSD. Lá estava ele pelado, no alto da escada, se sacudindo como um louco, gritando na direção do nada.

— Eu vou te matar, seu filho da puta — disse. — Vou arrancar sua maldita cabeça e enfiar na merda da sua garganta.

Já a voz de Y____ não se alterava. Não havia sinal de nervosismo. Nem de ameaça. Ele só parecia um babaca.

— Eu passei a gostar da sua mulher — disse Y____. Até naquela situação, ele falava como um idiota. — E ela está se apaixonando por mim. Agora, abaixe esse martelo e vista umas roupas. Vamos discutir isso como homens.

— Não vou conversar porra nenhuma com você — gritou John. — Saia da minha casa!

— Não — respondeu Y____, num tom sugerindo cansaço.

— Vou matar você — disse John.

— Não vai, não — disse Y____. — Nem tente.

E logo depois John avançou, bem na direção da voz de Y____, golpeando com o martelo num movimento diagonal diante do seu corpo. Mais uma vez, passou em branco. Como um lutador de boxe que dá um soco forte demais, sem acertar o adversário, ele perdeu o equilíbrio. E foi aí que aconteceu: vi o corpo esguio de John se descolar do chão, passar por cima da balaustrada e cair sete metros, bem no piso de madeira. Ele saiu rolando como um pino de boliche lançado ao ar. Seu corpo girou 270 graus na queda.

Foi, sem dúvida, a coisa mais terrível que já vi. A queda pareceu durar mais do que o nosso casamento.

Por um instante tenebroso, tive a impressão de que ele bateria de cabeça no chão de madeira. Se isso ocorresse, seria morte instantânea. Mas seu corpo continuou girando e ele caiu sobre o cóccix. Nós dois gritamos. Corri em sua direção aos berros:

— Saia daqui!

Não sabia o que fazer. Olhei para o alto da escada e (obviamente) não vi nada. O que eu esperava ver? Não há mesmo como controlar a natureza humana.

Ouvi Y____ descendo a escada. Ele não aparentava pressa. Olhei ao meu redor, em busca do martelo, que John tinha largado durante a queda. Queria matar Y____, ou pelo menos queria tentar. Era minha decisão final. Agora a solução para vários problemas com os quais vinha me debatendo parecia simples.

— Já podemos ir embora — disse Y____.

— Você ficou completamente maluco? — berrei. — Acabou de matar meu marido.

Aquilo não era bem verdade (e, provavelmente, não serviu muito de estímulo para John sobre seu estado), mas eu não estava pensando direito. John continuava caído e gemendo.

— Venha comigo — disse Y____. Nunca vou acreditar em como sua voz parecia calma. — Eles não vão conseguir nos encontrar. Prometo que não. Nunca vão nos encontrar.

— Você é muito doente.

— Estamos quase sem tempo — disse Y____. — Não podemos começar outra daquelas conversas em que ficamos de um lado para outro discutindo por que eu estou certo e por que você está nervosa. Precisamos ir embora *agora*. Vai dar tudo certo.

Era como se ele não ouvisse os gemidos de John. Estava bloqueando essa informação por completo. Para Y____, John já não passava de uma carcaça.

— Você ficou totalmente maluco — comentei.

— Não faça isso, Victoria. Precisamos um do outro. Sabe que estou dizendo a verdade.

— Vá se foder. Você é um mentiroso.

Ao me ajoelhar ao lado de John, olhei para Y____. Ele não estava lá, mas eu o via tão nitidamente quanto via o corpo do meu marido ferido. Nunca o tinha visto tão nitidamente. E dava para perceber que ele sabia disso. Era por isso que ele estava na minha casa.

Foi nesse ponto que minha existência se tornou um filme, pelo menos por cinco segundos. O martelo de John estava largado em cima de um tapete. Mas, num relance, começou a levitar. Ficou flutuando no ar como se fosse um efeito especial barato dos renegados anos 1980, balançando, pronto para golpear. Foi um momento incrível. O que mais posso dizer? Foi uma coisa incrível de se ver. Ao mesmo tempo, era assustador, porque achei que ele fosse quebrar minha cabeça. "Acabou", pensei. "Agora Y____ vai me golpear até a morte." Talvez ele fosse me torturar. Talvez me violentasse antes. Ou, talvez, só fizesse isso depois de me matar. Eu tinha me enganado tantas vezes em relação a Y____ que nada parecia fora de cogitação. Esperei seu ataque me perguntando se seria capaz de resistir até a polícia chegar. Tentei imaginar o que a polícia faria ao ver uma mulher seminua brigando consigo mesma no chão.

Mas ele não me atacou.

Nem disse uma palavra.

Apenas largou o martelo, que caiu com um ruído surdo no chão. Ouvi seus passos tranquilos indo em direção à porta e vi a fechadura se destrancando. A porta se abriu e logo depois se fechou. Comecei a chorar descontroladamente. Tentei ajudar John a se levantar, mas ele não conseguia se mexer. Corri até a cozinha (ainda chorando) para buscar um copo-d'água. Quando voltei, vi luzes azuis e vermelhas pelas janelas. Corri para a porta e gritei ao primeiro policial que apareceu:

— Precisamos de uma ambulância!

Voltei para dentro de casa, cobri o corpo de John com uma toalha, até a cintura, e tentei pensar numa forma de explicar minha vida para o resto do mundo.

Epílogo

Não seria adequado chamar John de "paralítico". Ele mantém alguma sensibilidade nos pés e nas extremidades baixas e consegue girar o tornozelo direito até 45 graus. Se estivesse mesmo paralisado, não sentiria dor na região do cóccix, e posso garantir que a dor está lá, cada minuto do dia. John não consegue ficar de pé nem andar, e vai passar o resto da vida numa cadeira de rodas. Nós dois aceitamos esse fato desde o início, desde a cirurgia. Por outro lado, ele pode ler e escrever. Se a dor diminuir até o outono, pretende retomar as atividades de professor em tempo integral. Está animado com isso. John se tornou uma pessoa completamente diferente. Por incrível que pareça, o incidente gerou uma consequência positiva, algo que eu nunca teria imaginado. Antes de falar disso, porém, preciso explicar o que aconteceu na sequência da última e destrutiva aparição de Y____.

Tente se colocar na posição do primeiro policial que apareceu na cena. Chamado para investigar uma invasão de domicílio, ao chegar ao local, não encontra ninguém além dos dois moradores da casa. Um deles está ferido, aparentemente em decorrência de uma queda; não tem condições de explicar nada. A outra moradora está seminua e histérica. Você é informado de que havia um homem na casa, de que esse homem conhecia os moradores e de que ele fugiu (a pé) poucos minutos antes. Mas também é informado de que qualquer tentativa de ir atrás dele, nos arredores, vai ser totalmente inútil. Então você pergunta: "Em que direção ele foi?" E escuta a seguinte resposta: "Não faz diferença." Você começa a se perguntar o que de fato está acontecendo; começa a se perguntar se está diante de algum tipo de briga doméstica ou se há envolvimento com drogas. Você se pergunta se deve levar a mulher histérica para averiguação. E é isso que resolve fazer.

Depois que levaram John para o hospital, passei seis horas na cadeia pública de Austin. Não cheguei a ser acusada de nada, provavelmente porque não sabiam do que poderiam me acusar. Em nenhum momento tive a sensação de que me viam como criminosa. Mas posso garantir que eles estavam confusos. Na manhã seguinte, comecei a prestar uma série de depoimentos ao investigador Paul LaBour. A bem da verdade, devo dizer que Paul nunca pareceu duvidar de qualquer detalhe da minha história (mesmo ao admitir que não havia muita coisa que pudesse ser feita).

Consciente do que estava em jogo, comecei a explicar a situação dizendo a Paul que o intruso tinha sido meu paciente. Isso, informado logo de cara, pareceu desfazer qualquer desconfiança em relação aos meus eventuais motivos. Tive o cuidado de não mencionar a palavra *invisível*. Finalmente entendi por que Y____ estava sempre tão preocupado em só usar essa palavra quando necessário: ela sempre mudava o rumo da conversa. Em vez disso, disse que o paciente havia revelado em detalhes um longo histórico de invasão de casas e que era extremamente habilidoso em camuflagem urbana. Citei o caso dos "caras pesados" em Minneapolis, que Y____ tinha relatado em junho: as autoridades confirmaram imediatamente que o crime havia de fato ocorrido.[16] Descrevi os eventos da noite anterior do modo mais preciso possível, novamente evitando a palavra *invisível* (em

[16] Infelizmente, meu testemunho posterior em relação a esse caso foi considerado inadmissível pelo tribunal de Minnesota. Até o presente momento, o réu continua preso, esperando o julgamento de sua apelação.

seu lugar, usava frases como "não conseguíamos enxergá-lo muito bem"). Também tomei uma decisão de improviso que se mostrou de valor inestimável: disse a Paul que poderia ouvir John assim que ele se recuperasse de uma cirurgia de emergência na coluna, antes mesmo de eu o visitar. Foi uma decisão extremamente difícil e talvez um pouco insensível. Dada sua situação, estou certa de que John queria me ver até mais do que eu a ele. Mas era a escolha mais racional. Paul só precisava de cinco minutos com John para verificar se os detalhes das nossas histórias batiam.[17] Se não fizéssemos isso, eles não teriam acreditado numa só das nossas palavras. À exceção do trinco quebrado da porta dos fundos, não havia evidência de nada. As impressões digitais no martelo eram inúteis — o banco de dados do FBI não apontou nenhuma correspondência.

A caçada a Y____ prossegue até hoje. Mas é uma caçada sem pressa e sem vontade. Para mim, as autoridades perderam o interesse pelo caso.

Trata-se de um paradoxo: apesar de ter ouvido Y____ falar de si durante quase cem horas, não havia aprendido praticamente nada de útil a seu respeito. Sabia seu nome, mas era um nome comum, além de, provavelmente, falso. Tinha seu antigo número de celular, mas a linha era de uma pessoa que havia morrido anos antes. Não sabia o endereço de Y____ nem seu local de nascimento. Ele pagava tudo em dinheiro. Examinei todas as fitas que estavam comigo. Os investigadores passaram um pente-fino nas transcrições em busca de qualquer pista que pudesse esclarecer a identidade daquela pessoa. No entanto, sempre que achavam um detalhe útil, eram

---

[17] Curiosamente, John alega que se referiu a Y____ como "invisível" logo no seu primeiro contato com a polícia. Pelo que se lembra, eles não chegaram a questionar esse detalhe. No entanto, John estava sob efeito de sedação pesada no momento da conversa. Talvez tenham achado que ele fosse apenas um sujeito desmiolado. É mais provável que tenham aceitado a história porque ele não parecia ter razão para mentir.

contrariados poı algo diferente que Y____ dizia depois. Sua dissimulação, aparentemente, era consciente.

Nossa pista mais quente, sem dúvida, eram os trechos de conversa sobre seu trabalho como pesquisador na Universidade Chaminade. Esse período era a chave para todos os crimes cometidos depois. Mas até nisso havia um problema. O que quer que houvesse acontecido no laboratório do Havaí fora grosseiramente apagado de todos os registros públicos. A universidade não dispunha de informações sobre o projeto, e o prédio onde a pesquisa teria sido realizada havia se tornado moradia para estudantes casados. John, por conta própria, continua tentando verificar detalhes sobre o programa militar, com base na Lei de Acesso à Informação. Mas os documentos que recebemos até agora se mostraram inúteis. Todos os nomes de pesquisadores foram excluídos, e a explicação do objeto da pesquisa, de tão vaga e ao mesmo tempo técnica, é quase incompreensível. Não descobrimos nada, fora o fato de que existiu mesmo algum tipo de programa militar no Havaí.

Se voltamos a encontrar Y____? Não. Por semanas, depois do ataque, eu tinha certeza de que o encontraríamos. Tinha tanto medo de que aparecesse no hospital que passava quase todas as noites no quarto de John. Mas ele não fez nenhuma visita. Se fez, não percebi (e, como era de se esperar, passei a ficar hiperatenta a qualquer som ou movimento que pudesse indicar a presença de um homem que não estivesse lá). Até hoje, a noite é o pior momento. Acordo a toda hora. Acho que acordo umas cinco vezes por noite. Porém, como já acordei o dobro disso, suponho que esteja progredindo.

Continuo pensando em Y____ o tempo todo. Sei que devia odiá-lo, mas não consigo. Sempre que tento me forçar a sentir isso, é uma decepção. Embora suas piores características fossem completamente visíveis, as coisas que o tornavam diferente dos outros também o eram. O que dizer? Não posso negar que ele era interessante, mesmo que num sentido negativo.

Quase seis meses após a queda sofrida por John, Y____ entrou em contato comigo pela última vez. Mandou um cartão-postal para o meu consultório. O carimbo era da cidade de Golden, no Colorado, mas ele afirmava estar escrevendo do Canadá. Teria achado que eu não perceberia a contradição? Eu já havia desistido de tentar entender suas mentiras. A imagem no cartão mostrava os quatro Beatles, usando jalecos estranhamente decorados com bonecas decapitadas e pedaços de carne crua. Não sei se isso indica um estado mental alterado, uma piada doentia ou simplesmente nada. O recado de Y____ tinha sido escrito à mão e com uma caneta azul. Sua letra era minúscula e precisa. Dizia o seguinte:

Victoria,
Sinto muito pelo que aconteceu. Não entrei na sua casa com a intenção de ferir seu marido. Ele não devia ter me atacado com um martelo, mas eu o perdoo. Parece que ele acabou levando a pior.
É claro que estou triste pela maneira como as coisas terminaram. Imagino que seja difícil levar uma vida reservada. Sinto sua falta e espero que também sinta a minha. Tenho tanta responsabilidade por tudo isso quanto você, então, não se culpe. Gostaria de achar que vamos nos ver de novo, mas sei que isso não vai acontecer. Embora não tenhamos dado certo juntos, espero que tente se lembrar de mim da melhor maneira possível. Estou bem aqui em Montreal. O sistema de metrô é muito eficiente.

Votre ami,
Y____

Ele manteve seu estilo até o fim.

John ficou (naturalmente) com raiva quando lhe mostrei o cartão-postal de Y____. Se não me engano, seu comentário foi: "Então, agora ele acha que é o Hannibal Lecter?" Mais tarde, porém, ele reconheceu que aquelas palavras não vinham de uma pessoa equilibrada, o que tornava sem sentido nutrir um ódio a distância. Talvez John também o tenha perdoado. Depois do acidente, ele se tornou outra pessoa. A figura condescendente e sem consideração sumiu da minha vida. Foi substituída por um marido que precisa de mim, que reconhece que precisa de mim e que percebe que sou a única pessoa que pode ajudá-lo quando precisa de ajuda. Sou a única pessoa que pode ajeitar suas calças, pegar seus livros no sótão e levá-lo ao banheiro no restaurante. Foi chocante vê-lo se dar conta dessas coisas. Agora, ele fala de outra forma. Ouve mais. Dividimos nossa vida com igualdade, mas sou eu quem tomo as decisões relevantes. A perspicácia de John sempre estará presente, mas ele passou a compreender sua fraqueza (e, como consequência, as fraquezas dos outros). De modo algum fiquei *feliz* por ele não conseguir mais andar. A verdade é que seu estado torna nossa vida mais difícil. Acontece que nem sempre as situações trágicas são inteiramente trágicas.

Tenho de ser sincera. Das muitas razões que me levaram a escrever este livro, a mais importante é o dinheiro. Eu e John temos seguros de vida de valores altos, mas nunca havíamos pensado em contratar um seguro de invalidez permanente. Não parecia se aplicar às nossas carreiras nada físicas. Depois da queda, tivemos de reformar a casa quase toda (incluindo os banheiros) e instalar rampas e um elevador para a cadeira de rodas. Muitas das fisioterapias são caríssimas. Minha única alternativa era vender esta história. É a única coisa que possuo e que vale alguma coisa. Grande parte do adiantamento já se evaporou, mas pelo menos vivemos com conforto, e

John está se recuperando. Precisávamos do dinheiro. Precisávamos. Y____ não estava totalmente errado.

Apesar disso, para ser completamente sincera, devo revelar tudo. Além da questão do dinheiro, estou satisfeita com o trabalho. Fico feliz de haver um registro da vida de Y____ e me orgulho de ter sido a primeira pessoa a conhecer sua história.

A publicação deste livro poderia ser exatamente o que Y____ queria desde o início? Provavelmente. Provavelmente, sim. Posso imaginá-lo lendo esta história onde quer que esteja escondido, fazendo anotações nas margens, devastado pelas imprecisões mais insignificantes. Tendo certeza de que vai me mandar uma carta descrevendo todas as correções que deseja ver na próxima edição. Y____ nunca percebia as coisas mais óbvias a seu respeito, mas isso não é incomum. Talvez fosse a única coisa normal nele. Meu único desejo é que, onde quer que esteja, ele leia este livro sozinho. Y____ precisa estar sozinho e continuar sozinho. Não está pronto para ser a pessoa que é.

Impresso no Brasil pelo
Sistema Cameron da Divisão Gráfica da
DISTRIBUIDORA RECORD DE SERVIÇOS DE IMPRENSA S.A.
Rua Argentina 171 – Rio de Janeiro, RJ – 20921-380 – Tel.: 2585-2000